ABTRÜNNIGE

HEISSBLÜTER 3

BELLA FORREST

KAPITEL EINS

Ich stemmte mich gegen den harten Boden und spürte den Kies und die Steine unter meinen Füßen, aber mein Blick war nach vorn gerichtet. Schweiß tropfte mir von der Stirn und Rinnsale liefen unter den Kragen meiner Militärweste und suchten sich ihren Weg zwischen meinen Schulterblättern hinab. Mir tat alles weh, doch ich hatte gelernt, den ständigen, dumpfen Schmerz zu ignorieren, der in meinem Körper pochte. Er gehörte jetzt zu mir.

Vor mir, hinter mehreren zerstörten Gebäuden, machte sich eine Truppe holografischer feindlicher Soldaten auf den Weg, um Rache zu üben. Ich ließ sie nicht aus den Augen und versuchte, zu zählen, wie viele von ihnen näher kamen, aber es waren einfach zu viele. Zuerst bewegten sie sich langsam und formierten sich, ihre Waffen an die Seiten gepresst. Ich holte tief Luft und wartete auf den richtigen Augenblick, damit wir zuschlagen konnten.

Links und rechts von mir stand eine Reihe von Auszubildenden in Königin Brishas Regiment. Auch ihr Blick wich nicht vom sich nähernden Feind und jeder hielt eine Waffe seiner Wahl in der Hand. Manche trugen riesige Spieße, die knisterten, während andere die Ledergriffe tödlicher Schwerter umklammerten. Schusswaffen waren zu leicht für die Auszubildenden, weil jeder eine bedienen konnte und der Feind sie auf dem Schlachtfeld mit einem Störsender desaktivieren konnte. Der Nahkampf war daher eine sehr hochgeschätzte Kunst innerhalb der Kaltblutarmee.

Die maskierten Hologrammgestalten verfielen in einen leichten Trab und stürmten an den Trümmerhaufen vorbei auf uns zu. Das Knirschen ihrer Stiefel dröhnte erschreckend zusätzlich zu den Explosionseffekten um uns herum. Mein Puls raste, meine Hände zitterten und das, obwohl ich mir immer wieder sagte, dass es sich nur um eine Simulation handelte. Dennoch wollte ich niemanden enttäuschen, nicht, wo ich doch schon so weit gekommen war. Ich weigerte mich, das schwächste Glied in der Kette zu sein. Mehr noch, ich weigerte mich, Pandora recht haben zu lassen, was mich anging. Ich musste beweisen, dass ich genauso gut wie jedes andere Kaltblut an meiner Seite sein konnte. Ich war einfach nur anders.

»Bist du bereit?«, schrie Navan, der neben mir stand, mir zu. Er hielt ein katanaähnliches Schwert, dessen Klinge glänzte, als er einen halben Schritt nach vorn machte, schräg vor seinem Gesicht.

»Bereit!« Ich zupfte an der Uniform, die man mir gegeben hatte. Die schwere Weste war aus einem seltsamen, fast gummiartigen Material gemacht, das mir das Gefühl gab, einen Neoprenanzug zu tragen, und durch jeden Saum verliefen leuchtendgrüne Leitungen, die die Weste aufstrahlen ließen. Alle auf der Seite der Auszubildenden trugen eine solche Weste, um die Leistungen in der Schlacht zu überwachen und aufzuzeichnen, wann jemand »draußen« war.

Um meine Hüfte und über meiner Brust war ein Bandolier mit Messern angebracht. Sie waren klein, aber perfekt geformt, um genau zu meinem Talent und in meine Finger zu passen. Ich zog die Riemen fester, um keinen der Gurte im Kampf zu verlieren. Vor zwei Tagen war ich bereits deshalb zurechtgewiesen worden und es war keine Erfahrung gewesen, die ich wiederholen wollte. Meine Arme zitterten immer noch von der vysanthinischen Version von fünfhundert Liegestützen.

Ich sah zur feindlichen Armee, die nun nur noch wenige Meter von dort entfernt war, wo ich stand, und zog die fingerlosen Handschuhe zurecht, die ich trug. Dann zog ich ein Messer aus meinem Hüftgürtel und bereitete mich auf meinen ersten Angriff vor.

Unser Militärtraining hatte erst vor einer Woche begonnen und dies war die erste Gelegenheit, um zu zeigen, was wir gelernt hatten. Es hatte ein paar Probeläufe gegeben, die nicht gerade erfolgreich verlaufen waren, vor allem, was meine Messerwerffähigkeiten anging, aber das hier war das erste vollständige Kampfszenarium, an dem wir teilnehmen durften. Ich spürte das Adrenalin durch meine Adern rauschen. Es machte mich schneller, stärker, scharfsinniger, aber dennoch konnte ich nicht sagen, wie das hier ausgehen würde. Ich wusste nur, dass ich mich als würdig erweisen musste.

»Es fehlt nicht mehr viel!«, sagte Navan und drehte sich in meine Richtung.

Ich brachte ein neckendes Lächeln zustande. »Dann halte deinen Blick auf den Feind gerichtet!«

Die Welt kippte, als die holografischen Soldaten in Aktion traten. Einige sprinteten auf uns zu, während andere ihre gewaltigen Flügel ausbreiteten und sich in den Himmel erhoben, bevor sie in todesmutigen Kampfsprüngen zur Erde stürzten und verschiedene Waffen abfeuerten. Holografische Pfeilspitzen und Pfeile tauchten unter ihren Flügeln auf. Andere Soldaten fielen in einer Drehbewegung, hieben dabei mit Schwertern um sich und trafen Auszubildende links, rechts und vor sich.

Ich sprang einer verirrten Pfeilspitze aus dem Weg und sah mit Bedauern, dass sich die Weste des Auszubildenden hinter mir rot färbte, was bedeutete, dass er nicht mehr im Spiel war. Das Kaltblut warf mir einen finsteren Blick zu, weil es mir ganz offensichtlich die Schuld für den Pfeil gab, dem es nicht schnell genug entwischt war. Das war mir in der letzten Woche sehr oft passiert – ständig war ich wegen Dingen schuld, die ich nicht getan hatte, weil ich eine mickrige Kryptonierin war, die nicht geeignet war, neben diesen überlegenen Vysanthinern zu kämpfen. Navan hatte mir geraten, das einfach zu ignorieren und ihnen zu beweisen, wozu ich in der Lage war, indem ich die Szenarien überlebte, aber es war dennoch schwer, gegen die ständige Negativität durchzuhalten.

Ich schleuderte das Messer in meiner Hand auf das nächste Hologramm – ein riesiges Kaltblut, das doppelt so groß war wie ich – und sah mit Genugtuung, wie die Klinge sein Herz traf. Einen Augenblick später flackerte die Gestalt, bevor sie aus dem Spiel entfernt wurde.

Ich rannte zu den Resten einer eingestürzten Mauer hinüber, um Deckung zu suchen, und warf vier weitere Messer. Jedes von ihnen traf meine ausgewählten Gegner sauber und brachte sie zum Flackern und dann zum Verschwinden, so wie es mit dem Ersten passiert war.

Doch da spürte ich einen Luftzug hinter mir und wirbelte gerade noch rechtzeitig herum, um einem weiteren feindlichen Soldaten, der mich hatte überraschen wollen, ein Messer in den Hals zu rammen. Als er verschwand, löste ich ein weiteres Messer und löschte eine identische Figur, die genau hinter ihm stand. Ich wusste nicht, ob es sich um einen Programmierfehler im Spiel handelte, aber ich wollte kein Risiko eingehen. Da merkte ich, dass ich die meisten

Messer meines Brustgürtels aufgebraucht hatte, und drückte auf die Knöpfe an den Handgelenken meiner fingerlosen Handschuhe, bis sie silbern aufleuchteten. Es gab eine magnetische Verbindung zwischen den Handschuhen und den Messern, die ich geworfen hatte, sodass ich sie auf Kommando zurückrufen konnte, aber um das zu tun, brauchte ich klare Sicht, um nicht aus Versehen einen meiner Teamkollegen zu verletzen. Mit mindestens drei anderen Auszubildenden, die sich geweigert hatten, mir zu verzeihen, obwohl ihre Kratzer an den Armen und im Gesicht schnell verschwunden waren, nachdem sie ein paar von ihren Röhrchen leergetrunken hatten, hatte ich schon ernste Gespräche führen müssen.

Die Kaltblüter hatten es einfach. Ich war immer noch mit blauen Flecken und Kratzern bedeckt und konnte keines der Medikamente einnehmen, die sie so schnell heilen ließen. Navan hatte versucht, eines der Gebräue zu verdünnen, damit ich es auch zu mir nehmen konnte, aber bislang hatte es mir nur Krämpfe bereitet.

Ich konzentrierte mich auf die Messer, die am Boden lagen, und versuchte, sie zwischen den Kaltblütern hindurchzumanövrieren. Dabei schaltete ich gleich noch zwei weitere Hologramme aus.

»Navan, geh aus dem Weg!«, schrie ich, weil er sich plötzlich bewegt hatte und eines meiner Messer nun auf ihn zu flog. Ich versuchte, es zu stoppen, aber es war zu spät – das Messer war zu schnell.

Navan sah einen Augenblick lang verdutzt aus, erkannte aber dann das tödliche Geschoss, das auf ihn zuraste. Er duckte sich gerade noch rechtzeitig und die Messerkante traf ihn nur an der Wange, bevor es in meine Hände zurückschoss.

»Vielleicht kannst du mich beim nächsten Mal früher warnen!«, keuchte Navan und richtete sich wieder auf.

»Tut mir leid!«, sagte ich und errötete, während ich die zurückkehrenden Messer in das Bandolier steckte. Rings um mich hatte sich der Himmel verdunkelt. Dort flogen Brishas Kaltblüter und schlugen majestätisch mit den Flügeln, während sie mit den Hologrammen kämpften. Obwohl meine Messer beeindruckend weit fliegen konnten, konnte ich es nicht, was mir einen deutlichen Nachteil verschaffte, wenn es ums Punkten ging. Ich beobachtete, wie eines der Kaltblüter, eine Frau namens Vizeria, mit einem gebogenen Säbel um sich hieb und ein Hologramm nach dem anderen auslöschte, während sie durch die Luft rauschte und wie ein gnadenloser Derwisch umherwirbelte.

Navan rannte auf mich zu und lenkte mich von der gewaltigen Luftwaffe ab. Er drehte seine Samurai-Klinge mit einem Schwung und trennte dem Angreifer, der ihn verfolgt hatte, den Kopf ab, bevor er sich zusammen mit mir hinter eine heruntergestürzte Turmspitze sacken ließ.

»Wie läuft's?«, fragte er und spähte über unsere improvisierte Deckung.

»Ganz okay«, sagte ich und schleuderte zwei Messer auf

die Bäuche zweier Gegner. Sie flackerten auf und verschwanden, woraufhin Navan einen Pfiff ausstieß und beeindruckt eine Braue hob.

»Du wirst immer besser mit den Messern. Du brauchst nur etwas mehr Übung mit den Handschuhen«, sagte er und nickte auf den Gegenstand seines Anstoßes. Mein Messer hatte eine tiefe Schnittwunde auf seiner Wange hinterlassen.

»Das schaffe ich auch noch«, versprach ich und löschte zwei weitere Feinde aus. »Komm, wir müssen noch ein paar mehr Soldaten aus dem Weg räumen. Andernfalls ist dieses Spiel nie zu Ende.«

Wir bahnten uns unseren Weg aus dem Schutt heraus und schalteten alle Hologramme, die uns entgegenkamen, aus, obwohl die meisten von ihnen mit den Luftkräften oben beschäftigt waren. Ich zog eine Grimasse und merkte, dass ich Navan wahrscheinlich davon abhielt, sein volles Potenzial zu entfalten, weil er lieber bei mir blieb, statt ebenfalls abzuheben. Wenn ich ein Flügelpaar gehabt hätte, dann hätte ich definitiv trainiert, um so gut wie der Rest zu sein. Das spürte ich einfach tief in mir.

In diesem Augenblick verfing sich mein Stiefel in einem gebogenen Stahldraht und ich stolperte, sodass meine Knie auf dem Boden aufschlugen. Als mein Oberkörper nach vorn gekrümmt wurde, spürte ich die Messerspitzen meines Bandoliers durch meine Weste hindurchdrücken, obwohl der Stoff sie davon abhielt, meine Haut zu durchstechen.

Sofort packte Navan meinen Arm und zog mich nach oben, wobei er nur knapp einem Pfeil auswich, der direkt über seiner Schulter vorbeischoss.

»Bist du okay?«, schrie er gegen den Lärm an.

»Ja, mach dir keine Sorgen.« Ich lachte kurz, weil ich ihm nicht zeigen wollte, wie frustriert ich war. Ich spürte einen Luftzug hinter mir, duckte mich zur Seite, wirbelte herum, und landete auf meinem Rücken. Ich schnappte mir zwei Wurfmesser und schleuderte sie auf den Körper des Feindes, erwischte aber mit einem von ihnen den Arm eines meiner Teamkollegen, der versucht hatte, sich von hinten an das Hologramm heranzuschleichen, um es zu töten.

Mit schlechtem Gewissen sah ich, wie sich die Weste des Kaltbluts rot färbte und er mit versteinertem Blick an sich herabsah und merkte, dass er nun draußen war. Ob man nun von einer holografischen oder einer echten Waffe getroffen wurde – das Ergebnis war dasselbe: Das Spiel war aus.

»Tut mir leid!«, rief ich, als er wütend die Hand auf seine Wunde presste und dann zurück zur Grundfläche lief, zu der alle »toten« Soldaten zurückkehren mussten. Ich rappelte mich schnell auf, weil ich wusste, dass sich weitere Hologramme auf uns stürzen würden, vor allem, weil die Zahl der Auszubildenden zurückging. Zu meiner Überraschung landeten alle Auszubildenden um uns herum und sahen verärgert auf ihre leuchtend roten Westen.

Ich stand wie erstarrt da und versuchte zu verstehen, was

vor sich ging. Einen Augenblick später stieß Navan mich unsanft zu Boden, als er drei sich drehende Feinde ausschaltete, die vom Himmel herabsprangen. Ich hatte sie nicht einmal kommen sehen oder gehört. Alles, woran ich denken konnte, war das Kaltblut, das ich versehentlich ausgeschaltet hatte, und die Anfängerfehler, die ich machte.

Konzentrier dich, Riley. Hol deine Gedanken wieder ins Spiel, sagte ich mir wütend, als ich aufsprang und den Rest meiner Wurfmesser schnell nacheinander schleuderte. Mein kleiner Ansporn hatte funktioniert, denn meine Klingen trafen mehrere Feinde. Die Hologramme flackerten wieder auf, bevor sie von der Spielfläche verschwanden.

Als ich merkte, dass ich keine weiteren Messer im Gürtel trug, drückte ich wieder auf den Knopf an meinen Handschuhen und spürte ihr starkes Vibrieren, als sie versuchten, die Messer zurückzuziehen, die ich ausgeworfen hatte. Doch zu meinem Entsetzen rührten sich die Messer nicht. Ein paar von ihnen bebten ein wenig, aber keines schien zu mir zurückkommen zu wollen.

»Sie kommen nicht zurück!«, schrie ich panisch.

»Du hast sie zu weit geworfen«, sagte Navan, schob einen riesigen Steinbrocken vor uns und duckte sich neben mir. »Du wirst auf Nahkampf umsteigen müssen«, fügte er mit einer Grimasse hinzu, die mir nicht gerade Selbstvertrauen einflößte. Wie sollte ich Kaltblüter im Nahkampf ausschalten?

Ein holografischer Arm schlang sich plötzlich um

meinen Hals und ich schnappte erschrocken nach Luft, als Navan auch schon sein Schwert schwang, aber er konnte den Angreifer nicht verletzen, ohne auch mich zu treffen. Schnell überlegte ich und erinnerte mich daran, was ich über Aksavdo, die vysanthinische Kampfkunst, wusste. Ich legte eine Hand auf den Arm meines Feindes und zog daran, um etwas Abstand zu ihm zu gewinnen, bevor ich mich auf den Boden fallen ließ, sodass mein Angreifer ebenfalls stürzte. Navan stieß sein Schwert in die Gestalt, die mit einem dumpfen Knistern verschwand.

Als ich wieder zu Atem kam und mich umsah, erkannte ich, dass Navan und ich die einzigen beiden waren, die noch auf dem Schlachtfeld übrig waren. Aber eine begrenzte Anzahl von Feinden kam dennoch auf uns zugestürmt. Navan übernahm den Großteil von ihnen und schlug mit seinem Katanaschwert in alle Richtungen, aber ich ballte die Fäuste und schlug jeden, der zu nahe kam. Ich wusste, dass ich ein Hindernis für ihn war, aber ich konnte nichts anderes tun. Wir waren immer noch zu weit von der Stelle entfernt, an der meine Messer lagen, und den Regeln zufolge durfte Navan sie nicht für mich holen, was mir nur mein begrenztes Wissen über Aksavdo zum Überleben ließ.

Ich war nur froh darüber, dass ich nicht sah, wie der Rest der Auszubildenden uns beobachtete. Ich konnte die Ablenkung ihrer feindseligen Blicke, die darauf warteten, dass ich versagte, jetzt nicht gebrauchen.

Ein Kreis feindlicher Soldaten kam auf uns zu und

umzingelte uns. Navan sprang im Zickzack zwischen ihnen her und konzentrierte sich darauf, mich vor ihren Waffen zu schützen, aber einer durchbrach seine Verteidigung und stürzte sich auf mich. Ich ließ mich zu Boden fallen und entkam so dem Schwertschlag der Hologrammfigur, die nun über ihre eigenen Füße stolperte. Das Kaltblut wollte nach meinem Arm packen, aber ich entkam ihm wieder. Bevor ich jedoch weiterkämpfen konnte, tauchte Navan hinter mir auf, packte meinen Arm und riss mich fort. Ich öffnete den Mund, um ihm zu sagen, dass ich dieses Kaltblut allein unter Kontrolle halten konnte, doch dann sah ich erschrocken, wie ein Soldat hinter ihm auftauchte und ihm ein Messer in den Rücken rammte. Schockiert sah Navan auf seine Weste, die nun rot aufleuchtete.

Der Feind und sein Messer verschwanden und um uns herum wurden die Bildschirme schwarz und der Schutt unter meinen Stiefeln verschwand. Der Himmel wurde wieder schlicht weiß und auf der anderen Seite des Trainingsraums sah ich, wie meine Teamkollegen durch die Scheibe des Beobachtungszimmers sahen. Sie hätten nicht weniger beeindruckt aussehen können, selbst wenn sie es versucht hätten.

Navan war gefallen, während die mickrige Kryptonierin als Letzte überlebt hatte, obwohl sie alle dachten, dass sie das nicht verdient hatte.

Ich seufzte. Die Simulation war vorbei.

KAPITEL ZWEI

»Warum hast du das getan?«, fragte ich Navan, als ich neben ihm durch die schwarze Landschaft lief und mithilfe meiner Handschuhe die Messer einsammelte, die ich geschleudert hatte.

Er hob eine Augenbraue. »Warum habe ich was getan?«

»Warum hast du dich für mich geopfert?«, sagte ich verärgert, weil er seinen eigenen Erfolg aufgegeben hatte, um mich aus einer Situation zu retten, die ich unter Kontrolle gehabt hatte. Ich schob das letzte Wurfmesser in mein Bandolier und wir gingen zur anderen Seite des Raums, wo ein Ausgangsschild über der Tür leuchtete.

»Du brauchtest Hilfe«, sagte er.

»Ich brauchte keine Hilfe. Ich habe den Soldaten beiseitegestoßen. Du dachtest, dass ich gestürzt wäre, aber das bin ich nicht. Ich wäre mit ihm klargekommen«, beharrte ich, bemüht, mein Temperament im Zaum zu halten. Ich hatte von den letzten Trainingstagen Muskelkater und war gereizt vom Schlafmangel. Ich wäre nicht annähernd so wütend gewesen, wenn ich mich nicht völlig zerschlagen gefühlt hätte.

»Was hattest du am Boden mit ihm vor?«, fragte Navan.

»Ich weiß es nicht, aber mir wäre schon etwas eingefallen.«

»Bevor dir etwas eingefallen wäre, wärst du tot gewesen«, sagte Navan spitz. »Hör zu, Riley, du hast das Zeug zu einer unglaublichen Soldatin, aber du hast einen Nachteil im Vergleich zum Rest von uns. Die meisten haben seit ihrer Kindheit Aksavdo praktiziert und mit Waffen gekämpft. Ich sollte zulassen, dass du auf dich allein gestellt bist, aber ich kann einfach nicht anders, als einzuschreiten, wenn ich dich in Schwierigkeiten sehe.«

»Du musst aufhören, das zu tun«, sagte ich und dachte an die missbilligenden Gesichter der anderen Auszubildenden. »Die anderen denken ohnehin schon, dass ich schwach und dumm bin, und wenn du mich die ganze Zeit über rettest, machst du es nur noch schlimmer. Ich weiß zu schätzen, dass du ein Auge auf mich wirfst, aber du musst mich meine eigenen Fehler machen lassen. Lass mich selbst herausfinden, wann ich mich täusche, damit ich denselben Fehler nicht zweimal begehe.«

Navan seufzte. »Ich will einfach nicht, dass du verletzt wirst.«

»Es ist doch nur eine Simulation. Wie viel Schaden kann sie schon anrichten? Außerdem bin ich nach dem Angriffskurs und dem Training sowieso völlig kaputt. Was wirst du machen, wenn wir uns auf einem wirklichen Schlachtfeld befinden, wo das Risiko echt ist und unser Leben wirklich auf dem Spiel steht? Du kannst nicht herumrennen und den Helden spielen, indem du mir ständig den Rücken freihältst. Das wird wahrscheinlich andere das Leben kosten.«

»Unser Ziel ist es, dass du nie ein wirkliches Schlachtfeld betrittst, schon vergessen?«, sagte Navan.

Bevor ich etwas antworten konnte, kamen die Auszubildenden die Treppe, die zum Beobachtungszimmer führte, hinab und ihre Gespräche hallten durch den Gang, während sie sich auf den Weg zur Waffenkammer machten. Navan öffnete die Tür, die vom Trainingsraum in den Gang führte, und wir folgten den anderen.

Ein paar unserer Teamkollegen bedachten uns mit eisigen Blicken – oder genauer gesagt mich. Navan tat sich zwar auch keinen Gefallen damit, sich mit der mickrigen Kryptonierin abzugeben, aber die anderen Kaltblüter hatten nicht genug Mumm, ihn direkt anzufeinden. Nur bei mir hatten sie kein Problem damit, mich zu ächten.

In der Waffenkammer angekommen ging ich zu meinem Spind hinüber und strich mit meinem Armband über das Schloss. Wir hatten zu Beginn unseres Trainings jeder ein Armband bekommen, auf dem unsere Lebensmittelmarken abgespeichert waren und wir Zugang zu sonst eingeschränkten Bereichen erhielten. Die Armbänder ordneten uns die richtigen Waffen zu und verzeichneten unsere tägliche Trainingsleistung, die wir uns ansehen konnten, wenn wir die Armbänder vor einen Leistungsbildschirm hielten. Die Armbänder waren aus einem eigenartigen Metall, das fast wie Hämatit aussah, gemacht und hatten einen kleinen Rubin in der Mitte. Dieser kleine Juwel enthielt unsere persönlichen Daten.

Der Spind sprang auf und ich sah die Schubladen, in die ich meine Messer und andere Gegenstände verstaute. Verschämt glitt ich aus meiner Militäruniform und zog ein weißes T-Shirt und eine dunkelblaue Hose über, die ich hier zurückgelassen hatte, und fühlte mich sofort besser.

»Ich meine es ernst, was ich vorhin gesagt habe. Du kannst nicht in einem richtigen Konflikt kämpfen«, sagte Navan, sobald der Rest der Kaltblut-Auszubildenden gegangen und ihr Lachen im Gang verhallt war.

Ich setzte mich auf eine Bank und lehnte meinen Rücken gegen die Wand. Mir war heiß, ich schwitzte und mein Magen knurrte. »Ja, ich weiß. Ich will wirklich auch nicht in einer richtigen Schlacht kämpfen. Aber was ist, wenn die Dinge nicht nach Plan verlaufen? Ich will für den Fall vorbereitet sein, dass mir keine andere Wahl bleibt. Wenn Königin Giannes Soldaten uns überfallen oder Königin Brisha sich gegen uns stellt, dann muss ich vielleicht …«

Er schüttelte den Kopf. »Nein. Nicht solange ich noch

Luft in meinen Lungen habe. Ein wirklicher Kampf ist ganz anders als diese Simulationen. Du wärst sofort tot, Riley. Deine Messer sind außergewöhnlich, aber in einer Schlacht werden sie dich nicht retten.« Er setzte sich neben mich. »Außerdem kann das Training dich nicht auf den psychologischen Schaden vorbereiten, den du erleidest, wenn du jemandem das Leben nimmst. Nichts kann dich darauf vorbereiten.«

Ich sah zu ihm auf und war überrascht von seiner brüchigen Stimme. Sein Gesichtsausdruck war nur schwer zu lesen, weil er gut darin war, seinen Schmerz vor mir zu verbergen, aber ich sah die Qualen in seinen grauen Augen. Er hatte mir diesen Schmerz schon einmal beschrieben, aber in diesem Augenblick glaubte ich, dass wir damals nur an der Oberfläche geblieben waren. Um ehrlich zu sein, wirkte er so, als ob er seinen Verstand problemlos abschalten konnte, sobald sein Temperament die Kontrolle übernahm. Er hatte Jethro ohne Zögern getötet und er hatte offen darüber gesprochen, wie er sich damit gefühlt hatte, seinen besten Freund umzubringen ... Aber die Reue in seinen Augen sagte mir, dass es ihm einmal schwerer gefallen war, andere zu töten. Hatte er jemanden umgebracht, vielleicht vor langer Zeit, und dieser Tod hatte ihm unbeschreiblichen Schaden zugefügt?

»Was?«, fragte er, als er merkte, dass ich ihn länger als normal ansah. – Nicht, dass es mir etwas ausgemacht hätte, ihn anzusehen, denn er war ein echter Hingucker.

»Ich ... Ich habe mich nur gefragt, wie es ist, ein Leben zu beenden. Du weißt schon ... Könnte ich es tun, wenn es darauf ankommt? Ich habe noch nie über diese Frage nachdenken müssen.« Noch während ich sprach, kamen mir Zweifel. Könnte ich es tun, wenn der Augenblick käme? Ich war die Art von Mädchen, die schon Schwierigkeiten hatte, eine Fliege oder Wespe zu töten, wie sollte ich da damit fertigwerden, ein Wesen zu töten, das mir ähnlich war?

»Das ist etwas, über das du hoffentlich niemals nachzudenken brauchst«, sagte Navan, nahm mein Gesicht in seine Hände und küsste mich auf den Mund. In der Sicherheit der leeren Waffenkammer versank ich in diesen Augenblick, doch Navan löste sich eine Sekunde später wieder von mir. In Vysanthe gab es einfach keinen sicheren Ort für uns zwei.

Es war uns gelungen, das wahre Ausmaß unserer Beziehung vor den anderen Auszubildenden geheimzuhalten. Brisha wusste zwar Bescheid, aber es hatte keinen Sinn, dass alle es erfuhren, wenn wir es irgendwie vermeiden konnten, doch sie schöpften natürlich von Tag zu Tag mehr Verdacht, dass zwischen Navan und mir etwas lief. Wenn uns jemand dabei erwischte, wie wir uns küssten, würde das die Feindseligkeiten nur noch mehr ankurbeln.

»Aber ich muss darüber nachdenken, Navan«, sagte ich. »Was ist, wenn der Tag kommt, an dem mir nichts anderes übrigbleibt, als mich selbst zu verteidigen ... und jemanden zu töten ... und du nichts tun kannst, um es zu verhindern?«

Darüber hatte ich in den letzten Tagen öfter nachgedacht. Mich selbst als würdig für Königin Brishas Armee zu erweisen war ein doppelschneidiges Schwert. Wenn ich mich denn als würdig erwies, dann würde die Königin mich als nützlich ansehen und mich wahrscheinlich auch in die Schlacht schicken. Gelang es mir nicht, meinen Wert zu beweisen, dann zeigte ich damit nur, wie schwach und verletzlich meine Spezies war. Es war keine einfache Situation.

Navan runzelte die Stirn. »Wir werden dieses Problem lösen, sobald wir es haben. Im Augenblick brauchst du dich einfach nur auf das Training zu konzentrieren, okay?«

»Und du spielst nicht mehr ganz so sehr den Helden?«, fragte ich und stupste ihn gegen die Schulter.

Er seufzte. »Wenn du willst, dass ich mich zurückhalte, dann werde ich das tun, aber wenn du Hilfe brauchst, dann bin ich für dich da«, sagte er und strich mir eine Haarsträhne hinters Ohr.

»Okay, abgemacht«, sagte er.

Ich wollte unbedingt duschen gehen, aber mein knurrender Magen hatte erst einmal Vorrang. Ich hatte seit Stunden nichts mehr gegessen und wir hatten uns mit Angie, Lauren und Bashrik zu einem späten Mittagessen verabredet.

»Wir sollten gehen«, sagte ich und streckte meine müden Arme. »Obwohl ich wünschte, vorher Zeit für eine Dusche zu haben. Ich fühle mich eklig.«

Als ich das Wort »Dusche« erwähnte, sah Navan zu

Boden und fuhr sich verschämt mit der Hand durch die kurzen dunklen Haare. Ich wurde rot und erinnerte mich daran, wie kurz wir vor etwa einer Woche davor gewesen waren, den nächsten Schritt in unserer Beziehung zu tun. Bevor wir das Bad überhaupt erreicht hatten, wo uns eine heiße Dusche gelockt hatte, waren wir auf das Sofa gefallen, hatten uns ineinander verschlungen und uns geküsst, als ob unser Leben davon abhinge. Es war ziemlich hitzig geworden, bis ich vorgeschlagen hatte, unter der Dusche weiterzumachen. Navan hatte mich so hochgehoben, als ob ich nichts wiegen würde, und mich durch das Zimmer getragen – aber ein Klopfen an der Tür hatte uns unterbrochen.

Einen Moment später war Bashrik ins Zimmer gestürzt und hatte nach Navan gesucht, weil er mit ihm noch einige Dinge von Bruder zu Bruder zu diskutieren hatte. Als er mich auf Navans Armen gesehen hatte, hatte Bashrik mit seiner Meinung nicht hinter den Berg gehalten, obwohl er wohl mehr beschämt als wirklich entsetzt gewesen war. Dann war ein Streit zwischen den beiden Brüdern gefolgt und Bashrik hatte immer wieder betont, dass wir ein zu großes Risiko damit eingingen, hier ein Paar zu sein, und unser magischer Augenblick war hinüber. Seitdem hatten wir keine Gelegenheit gehabt, dort weiterzumachen, wo wir aufgehört hatten, weil das Training unglaublich hart war, sehr früh begann und wir ständig zu unerwarteten Extratrainings gerufen wurden.

»Nun, du siehst aber nicht eklig aus«, sagte Navan und

brach das Schweigen. Er grinste, beugte seinen Kopf vor und küsste mich noch einmal, obwohl seine Augen vorher achtsam zur Tür huschten. Nachdem ich Bashriks Meinung gehört und die eisigen Blicke der anderen Kaltblut-Auszubildenden gesehen hatte, machte ich mir langsam Sorgen, dass Nordvysanthe doch nicht so liberal war, was zwischenartliche Beziehungen anging, wie ich es gehofft hatte.

Wir lösten uns voneinander, ich holte meinen Pelzmantel aus dem Spind und wir verließen die Umkleide, aber der süße Geschmack von Navans Kuss lag noch auf meinen Lippen. Kaltblüter schwitzten definitiv nicht so, wie Menschen es taten. Die Flure waren verlassen, als wir uns durch das inzwischen vertraute Netzwerk von Gängen schlängelten, die das Trainingszentrum bildeten. Es war ein gewaltiger Bau mit einer silbernen Kuppel, der zum Großteil in eine Bergkette hinter Nessun, der Hauptstadt von Nordvysanthe gehauen war. Wir gingen durch den Haupteingang und sofort peitschte der Wind gegen meine Wangen, sodass ich mir den Mantelkragen höherschlug. Obwohl die Sonne hoch am Himmel stand, erwärmte sie die Welt unter ihr nicht.

Ich zitterte und joggte los. Mein Blick war auf den Palast mit seinen drei leuchtenden, stolzen Minaretten vor uns gerichtet. Die Kristalle und Rubine, die ihn zierten, glänzten im Sonnenlicht. Selbst nach mehr als einer Woche in Nessun hatte ich mich noch nicht an das beeindruckende Gebäude gewöhnt, mit seinen tanzenden Statuen von männlichen und weiblichen Kaltblütern, die von allen Palastwänden herabzutanzen schienen. Vielleicht war der Bau nicht ganz so erlesen wie Königin Giannes Palast, aber er war meiner Meinung nach ziemlich dicht dran. Die Gärten mit ihren gefrorenen Brunnen, schönen Blumen und zarten Bäumen waren mein Lieblingsbereich des Palastes und obwohl ich von der Wohnung, die ich mit Navan teilte, auf sie hinabsehen konnte, hatte ich bislang leider seit Trainingsbeginn noch keine Gelegenheit gehabt, sie zu besuchen.

Wir erreichten den vergleichsweise warmen Palast und gingen auf einen der kleineren Tagesräume zu, wo wir uns zum Essen verabredet hatten. Wir wollten besprechen, was wir mit Orion und seinen grausamen Drohungen tun sollten. Das Training hatte mich davon abgelenkt, allzu sehr darüber nachzudenken, was geschah, wenn wir scheiterten. Wenn wir dem Rebellenführer nicht die Informationen lieferten, die er verlangte, dann würde er meine Eltern und andere unschuldige Menschen töten. Ein kalter Schauer lief mir den Rücken hinab und spornte meine Angst und Wut an. So sehr ich es hasste, Orion Informationen liefern zu müssen, die ihn stärker machten, konnte ich nicht zulassen, dass er seine Drohung wahrmachte.

Wir hatten noch keine Lösung gefunden, wie wir ihm die Informationen schicken konnten, sobald wir sie gesammelt hatten. Die Diskette, die Navan aus Giannes Observatorium besorgt hatte, und das schwarze Gerät, das Infos senden konnte, waren in Südvysanthe zurückgeblieben und wir konnten sie nicht wieder in unseren Besitz bringen. Also brauchten wir einen neuen Weg, um Orion Daten zu schicken, ohne Verdacht bei jemandem in Königin Brishas Königreich zu erwecken. Doch das würde nicht leicht werden, weil Navan die Landschaft in Nordvysanthe nicht so gut wie den Süden kannte, aber ich hoffte, dass wir uns trotzdem irgendwie weit genug entfernen konnten, um etwas zu verschicken. Das Leben meiner Eltern hing immerhin davon ab, genauso wie das Leben zahlreicher anderer Menschen.

»Wie sollen wir ihm die Informationen zuschicken, wenn wir uns nur zwischen dem Palast und dem Trainingszentrum hin und her bewegen dürfen?«, fragte ich leise und besorgt. Es war bereits eine Woche vergangen, was bedeutete, dass uns weniger als drei Wochen blieben, um Orions Forderungen zu erfüllen.

»Ich habe darüber nachgedacht«, sagte Navan, »und ich glaube, dass der Kontrollraum der Königin immer noch die beste Option ist, wenn es so weit ist. Ich sehe keine Alternativen.«

Ich biss mir auf die Lippe. Einerseits wollte ich zustimmen, aber ich wurde das Gefühl nicht los, dass das einfach zu riskant war. Wir hatten dasselbe Gespräch schon mehrmals in dieser Woche geführt. »Wenn uns jemand erwischt, Navan, dann ist alles aus. Game over.«

»Sie erwischen uns nicht. Nicht, wenn wir vorsichtig sind«, sagte Navan.

Ich seufzte, immer noch nicht überzeugt. »Wir haben ja noch etwas Zeit, um darüber nachzudenken. Wir müssen sowieso zuerst Informationen sammeln, bevor wir versuchen können, etwas zu versenden. Bashrik, Angie und Lauren sollten inzwischen etwas gefunden haben. Auch wenn es nur etwas Kleines ist, wäre das schonmal ein Anfang.« Bashrik hatte Navan gebeten, ihnen allen eine Woche zu geben, um etwas Nützliches zusammenzutragen.

Eine Gestalt tauchte aus einem der Seitenflure, die vom Hauptgang abführten, auf. Ich erkannte das lilagefärbte Haar mit dem eingewobenen Goldschmuck und die beeindruckende Haltung sofort.

»Hallo, Pandora.« Ich lächelte höflich, als Navan und ich versuchten, eilig an der Beraterin der Königin vorbeizugehen.

Doch sie stellte sich vor uns und versperrte uns den Weg, auch wenn es nicht wie eine aggressive Geste wirkte. »Riley, ich störe deinen Nachmittag wirklich ungern, aber die Königin möchte dich unverzüglich sehen. Ich wollte dich gerade im Trainingszentrum suchen gehen, aber es sieht so aus, als ob du mir den Weg erspart hättest«, sagte sie strahlend und winkte mir, ihr zu folgen.

»Ist meine Anwesenheit auch erwünscht?«, fragte Navan und schloss seine Finger instinktiv um mein Handgelenk.

Pandora schüttelte den Kopf. »Heute nicht, Navan. Ich bin mir sicher, dass die Königin nach dir rufen lassen wird, wenn sie dich sprechen möchte.« Sie lächelte, aber in ihrem Ton lag eine Bestimmtheit, die keine Diskussion zuließ.

»Ich komme später zu dir«, versprach ich Navan und löste nach einem kurzen Druck seine Finger von meiner Hand. Er sah mich besorgt an, aber ich drehte ihm den Rücken zu und eilte Pandora nach, die mit ihren langen Beinen bereits ein ganzes Stück den Gang entlanggegangen war.

Als ich ihr nachlief, hatte ich Mühe, das unheilvolle Gefühl loszuwerden, das mich immer vor einer Begegnung mit einer der königlichen Schwestern beschlich. Ich hatte keine Ahnung, warum Brisha mich so dringend sehen wollte. Ich wusste nur, dass diese Begegnungen selten gut für mich ausgingen. Ich hatte immer noch eine kleine Narbe an der Stelle, an der mir bei unserem letzten Treffen Blut abgenommen worden war.

KAPITEL DREI

Ich holte Pandora ein, entschlossen, nicht zurückzubleiben, und so war ich außer Atem und meine Lungen brannten, als wir Königin Brishas Bibliothek erreichten.

Als wir auf die hohen beschnitzten Türen der Bibliothek zugingen, kam uns Lauren entgegen.

»Ich dachte, dass wir uns zum Mittagessen treffen«, sagte sie, schob ihre Brille zurecht und sah mich überrascht an. »Warte, habe ich mir die Uhrzeit falsch gemerkt?« Sie wurde ganz aufgeregt, was mich zum Lachen brachte. Ich wusste, wie Lauren war, wenn sie ins Lernen abdriftete. Sie tauchte manchmal stunden- oder sogar tagelang zwischen Bücherstapeln und Aufsätzen unter.

»Königin Brisha möchte mich sehen. Ich denke, dass sich

die anderen trotzdem zum Essen treffen werden«, antwortete ich.

»Oh, Gott sei Dank. Um ehrlich zu sein, war ich mir nicht einmal sicher, ob heute der richtige Tag ist.« Sie lachte, sah dann nervös hinter sich und legte mir kurz die Hand auf die Schulter. »Pass auf dich auf, Riley. Wir sehen uns später?«

Ich nickte. »Sobald ich hier fertig bin, komme ich zu euch.«

Pandora bedeutete mir, mich zu beeilen und so betrat ich die Bibliothek, während Lauren in die entgegengesetzte Richtung ohne mich zu den anderen ging. Ich spürte ihren besorgten Blick noch im Rücken, bis die Tür zufiel.

Unterwegs hatte ich mich gefragt, worüber die Königin wohl mit mir reden wollte. Meine erste Vermutung war, dass es etwas mit meiner Blutprobe und dem Unsterblichkeitselixier zu tun hatte, weil alle vysanthinischen Anführer nur deshalb an mir interessiert zu sein schienen. Sie waren besessen von der Idee dieses Elixiers. Ich wünschte mir, dass die Königinnen sehen würden, wie albern es aussah, dass sie darum wetteiferten, wer es als Erste entdeckte. Ich hatte keine Ahnung, wie die Forschung, um das Blut zu synthetisieren, voranschritt, vor allem, weil das Alchemielabor ja dem Erdboden gleichgemacht worden war.

Königin Brisha saß an einem prasselnden Feuer, die Füße im Schneidersitz unter sich versteckt, und ein Buch lag offen auf ihrer Sessellehne. Das war ein seltsam normaler Anblick; es war etwas, was ich an einem freien Sonntagnachmittag tun würde. Ich hatte vergessen, dass Königin Brisha trotz allem eine junge Frau war, die neben dem Regieren ihres Königreichs noch andere Interessen und Hobbys hatte.

Sie sah auf, als ich mich ihr gegenübersetzte. »Ah, du bist gekommen! Wunderbar!«, sagte sie.

Ich versuchte, nicht die Stirn zu runzeln. Hatte sie mich denn nicht herbestellt? Ich sah fragend zu Pandora, aber die Beraterin zuckte nur mit den Schultern und machte ein verwundertes Gesicht. »Ja, Königin Brisha«, sagte ich unsicher. »Wolltet Ihr vielleicht mit mir über mein Blut sprechen?«

Doch die Königin schüttelte lachend den Kopf. »Nichts, es ist nichts so Finsteres. Wir arbeiten an den Blutproben, die du und deine Freundinnen uns gegeben haben. Wenn wir mehr brauchen, werde ich euch Bescheid geben. So wie du sprichst, könnte man ja glauben, dass dieser Ort verhängnisvoll für dich ist«, sagte sie mit einem schiefen Lächeln. »Ich habe dich aus einem sehr viel angenehmeren Grund herbringen lassen, falls du mir das glauben kannst.« Ihre silbernen Augen funkelten schelmisch. Das war eine neue Seite an ihr, die ich noch nicht gut kannte, und ich wusste nicht, ob sie mir gefiel.

»Ein angenehmerer Grund, Eure Hoheit?«

»So ist es«, sagte sie herzlich, klappte ihr Buch zu und

richtete sich in ihrem Sessel auf. »Der Grund, warum ich dich hergebeten habe, ist, dass du mit einem Preis ausgezeichnet wirst! Ich muss schon sagen, dass es sehr unerwartet für mich kommt, dass du ihn erhältst, aber ich bin immer offen für angenehme Überraschungen.«

»Ein Preis, Eure Hoheit?«, fragte ich verdutzt.

»Du warst der letzte lebende Soldat in der Kampfsimulation und ein solches Kunststück muss belohnt werden. Den Aufzeichnungen zufolge hast du länger überlebt als alle anderen Rekruten es jemals in der ersten Simulation geschafft haben. Sehr beeindruckend, kleine Kryptonierin. Vielleicht habe ich die Stärke deiner Rasse unterschätzt!«

Meine Wangen röteten sich bei ihrem Lob. »Ich, ähm ... Ich habe nur so lange überlebt, weil Navan mir geholfen hat«, sagte ich, weil ich die Situation klarstellen wollte. »Ehrlich gesagt hat Navan den Preis verdient, nicht ich.«

Die Königin interpretierte meine roten Wangen und meine Worte wohl als falsche Bescheidenheit und lachte. »Ach, Unfug! Du zeigst einen Mut, den niemand von dir erwartet hat, Riley, und den Aufzeichnungen zufolge hast du dich allein tapfer genug geschlagen. Außerdem interessiert mich mehr an dir als nur deine Leistung während der Simulation.«

»Hm?« Ich war mir nicht sicher, in welche Richtung dieses Gespräch ging.

»Niemand hat dich dazu gezwungen, dich beim Militär

einzuschreiben. Du hast das allein getan, obwohl deine körperliche Kraft der eines Vysanthiners deutlich unterlegen ist. Niemand hat dich gezwungen, an der Seite derer zu trainieren, die sich schon seit Jahren auf diese Aufgabe vorbereiten, und trotz allem überwindest du jedes Hindernis und bestehst jede Probe«, schwärmte die Königin. »Niemand drängt dich dazu, hervorzustechen, aber du beweist deine Fähigkeiten jeden Tag. Ich muss sagen, dass nicht einmal Pandora jemanden kennt, der mit solcher Präzision Wurfmesser schleudern kann! Diese Art von Mut und Ausdauer muss belohnt werden.«

»Es ist nicht nötig ...«, setzte ich wieder an.

»Ich finde es sogar sehr nötig, Riley«, fuhr Königin Brisha fort, als ob ich sie nicht unterbrochen hätte. »Du siehst das vielleicht anders, aber wir beide haben ähnliche Seelen, du und ich. Und ich habe beschlossen, es mir zum Ziel zu machen, dir zu helfen, mehr als nur eine Kryptonierin zu sein. Ich möchte dich stärker, schneller, schlauer und kräftiger machen ...«

Ich legte die Stirn in Falten und verarbeitete ihre Worte. Selbst mit einem Körper, der kurz vorm Aufgeben war, und Trainingsstunden, die meistens damit endeten, dass ich auf dem Boden lag und mir wünschte, dass mich jemand von meinem Elend erlöste, hatte ich es irgendwie geschafft, Königin Brisha zu beeindrucken.

»Ich verstehe nicht, Eure Hoheit«, gab ich zu. Ich wusste nicht einmal, was für eine Art von Preisen die Vysanthiner vergaben. Wenn es Blut oder Sklaven waren, dann konnte sie ihren Preis gleich behalten.

Lächelnd beugte sich Königin Brisha über die linke Seite ihres Sessels und hob eine kleine mit Gold und Juwelen verzierte Schachtel hoch. Eine Spange aus Opalin in der Form von zwei Kaltblutflügeln hielt sie verschlossen, Brisha öffnete den Deckel mit einer Fingerbewegung und nahm drei mittelgroße silberne Röhrchen, die mit einem Smaragdpfropfen verschlossen waren, hervor.

»Hier ist dein Preis, Riley«, sagte sie und reichte mir die Röhrchen, die ich argwöhnisch entgegennahm.

»Ähm, danke. Was ist das, Eure Hoheit?«, fragte ich, schüttelte das erste Röhrchen und hörte, wie eine Flüssigkeit darin hin und her schwappte.

»Es ist ein Serum, das dir erlauben wird, dir Flügel wachsen zu lassen«, sagte sie. »Ich dachte, dass drei für dich ausreichen.«

Ich sah sie an und mir fiel die Kinnlade herunter.

»Es ist natürlich nur vorübergehend«, fügte sie hinzu und lächelte, als sie mein erstauntes Gesicht sah. »Die Wirkung lässt nach ein paar Stunden nach, aber das ist von Art zu Art unterschiedlich, vor allem, weil es noch ein ziemlich experimentelles Mittel ist. Damit wirst du nicht länger am Boden bleiben müssen, wenn deine Teamkollegen am Himmel fliegen. Das wird das Spielfeld ebnen und uns sehen lassen, ob du wirklich das Zeug dazu hast, außergewöhnlich zu sein.«

Ich starrte die Königin an. »Es … Es lässt Flügel wachsen«, wiederholte ich. »Wie funktioniert das überhaupt?«

Ihr abschätziges Lachen beruhigte mich kaum. »Du würdest die Wissenschaft, die dahintersteckt, nicht verstehen. Selbst mir gelingt es kaum. Dafür sind die Alchemisten da. Aber ich versichere dir, dass es funktioniert.«

»Obwohl es noch … ziemlich experimentell ist, wie Ihr gesagt habt, Eure Hoheit?«, fragte ich, weil diese Worte in meinem Kopf widerhallten und Alarmglocken läuten ließen.

Sie nickte. »Es wurde erfunden, um gebrochene Flügel zu reparieren und nachwachsen zu lassen, die in einer Schlacht verletzt oder abgerissen wurden. Bislang haben wir eine ausgezeichnete Erfolgsquote, aber das Mittel ist noch in der Testphase«, erklärte sie begeistert. »Wir haben es an Testobjekten verschiedener Spezies ausprobiert, um die Ergebnisse aufzuzeichnen, und wir sind sehr zufrieden mit unseren Fortschritten. Wir kennen noch nicht alle Nebenwirkungen, aber bislang ist niemand gestorben, was immer ein sehr gutes Zeichen ist!«

Ich wusste nicht, ob mich das nun beruhigte oder nicht, aber ich hatte meinen anfänglichen Schock überwunden und die Vorstellung, meine eigenen Flügel zu haben, hatte mich neugierig gemacht.

Meine ganz eigenen Flügel.

Als Kind hatte ich davon geträumt, fliegen zu können, und ich erinnerte mich daran, wie es sich angefühlt hatte, in Navans Armen durch die Luft zu rauschen. Ich bewunderte es, dass er überall hinfliegen konnte, wann immer er wollte. Und nun bot mir Königin Brisha die gleiche Möglichkeit. Wie konnte ich das ablehnen?

»Danke, Eure Hoheit, das ist außerordentlich nett«, sagte ich mit einem breiten Lächeln im Gesicht.

»Und das ist noch nicht alles«, sagte Königin Brisha. Ihr Ton war immer noch aufgeregt und mädchenhaft. »Ich habe noch ein paar andere Überraschungen für dich als Belohnung für deine gute Arbeit.«

»Wirklich, Eure Hoheit, Ihr braucht doch nicht ...«, setzte ich an, aber sie unterbrach mich.

»Ich habe ein paar spezielle Delikatessen für dich und deine kryptonischen Freunde einfliegen lassen. Sie sind auf eure Zimmer geschickt worden«, sagte sie und klatschte begeistert in die Hände.

»Das ist unglaublich großzügig von Euch, Eure Hoheit.« Mein Magen knurrte beim Gedanken an Essen. Ich hatte die Vorahnung, dass es wahrscheinlich von irgendeinem armen Planeten aus einer unbekannten Ecke der Galaxie geplündert worden war, aber es wäre zugegebenermaßen großartig, etwas anderes als Obst und Gemüse oder pulverisierte Astronautennahrung zu essen. Die Auswahl in Vysanthe war wirklich mager und so konnte ich es mir nicht erlauben, pingelig zu sein.

»Ach, und da ist noch etwas«, sagte Brisha und holte eine weitere Schachtel hinter ihrem Sessel hervor und reichte sie mir mit einem schüchternen Lächeln.

»Ich ... ich möchte, dass du das hier Bashrik gibst, weil ich weiß, dass ihr manchmal alle zusammen esst. Ich hätte es ihm ja selbst gegeben, aber ... egal.« Ihr Blick wurde seltsam wehmütig. »Hoffentlich ermuntert ihn das, seine harte Abriet an dem Alchemielabor fortzusetzen. Ich muss sagen, dass mir die Entwürfe, die ich gesehen habe, sehr gefallen, und ich muss sagen, dass ich beeindruckt bin, wie schnell er die besten Baumeister und Maurer aus der Region versammelt hat. Ich meine, ich wusste, dass er gut ist, aber ich wusste nicht, dass er so gut ist.«

Der Ton der Königin hatte sich verändert, als sie von Bashrik sprach, was mich erheiterte, mir aber auch Sorgen machte. Es klang fast nach Zuneigung, aber eine Frau von Brishas Herkunft konnte unmöglich an einem Untergebenen wie Bashrik interessiert sein. Er stammte zwar aus einer hochrangigen Familie, aber er war dennoch im Vergleich zu ihr deutlich untergeordnet. Aber da Königin Brisha Fähigkeiten zu schätzen schien, bewunderte sie vielleicht einfach nur sein Talent. Ich hatte die Entwürfe für das Alchemielabor selbst gesehen und wusste, dass die Königin recht hatte: Die Entwürfe waren tatsächlich sehr beeindruckend.

»Nochmals vielen Dank, Eure Hoheit. Ich bin mir sicher, dass Bashrik sich über das, was die Schachtel enthält, freuen wird, und die Mädchen und ich freuen uns ebenfalls sehr über eine gute Mahlzeit«, sagte ich und rieb mir den Bauch.

»Nicht der Rede wert«, sagte die Königin und winkte ab.

»Das ist das Mindeste, was ich tun kann, nachdem du mir so viele Möglichkeiten eröffnet hast. Du hast meinen Kampfgeist erneuert. Seit dem Angriff meiner törichten Schwester auf mein Königreich plane ich sorgfältig meinen Gegenangriff, um ihr die Zerstörung meines Alchemielabors heimzuzahlen. Sie hat viele meiner Soldaten und Bürger getötet und das kann ich nicht einfach so stehen lassen. Ich werde siegen und wenn es das Letzte ist, was ich tue. Ich arbeite bereits an den Instrumenten, die sie zerstören werden.« Ein kühles Lächeln lag auf Brishas dunklen Lippen und ihre Augen funkelten.

Ich erschauderte und fühlte mich unwohl bei ihrem Gerede von Rache. Wenn Königin Brisha ihre Schwester angriff, dann bedeutete das, dass Navan jeden Augenblick in den Kampf geschickt werden konnte. Ob die Königin auch mich schicken würde, blieb abzuwarten, aber ich sah einer Auseinandersetzung in keinem Fall freudig entgegen. Im Krieg gab es keine Gewinner.

Königin Brishas Gastfreundschaft war etwas anderes, was mich beunruhigte. Wir wurden deutlich besser behandelt, als ich es erwartet hatte, und mit Geschenken überhäuft. Die Wohnungen, die uns zugewiesen worden waren, waren luxuriös und alle Annehmlichkeiten waren auf Knopfdruck vorhanden. Es fehlte uns an nichts; die Küchen wurden immer mit Röhrchen und Blutsuppe für Navan und seinen Bruder und Obst und Gemüse für meine Menschenfreunde und mich aufgefüllt. Wir durften uns relativ frei bewegen, so lange wir Nessun nicht verließen. Und nun erzählte mir Brisha von ihren Kampfplänen.

Mir drehte sich der Magen um, als mir klarwurde, dass diese Welt um uns herum zusammenbrechen würde, wenn – oder sobald – sie unseren Verrat entdeckte. Dann gäbe es kein Zurück mehr.

KAPITEL VIER

Ich nahm das Serum und die Schachtel für Bashrik, überließ Königin Brisha ihren Büchern und Racheplänen und ging schnell durch den Palast, bis ich den Tagesraum erreichte, in dem wir uns zum Essen verabredet hatten. Meinem Gefühl nach war ich stundenlang in der Bibliothek gewesen, aber die Uhren an der Wand sagten mir, dass kaum eine halbe Stunde vergangen war.

Als ich den Raum betrat, sahen meine Freunde von einem runden Tisch, der voller leerer Teller stand, auf. Hinter ihnen sah man durch Fenster, die vom Boden bis zur Decke reichten, auf einen breiten Balkon und dahinter auf rauschende Wasserfälle, die die Berge hinabstürzten, hinaus. In den natürlichen Becken sammelte sich das Wasser in rosaweißem Schaum. Die Farbe kam von den roten Sedimenten in den Felsen, aber mich erinnerte sie verstörend an Blut.

»Das wurde ja Zeit!«, sagte Angie, obwohl Navan und Lauren den anderen definitiv erzählt hatten, warum ich aufgehalten worden war. Ich merkte, dass alle erleichtert waren, mich heil wiederzusehen.

»Wie ist es gelaufen?«, fragte Navan und zog einen der Stühle zurück, damit ich mich setzen konnte.

Ich zuckte mit den Schultern. »Um ehrlich zu sein besser, als ich erwartet habe«, sagte ich, während sich Navan wieder auf den Stuhl neben mir setzte.

Lauren runzelte die Stirn. »Wieso?«

»Ich dachte, dass sie vielleicht mit mir über die Blutprobe oder das Elixier sprechen wollte, aber das war es nicht. Sie wollte mir einfach nur ein Geschenk geben«, sagte ich. Mir war klar, wie eigenartig das klang. Mein Blick fiel auf die leeren Teller und das Essen, was noch in den Schüsseln übrig war, aber mein Hunger war verschwunden.

»Die Königin wollte dir ein Geschenk überreichen?«, fragte Bashrik beinahe verächtlich.

Ich legte die Röhrchen mit dem Flügelserum auf den Tisch. »Sie hat mir die hier gegeben.«

Navan hob eines der Röhrchen hoch und drehte es in seinen Händen. Dann schüttelte er es und lauschte auf das Geräusch der Flüssigkeit, genau wie ich es getan hatte.

»Es ist ein Serum, mit dem mir für ein paar Stunden Flügel wachsen«, sagte ich und wurde immer aufgeregter beim Gedanken daran, selbst in die Luft abzuheben. »Sie will, dass ich in den Schlachtszenarien die gleichen Voraussetzungen habe. Es ist noch ein bisschen experimentell, aber scheinbar ist es sicher genug.«

Navans Blick verfinsterte sich. »Dieses Zeug ist auf keinen Fall sicher genug, um von Menschen benutzt zu werden«, sagte er und hielt das Röhrchen gegen das Licht. »Du überlegst doch nicht ernsthaft, das zu trinken, oder?«

Ich zuckte mit den Schultern. »Ich denke noch darüber nach«, wich ich ihm aus.

»Du wirst es zumindest einmal benutzen müssen«, sagte Bashrik und warf seinem Bruder einen eindringlichen Blick zu.

»Sie muss überhaupt nichts tun, wenn sie es nicht will«, schaltete sich nun Angie ein und sah Bashrik bissig an. Ich hätte beinahe aufgelacht und fragte mich, wie sie wohl in letzter Zeit miteinander klargekommen waren, wo sie doch im neuen Alchemielabor auf so engem Raum zusammenarbeiteten. Scheinbar schafften sie es immer noch sehr gut, sich gegenseitig auf die Nerven zu gehen.

»Angie hat recht«, sagte Navan.

Bashrik verdrehte die Augen. »Bin ich denn der Einzige mit gesundem Verstand an diesem Tisch?«, seufzte er aufgebracht. »Du wirst es benutzen müssen, Riley, denn wenn du es nicht tust, dann wird Königin Brisha das als persönliche Beleidigung auffassen. Sie hat dir ein Geschenk gegeben, das selbst nach vysanthinischen Maßstäben ziemlich außergewöhnlich ist. Wenn du es nicht benutzt, dann wird die Königin sich mehr als vor den Kopf gestoßen fühlen und wir können solche Schwierigkeiten jetzt wirklich nicht gebrauchen ...«

»Es ist zu gefährlich«, sagte Navan, aber sein Bruder verdrehte noch einmal genervt die Augen.

»Dieser ganze Planet ist zu gefährlich für sie, Navan«, antwortete Bashrik. »Aber entgegen aller Wahrscheinlichkeiten mag die Königin deine geliebte Riley aus irgendeinem Grund und ich schlage vor, dass wir das zu unserem Vorteil nutzen. Wenn die Königin sagt, dass dieses Zeug sie nicht umbringen wird, wo liegt dann das Problem? Es gibt eine Million Dinge auf diesem Planeten, die sie umbringen könnten und um die du dir keine Sorgen machst.«

»Natürlich mache ich mir auch darum Sorgen«, brummte Navan.

»Übrigens hat die Königin mir auch etwas für dich gegeben, Bashrik«, sagte ich, um den Streit zu unterbrechen, bevor er zu hitzig wurde. Ich reichte dem erstaunten Bashrik die Schachtel. »Sie hofft, dass dir das dabei hilft, deine gute Arbeit am Alchemielabor fortzusetzen«, sagte ich, obwohl ich keine Ahnung hatte, was die Schachtel enthielt.

Bashrik nahm das Geschenk zögernd an, hob den Deckel und spähte hinein. Sofort wurde sein Gesicht blass – nur seine Wangen glühten rot. Ich sah unter der fahlen Haut an Bashriks Hals, wie sein Adamsapfel sich bewegte, als er schluckte.

»Ein Arakarherz!«, lachte Navan auf und hielt sich den Bauch. Bashrik sah zu Tode beschämt aus. Jedes Mal, wenn

Navan aufsah, lachte er wieder los, bis er schließlich leise hysterisch kicherte, weil Bashrik ihm einen finsteren Blick zuwarf. »Sie hat dir ein Arakarherz gegeben!«, brachte Navan zwischen seinen Lachkrämpfen hervor und schlug mit einer Hand auf den Tisch. »Sieht so aus, als ob Riley nicht die Einzige ist, die die Zuneigung der Königin gewonnen hat!«

»Das ist nicht witzig!«, fauchte Bashrik und knuffte seinen Bruder gegen die Schulter.

»Ein Arakar-Herz?«, fragte ich und sah zu Angie und Lauren hinüber, die genauso verwirrt waren wie ich.

Navan nickte und wischte sich die Augen trocken. »Das ist ein vysanthinisches Geschenk, um jemandem den Hof zu machen«, sagte er, immer noch kichernd. »Ich habe gesehen, dass sich die Menschen Rosen oder Schokolade schenken, aber wir schenken ein Arakarherz, wenn wir jemanden wirklich mögen«, sagte er und grinste seinen Bruder an.

»Wo ist denn dann Rileys Arakarherz, hm?«, fauchte Bashrik, um etwas von seiner Würde zurückzuerkämpfen. Aber als ich loslachte, verzog er wieder verärgert das Gesicht. Ich war weder an Arakarherzen noch an Rosen oder Schokolade interessiert. Ich wusste, was Navan für mich empfand, und das war alles, was ich brauchte.

»Die Königin liebt dich!«, trällerte Angie mit schelmischem Blick. »Deshalb schickt sie dir ständig Röhrchen, wenn wir arbeiten. Jetzt verstehe ich! Sie findet dich süß. Sie will dich küssen«, gackerte sie, begeistert, dass sie eine neue Angriffsfläche gefunden hatte.

»Du bist gleich arbeitslos, wenn du nicht die Klappe hältst!«, warnte Bashrik sie giftig.

Angie lachte. »Ich würde zu gern sehen, wie du versuchst, mich zu feuern. Ohne mich hättest du das Fundament nicht legen können und das weißt du auch. Ich bin die Messleiterin und wenn ich nicht gemerkt hätte, dass die Bauarbeiter fast einen Fußbreit schief gearbeitet haben, hättest du jetzt ein wackliges Fundament, auf dem dein schönes Gebäude einstürzen würde, noch bevor es fertiggestellt ist.«

Bashrik schnaubte. »Du bewegst dich auf sehr dünnem Eis. Ich kann jemand anderen finden, um als Messleiter zu arbeiten, wenn du noch einmal aus der Reihe tanzt«, sagte er, klang aber nicht mehr wütend. Seine Züge waren weicher geworden und er hob den Deckel der Schachtel noch einmal an und starrte in ihr Inneres. »Ich kann nicht fassen, dass sie mir das geschickt hat«, sagte er heiser. »Was soll ich tun, wenn sie nun im Gegenzug etwas von mir erwartet?«

»Meide sie wie die Pest«, schlug Angie vor. »Ich kenne eine Million Wege, um Jungen aus dem Weg zu gehen, mit denen ich nicht sprechen wollte. Ich werde dir ein paar Tricks beibringen und ich kann immer eingreifen, wenn du meine Hilfe brauchst.« Sie grinste breit.

Auch ich lächelte. Die Welt der High-School-Jungs erschien mir unglaublich weit entfernt. Das hier war nicht das Leben, das wir geplant hatten. In all dem Chaos hatte ich das Zeitgefühl verloren, aber es konnte nicht mehr lange dauern, bevor Angie ihr großes Praktikum bei einer angesagten Sportmodemarke beginnen und Lauren ihr Vorstudium für Jura anfangen sollte. Wir hatten alle solch große Träume gehabt, aber stattdessen waren wir in den Strudel dieses Wahnsinns geraten und ein Ende war nicht in Sicht.

Ich konnte mir nur schwer vorstellen, wie sich alle zu Hause fühlen würden, wenn wir nicht zum versprochenen Zeitpunkt zurückkehrten. Sie würden die Polizei einschalten, eine Vermisstenanzeige aufgeben und unsere Familien würden schrecklich leiden.

»So wunderbar deine blühende Romanze auch ist, lieber Bruder, haben wir andere Dinge zu klären, jetzt, wo Riley auch hier ist«, sagte Navan, nachdem er sich geräuspert hatte und endlich nicht mehr grinste. »Wir dachten, dass wir auf dich warten, bevor wir über Orion sprechen«, sagte er und wandte sich mir zu.

Ich nickte und atmete tief durch. »Hat jemand schon etwas über das Elixier erfahren?«

Ein angespanntes Schweigen breitete sich in der Runde aus.

»Wir mussten all die Pläne für das Alchemielabor zeichnen und sind ständig beobachtet worden, sodass wir nicht wirklich Zeit hatten, uns davonzuschleichen und herumzuspionieren«, sagte Angie mit entschuldigendem Blick und sah zu Bashrik.

»Es wird einfacher, wenn wir den ersten Stock bauen, aber ich glaube, dass alle Angst hatten, dass wir abhauen könnten, während das Fundament gegossen wurde«, sagte er. »Aber wir sind noch hier, das Fundament steht und jetzt sollten wir etwas weniger unter Beobachtung stehen.«

»Ich habe mich eine Woche lang erfolglos in den Büchern vergraben«, sagte Lauren. »Ich habe so viel wie möglich über die vysanthinischen Arbeiten und chemische Verbindungen gelesen, um zu sehen, ob ich etwas Nützliches finde, aber ich bin auf nichts gestoßen, was mit dem Elixier zu tun hat und was wir nicht schon wüssten. Noch nicht zumindest.«

»Wir haben die ganze Woche lang trainiert, also haben wir alle nichts gefunden«, seufzte Bashrik.

»Nicht ganz«, sagte Bashrik nachdenklich. »Es gibt einen Alchemisten, der Angie und mich ständig nach den Fortschritten des neuen Alchemielabors und dem Eröffnungsdatum fragt. Er kann es kaum erwarten, wieder arbeiten zu gehen …«

»Gegen ihn sieht Oscar aus der Sesamstraße wie eine Miezekatze aus«, sagte Angie und schnitt eine wütende Grimasse, die wohl den seltsamen Mann darstellen sollte.

Bashrik runzelte die Stirn. »Ich habe keine Ahnung, wer dieser Oscar ist, aber dieser spezielle Alchemist ist ein echter Muffel. Yorrek ist wirklich nicht die Person, die man ständig im Nacken haben möchte. Aber auf jeden Fall wäre es sehr nützlich, wenn wir ihn entführen und verhören könnten.«

Angie nickte. »Er lebt in einem naheliegenden Dorf, aber er kommt so ziemlich jeden Tag in die Stadt, um uns zu nerven. Wenn wir ihn auf seinem Weg in die Stadt abfangen können, dann könnten wir ihm vielleicht etwas Nützliches entlocken.«

»Es ist riskant, aber da er nicht in der Stadt wohnt und ihn niemand mag, wird ihn auch keiner vermissen«, sagte Bashrik und sah auf der Suche nach Bestätigung zu Angie. »Soweit ich es beurteilen kann, hat er keine Freunde und bleibt eher für sich – wenn er nicht gerade uns auf die Nerven geht. Und da die Alchemisten erst einmal nicht gebraucht werden, bis das neue Labor steht, könnte er ein paar Tage verschwinden, ohne dass es jemandem auffallen würde.«

Angie grinste. »Ich glaube, dass wir ihm damit sogar einen Gefallen tun würden.«

»Aber wie sollen wir ihn wieder freilassen, wenn wir mit ihm fertig sind?«, fragte ich. Ich sah ziemlich viele Lücken in diesem riskanten Plan. »Er würde doch sicher jemandem verraten, was mit ihm passiert ist, aber andererseits können wir ihn auch nicht ewig einschließen oder ... ihn umbringen. Das würde irgendwann jemandem auffallen.«

»Wir könnten ihm ein Röhrchen Elysium geben, um seine Erinnerungen zu löschen, sobald wir fertig sind«, sagte Navan. »Sicher gibt es im Palast ein paar Verhörzimmer oder einen Krankenbereich, zu dem wir uns Zugang verschaffen können. Dieser Yorrek hat vermutlich die Zutaten selbst in seinem Haus, wenn er die Art von Alchemist ist, für die ich ihn halte, also von denen, die die Arbeit mit nach Hause nehmen, weil sie nicht gern in der Nähe von anderen sind. Meine Sorge ist eher, dass er uns nichts Nützliches verraten wird. Er hat keinen Grund, es zu tun.«

Darüber hatte ich nicht nachgedacht. Wenn Yorrek von seiner Arbeit so besessen war, wie Bashrik ihn beschrieb, dann würde er seine Geheimnisse nicht aufgeben. Er würde seine Position als königlicher Alchemist niemals gefährden, selbst unter Druck nicht.

»Wir könnten ein Serum aus der Poroporofrucht schaffen«, sagte Lauren plötzlich, so als ob ihr ein Licht aufgegangen wäre. »Ich habe in der Bibliothek von dieser Frucht gelesen. Sie ist in Nordvysanthe heimisch. Sie hat hypnotische Eigenschaften, wenn sie gegessen oder gespritzt wird und versetzt Personen in einen extrem empfindsamen Zustand. So könnten wir ihm Fragen stellen und ehrliche Antworten erhalten ... wenn wir ihm die richtige Menge verabreichen.«

»Noch nie davon gehört«, sagten Bashrik und Navan gleichzeitig.

»Natürlich habt ihr das nicht! Ihr seid ja aus dem Süden«, sagte Angie. »Sprich weiter, Lauren. Ignorier diese Unwissenden.«

Lauren lächelte. »Scheinbar gab es vor ein paar Jahren Probleme mit der Frucht. Die Leute haben sie zum Vergnügen gegessen und zwar so viel davon, dass sie sie beinahe bis zum Aussterben geerntet haben, weshalb sie nicht mehr überall wächst. In einem Buch steht, dass sie noch in bestimmten Gegenden von Nordvysanthe wächst, aber ich kann mich nicht mehr genau an sie erinnern ... Ich werde es nachlesen und euch so bald wie möglich Bescheid geben.«

»Riley und ich können sie suchen, wenn du uns die Information gibst«, sagte Navan. »Wir haben einen Tag in der Woche frei, ihr aber nicht. Wenn wir der Königin sagen, dass wir die Stadt für einen romantischen Ausflug verlassen wollen, hat sie sicher nichts dagegen. Vor allem, wo sie selbst in einer so romantischen Stimmung zu sein scheint.« Navans Grinsen tauchte wieder auf und er klopfte Bashrik auf die Schulter.

Sein Bruder stöhnte; er hatte offensichtlich gehofft, dass die ganze Arakarherzgeschichte vergessen wäre. »Egal wie wir ihre Sicherheitsvorkehrungen umgehen – wir müssen uns beeilen«, sagte er knapp. »Uns läuft die Zeit davon.«

Ich schluckte und mir wurde flau im Magen, als er uns daran erinnerte. Uns blieben nur noch drei Wochen, bevor Orion seine Drohung wahrmachen und meine Eltern töten würde. Wir standen mehr denn je unter Zugzwang.

Wir durften sein Ultimatum auf keinen Fall verstreichen lassen.

KAPITEL FÜNF

Ich schlug auf das Deck auf und meine Lungen brannten, als die letzte Luft aus mir herausgepresst wurde. Schon jetzt tat mir jeder Muskel in meinem Körper mehr weh als jemals zuvor, aber das war egal. Ich musste aufstehen. Ich musste weiterkämpfen.

Ich verzog das Gesicht, krallte meine Finger in den Boden und stemmte mich auf. Dann ballte ich die Hände vor dem Gesicht und bereitete mich auf einen weiteren Angriff vor. Ich war mit einer Kaltblüterin namens Iskra eingeteilt worden und sie schien sich vorgenommen zu haben, mich alle fünf Sekunden umzuhauen. Aber trotz allem war ich fest entschlossen, nicht am Boden zu bleiben. Auf gar keinen Fall würde ich diesem Kaltblut die Genugtuung gönnen, aufzugeben.

Meine Beine zitterten, als ich zu Iskra aufsah. Ihr

Gesicht war eine wütende Grimasse, als ich mich ihr näherte. Mit jedem Mal, das ich einem ihrer Schläge auswich, wusste ich, dass ich sie wütender machte und sie kürzer davor war, aus der Haut zu fahren. Das war genau das, was ich vorhatte. Sie würde Fehler machen, wenn sie frustriert war.

Mit gefletschten Zähnen stürzte sie sich auf mich und bot mir die Gelegenheit, auf die ich gewartet hatte. Ihr Angriff war ungeschickt und ihre Muskeln waren nicht auf meine schnelle Reaktion vorbereitet. Ich stellte ihr ein Bein und sie stolperte. Sobald sie das Gleichgewicht verloren hatte, stieß ich ihr meinen Ellbogen fest in die weichste Stelle ihrer Schulter und übte genug Druck aus, dass sie zu Boden fiel. Sie stürzte mit einem Stöhnen und riss den Kopf zu mir herum, als ich mich auf ihren unteren Rücken kniete und sie festnagelte, nachdem sie versucht hatte, nach mir auszuholen. Ich wusste, dass ich nicht lange überstehen würde, weil sie mir an Körperstärke weit überlegen war, aber immerhin hatte ich sie wenigstens einmal zu Boden gezwungen.

Ich sprang zurück, als sie herumwirbelte und mich mit hasserfüllten Augen ansah. Rings um mich sahen die anderen Rekruten erheitert dabei zu, wie Iskra sich wieder aufrappelte. Es wäre für jeden von ihnen peinlich gewesen, von einer unterlegenen Spezies umgeworfen zu werden, und ich sah ihnen an, dass sie erleichtert waren, dass es jemand anderen getroffen hatte.

»Dafür wirst du büßen, du Blutegel«, fauchte sie und die Muskeln unter ihrer aschfahlen Haut zuckten. Dieses Mal würde sie besser vorbereitet sein, wenn sie mich angriff. Um ehrlich zu sein, wusste ich nicht, wie viele Schläge ich noch aushalten konnte, bevor ich am Boden liegenbleiben musste. Schon jetzt fühlte ich mich zermahlen und das Tagestraining war erst zur Hälfte vorbei. Nach dem Mittagessen warteten noch sechzig Runden des brutalen Angriffskurses auf mich.

»Deine Scham wird länger anhalten als meine blauen Flecke«, zog ich sie auf und hob die Fäuste. Ich wurde besser darin, die Bewegungen meiner Gegnerin vorherzusehen, obwohl ich jeden Schlag einmal abbekommen musste, um ihn beim nächsten Mal vorhersehen zu können, und langsam wurde mir schummrig von all den Schlägen, die meinen Kopf getroffen hatten.

Bevor Iskra sich wieder auf mich stürzen konnte, hallte eine Stimme dumpf durch den Trainingsraum. »Fünf Minuten Pause!«, schrie Pandora und unterbrach das Training unvermittelt. Ich hatte nicht bemerkt, dass sie uns beobachtet hatte, genauso wenig die Gestalt, die wenige Schritte hinter Pandora die Treppen in den Trainingsraum hinabstieg.

Die Kaltblutrekruten verbeugten sich tief, als Königin Brisha durch die Gruppe schritt, und gingen dann auseinander, um Wasser zu trinken oder standen in kleinen Gruppen zusammen, um zu besprechen, was am Morgen passiert war. Ein paar von ihnen sahen in meine Richtung, aber ich ignorierte sie. Die Königin blieb neben meiner Trainingsmatte stehen. Ich folgte Iskras Bewegung. Sie verneigte sich tief, bis die Königin sie mit einer Handbewegung fortschickte.

»Sehr beeindruckend, Riley«, sagte sie mit einem Lächeln.

»Ich wusste nicht, dass Ihr zuseht, Eure Hoheit«, erwiderte ich höflich und bemüht, das Gesicht nicht zu verziehen, während ich mir den Ellbogen rieb, wo ich mir ziemlich sicher etwas ausgerenkt hatte.

Sie nickte. »Hin und wieder beobachte ich meine neuen Rekruten gern unbemerkt. Ich habe das Gefühl, dass sich die Rekruten zu sehr anstrengen, wenn sie wissen, dass sie beobachtet werden.«

»Vielleicht hätte ich mich wirklich etwas mehr angestrengt, wenn ich es gewusst hätte, Eure Hoheit«, witzelte ich und wischte mir mit einem Handtuch, das ich am Rand hatte liegen lassen, über den Ellbogen.

»Unfug, du scheinst dich großartig zu schlagen!«, sagte sie. »Obwohl ich noch nicht gesehen habe, dass du deine Flügel einsetzt, obwohl sich die anderen Auszubildenden schon im Luftkampf üben. Hast du dein Geschenk schon ausprobiert?« Ein neugieriges Blitzen wurde in ihren silbernen Augen sichtbar, während sie auf meine Antwort wartete. Ich kam mir vor, als ob ich eine Tante enttäuschte, deren Geschenk mir nicht gefiel.

»Ich habe ein paar Schlucke genommen, Eure Hoheit, aber es ist nichts passiert. Vielleicht funktioniert es bei mir nicht«, antwortete ich und hoffte, dass sie meine Lüge nicht durchschaute. Ehrlich gesagt hatten mir die Röhrchen mit dem Flügelserum so viele Sorgen gemacht, dass ich letztlich beschlossen hatte, sie einfach zu ignorieren.

Navan hatte mich mit seiner Angst angesteckt. Ich wusste nicht, wie die Tropfen mich beeinträchtigen konnten, da sie sich immer noch in einer experimentellen Phase der Produktion befanden, und nach meiner letzten Erfahrung mit vysanthinischen Tränken hatte ich keine Lust, meine Gesundheit noch einmal zu riskieren, solange ich mir nicht sicher über das Ergebnis war.

»Ein paar Schlucke?« Die Königin kniff die Augen zusammen.

Ich nickte, konnte ihr aber nicht in die Augen sehen.

»Unmöglich, Riley. Nach ein paar Schlucken hättest du Flügel so breit und stark wie alle anderen in diesem Trainingsraum. Warum lügst du mich an? Weißt du, was die Strafe dafür ist, deine Königin anzulügen?«, fragte sie, klang aber nicht wirklich böse, sondern eher enttäuscht. Ich brauchte kein Genie zu sein, um zu sehen, dass sie beleidigt war, weil ich ihr Geschenk ablehnte, genauso wie Bashrik es vorausgesehen hatte.

»Es tut mir leid, Eure Hoheit. Ich wollte Euch nicht anlügen. Es ist nur ... Ich schäme mich«, antwortete ich schnell. »Ich schäme mich, weil ich Angst habe, nicht gut genug zu sein. Ich bin nervös, weil ich nicht weiß, wie schwer es ist, fliegen zu lernen.«

Einen Augenblick lang sagte Königin Brisha nichts und ihr Gesicht war eine undurchdringliche Maske. Dann brach sie in schallendes Gelächter aus. Ich hatte mich herausgeredet. Ich wusste zwar nicht wie, aber ich hatte es geschafft.

»Hast du deiner Geliebten nicht angeboten, sie zu unterrichten, Navan?«, neckte die Königin und deutete auf Navan, der nicht weit von meiner Trainingsmatte entfernt stand. »Du erstaunst mich. Ich dachte, dass du begeistert davon wärst, deiner Partnerin beizubringen, mehr wie wir zu sein!« Sie lächelte schüchtern und ich fragte mich, ob sie wohl gerade an Bashrik dachte.

Ich sah mich im Trainingsraum um und hoffte, dass niemand gehört hatte, wie Königin Brisha in einer so sorglosen, offenen Art über unsere Beziehung sprach. Ich war mir sicher, dass inzwischen alle Verdacht geschöpft hatten, aber ich wollte ihnen nicht noch mehr Munition gegen mich geben.

»Ich hätte mich angeboten, wenn sie mir gesagt hätte, dass sie dieses Geschenk erhalten hat, Eure Hoheit«, antwortete Navan gelassen und legte seinen Arm um meine Taille. »Wieso hast du mir nichts davon gesagt?«, fragte er und sah mich stirnrunzelnd an.

»Ich wollte dich überraschen«, sagte ich. »Ich wollte es allein lernen, aber dann habe ich Angst bekommen und … dann bin ich einfach nie dazu gekommen.«

Navan lächelte warm und sah mir tief in die Augen. »Jetzt kann ich es dir zeigen, ohne dass du Angst haben musst, vom Himmel zu fallen. Wenn du fällst, dann werde ich da sein, um dich aufzufangen«, sagte er leise und strich mir eine Haarsträhne hinter die Ohren. Ich hätte am liebsten laut losgelacht, weil seine Worte wie aus einer schnulzigen Liebeskomödie klangen. Aber die Königin schien begeistert zu sein und ihre Augen funkelten wie verzaubert.

»Ach, so ein junges Liebespaar, ihr zwei«, seufzte sie. »Warum geht ihr nicht nach draußen auf das Trainingsfeld, statt hier drinnen zu bleiben, und probiert dein Geschenk aus? Ich gebe euch meine Erlaubnis, den heutigen Unterricht ausfallen zu lassen, damit du stattdessen fliegen lernst.« Sie zwinkerte uns zu und scheuchte uns zur Tür hinaus, ohne uns Gelegenheit zu geben, ihr zu widersprechen. Ich wusste, dass die anderen Auszubildenden das nicht gut finden würden, aber das war mir inzwischen egal. Sie würden mich so oder so hassen, da konnte ich genauso gut etwas Nützliches lernen.

Also hüllte ich mich in meinen Pelzmantel und wir gingen den langen Gang entlang, der durch das Trainingszentrum führte, und liefen in die entgegengesetzte Richtung zum Ausgang. Wir blieben nicht eher stehen, als dass wir ihn erreicht hatten.

Der lange Weg endete an einem großen Hangar, in dem mehrere Schiffe an die Wände angedockt parkten. Es waren Übungsschiffe für die Zeit, wenn die Auszubildenden zu vollwertigen Soldaten wurden. Hinter dem Hangar lagen zwei große Türen, die auf ein weites, leeres Feld hinausführten, das für Schlachtszenarien mit Kampfhubschraubern und anderen bewaffneten Schiffen benutzt wurde. Heute war niemand hier draußen und die Gelegenheit war perfekt, um Fliegen zu lernen.

Unauffällig schlüpften wir durch die kleinere Tür, die in der größeren eingelassen war, und traten in die beißende Kälte hinaus. Es war ein klarer Tag, der Himmel war blass, fast pastelllilafarben, und die eisige Sonne schien auf die Landschaft hinab. Kaum eine Wolke hing am ruhigen Himmel, aber ich roch den Ozongeruch, der normalerweise zu spüren war, bevor ein Sturm aufzog. Ich vergaß immer wieder, dass dieser Sturm in Vysanthe immer in der Luft lag, ob es nun stürmte oder nicht.

Wir blieben auf dem zweiten Feld stehen und die frische Brise machte mich nach dem anstrengenden morgendlichen Training wieder munter. Ich trug bereits ein Röhrchen des Flügelserums für alle Fälle in meiner Manteltasche und hatte die anderen beiden sorgfältig in unserer Wohnung versteckt. Aber trotzdem war ich nervös. Was war, wenn etwas schiefging?

»Bist du dir sicher, dass du das tun willst?«, fragte Navan, als ich das Röhrchen aus der Tasche holte.

Ich nickte steif. »Sie wird mich beobachten und ich will sie nicht noch mehr beleidigen, als ich es schon getan habe.«

»Ich habe keine Ahnung, wie das funktioniert, aber du wirst sicher deinen Mantel ausziehen müssen«, murmelte er.

Ich fürchtete mich vor dem eisigen vysanthinischen

Wind auf meiner Haut, aber ich schälte mich aus dem schützenden Mantel und warf ihn beiseite, was ich sofort bereute, weil ich zu zittern begann. Ich ignorierte die Kälte, so gut ich konnte, zog den Smaragdpfropfen aus der Flasche und hob sie an meine Lippen. Das Metall des Röhrchens fühlte sich kalt auf meinen Lippen an und ein saurer Geruch stieg empor.

Ich ließ ein paar Tropfen des erstaunlich dickflüssigen Tranks meine Kehle hinunterlaufen. Es war geschehen, bevor ich zu lange darüber nachdenken konnte.

»Tja ... es passiert nichts«, sagte ich und tastete meine Schultern ab, um zu sehen, ob etwas wuchs.

»Warte einen Augenblick. Ich bezweifle, dass es unmittelbar wirkt«, sagte Navan aufmunternd, obwohl ich ihm ansah, dass er besorgt war.

»Wie hast du Fliegen gelernt?«, fragte ich, während ich darauf wartete, dass das Serum zu wirken begann. Ich musste etwas tun, um mich von dem abzulenken, was ich gerade getan hatte.

Er lächelte. »Meine Mutter hat es mir beigebracht, als ich zwei war. Sie hat mit den Grundlagen angefangen, also mit Hebe- und Falltechniken und Steigflug, danach haben wir mit Schweben und Flügelkontrolle weitergemacht. Es geht im Prinzip um Strömungen und Windlöcher und darum, wie kräftig du mit den Flügeln schlagen kannst«, erklärte er. Normalerweise hätte ich bei der Vorstellung eines unbeholfenen, flatternden Zweijährigen lächeln müssen, aber im Augenblick konnte ich nur an das Serum in mir denken. Ich spürte immer noch nichts.

Doch dann ging es plötzlich los.

Es begann mit einem brennenden Gefühl in der Magengrube und dann jagten kleine Stromstöße durch meine Nervenenden. Ich zuckte zusammen, versuchte, es auszuhalten, aber der Schmerz war zu stark. Er schoss durch meinen Körper, nahm jede Zelle und jede Sinneswahrnehmung ein, bis ich nur noch weißbrennenden Schmerz fühlte. Navan legte seine Arme um mich und ich klammerte mich an seinen Schultern fest, um ihn als Anker in diesem Meer der Qual zu benutzen.

Einen Augenblick später strömte der Schmerz aus meinen Gliedern in die Kanten meiner Schulterblätter. Ein seltsames Gefühl folgte, so als ob etwas mit Gewalt durch meine Haut zu stechen versuchte. Ich dachte an alle Sci-Fi-Horrorfilme, die ich je gesehen hatte, und fürchtete, dass etwas Widerliches und Fremdartiges aus meiner Haut hervorplatzen würde. Bei der Idee wurde mir ganz flau im Magen und ich musste mich fester an Navan klammern, weil ich Angst hatte, zusammenzubrechen.

Ich spürte, wie etwas zerriss und sich dehnte, so als ob jemand meinen Rücken mit einer Rasierklinge aufgeschnitten hätte. Ich schrie vor Schmerz auf und verschloss die Augen fest. Es tat weh. Es tat wirklich weh. Ich erinnerte mich daran, wie Ronad mit dem Verlust seiner Flügel zu kämpfen gehabt hatte, die Stirn fieberglänzend. Seine

Schreie waren durch die texanische Nacht gehallt. Wie dumm war ich doch gewesen – ich hätte wissen müssen, dass es wehtat.

Im Gras vor mir sah ich zwei seltsame Schatten aus meinem Umriss hervorragen, aber meine Augen waren vor Tränen zu feucht, um etwas Genaueres erkennen zu können. Ich spürte ein neues Gewicht, an das ich nicht gewöhnt war, aber das Überraschendste war, dass mir nicht mehr kalt war. Was auch immer das Serum getan hatte – ich fühlte mich nicht mehr so verletzlich wie vorher.

»Sind sie da?«, flüsterte ich, sobald der Schmerz nachließ.

Navan nickte langsam und mit geweiteten Augen. »Sie sind da ... und, wow, es ist total eigenartig, dich so zu sehen.«

Ich atmete ein und wartete noch einen Augenblick, bevor ich mich von Navan löste. Zum ersten Mal spürte ich die Flügel. Sie waren größer und schwerer, als ich erwartet hatte, und mein verlagertes Gewicht ließ mich beinahe stolpern. Aber ich schaffte es, mich aufrecht zu halten, und konzentrierte mich darauf, mit den Flügeln zu schlagen, aber nichts geschah.

»Lass uns langsam anfangen«, sagte Navan, als er seine eigenen majestätischen Flügel ausbreitete. Er schlang seine Arme um mich und wir hoben vom Boden ab.

Ich hielt mich an ihm fest und nahm mir einen Moment, um das Gefühl seines Körpers an meinem zu spüren, jetzt, wo der Schmerz vorbei war.

»Es wird mir schwerfallen, mich zu konzentrieren«, hauchte ich mit einem schüchternen Grinsen.

Er lächelte. »Konzentrier dich, Mädchen«, rügte er mich. »Ich will, dass du dir deine Flügel wie Muskeln vorstellst. Denk darüber nach, was du bewegen willst, und dann bewegst du es.« Seine Hände strichen über meinen Rücken zu der Stelle, aus der meine Flügel gewachsen waren.

Ich tat, was er gesagt hatte, und stellte mir die neuen Muskeln und Sehnen vor, die sich gebildet hatten, und konzentrierte mich darauf, wie sie zu bewegen waren. Zu meiner Überraschung bewegte sich der linke Flügel leicht. Ich quietschte vor Begeisterung und versuchte es noch einmal. Dieses Mal schaffte ich einen ganzen Flügelschlag, der uns beide beinahe eingehüllt hätte. Ich konzentrierte mich noch mehr und flatterte erst mit dem rechten, dann mit dem linken Flügel, bevor ich sie beide zusammenführte und sie zum ersten Mal gemeinsam bewegte. Die Flügel waren dunkel, geschmeidig und nicht annähernd so lederartig wie normale Kaltblutflügel. Meine hatten einen fast grünen Schimmer, so wie Federn einer Elster, wenn die Sonne sie in einem bestimmten Winkel traf.

»Gut, jetzt möchte ich, dass du versuchst, dich auf einer Luftströmung gleiten zu lassen«, sagte Navan. Er nahm meine Taille und flog mit mir zu einem Windloch mit wärmerer Luft. Sobald er die richtige Stelle gefunden hatte, flog er auf diesem Punkt und streckte mich von sich. »Breite deine Flügel aus und lass dich von der Strömung nach oben tragen.«

Ich gehorchte und spürte, wie der Windstrom unter meinen Flügeln entlangglitt und mein Körper nach oben getragen wurde. Doch als die Strömung nachließ, geriet ich in Panik und begann, auf den Boden zuzustürzen. Ich flatterte hektisch, schaffte es aber nicht, beide Flügel gleichzeitig zu bewegen, sodass ich von einer Seite zur anderen geworfen wurde. Navan rauschte mir nach und fing mich auf, bevor ich dem Boden zu nahe kam. Sein Lachen hallte beruhigend in meinen Ohren. Er drehte mich in seinen Armen zu sich und drückte mich fest an sich.

»Gar nicht schlecht«, flüsterte er. »Und ich muss schon sagen, jetzt, wo ich mich daran gewöhnt habe: Die geflügelte Riley ist sehr sexy.« Er neigte seinen Kopf zu mir und küsste mich auf den Mund, einen Arm um meine Taille geschlungen, den anderen um meinen Rücken gelegt.

»Danke, ebenfalls«, brachte ich heraus. Ihm in einer so gefährlichen Umgebung so nah zu sein, ließ mich irgendwie wünschen, ihm die Kleider vom Leib zu reißen.

Seit Bashrik uns vor einer Woche unterbrochen hatte, hatte ich nicht allzu viel über die Aussicht auf Sex mit Navan nachgedacht, aber jetzt konnte ich den Gedanken daran nicht beiseiteschieben. Alles, woran ich denken konnte, war, wie sich sein Körper gegen meinen presste, sein Mund jeden Zentimeter meiner Haut erforschte und seine Hände auch meine letzten Geheimnisse erkundeten. Navan und ich hatte noch nicht wirklich über das Thema gesprochen, aber unsere Körper taten ihre Meinung mehr als deutlich kund.

»Wie lange müssen wir noch hier draußen bleiben?«, fragte ich außer Atem. Zwischen uns lag nur unser dünner Uniformstoff, während wir eng umschlungen in der Luft schwebten.

»Solange du willst«, murmelte er und beugte sich vor, um meinen Hals zu küssen.

»Vielleicht sollten wir nicht ... Es könnte uns jemand zusehen«, hauchte ich und kleine elektrische Schauer jagten meinen Rücken hinab.

Navan grinste. »Dann streng dich an!«, sagte er, bevor er mich aus seinen Armen fallen ließ.

Ich schrie auf und mein Magen drehte sich um, während ich stürzte. Aber dann zwang ich mich, mich zu konzentrieren, und zu meiner Überraschung schlugen meine Flügel im Einklang, pressten Luft nach unten und trugen mich sicher wieder nach oben, fort vom Boden. Ich kicherte begeistert. Meine Wangen glühten immer noch von Navans Kuss und ich glitt durch die kalte Luft, die über meine Haut strich, während ich hierhin und dorthin schwenkte.

»Du kannst es!«, rief Navan. Er flog unter mich und schlang seine Arme um mich, sodass wir uns wie ein Korkenzieher durch die Luft schraubten. Noch nie in meinem ganzen Leben war ich so aufgeregt gewesen. Gemeinsam flogen wir durch den Himmel, jagten uns und verschlangen unsere Körper immer wieder.

Wir flogen, bis meine Schultern schmerzten und mir ankündigten, dass die Wirkung des Serums nachließ. Ich wollte nicht riskieren, dass die Verwandlung mitten in der Luft stattfand, also flog ich nach unten und landete dumpf auf dem Boden. Als ich mich von meiner wenig anmutigen Landung aufrappelte, spürte ich einen Windstoß und Navan landete neben mir. Ich merkte bereits, wie sich meine Flügel zurückbildeten und ihre Pracht verschwand, aber der Schmerz ihres Verschwindens war nichts im Vergleich zu den Schmerzen, als sie gewachsen waren. Es war ein dumpfer Schmerz, gefolgt von ein paar scharfen Stößen, und dann war es vorbei.

»Sind sie fort?«, fragte ich traurig.

»Für den Augenblick ja.« Navan schob seine Hand in meine und gemeinsam gingen wir zum Eingang des Trainingszentrums zurück. Auf dem Weg hob ich meinen Pelzmantel hoch und zog ihn mir wieder über, weil ich in der vysanthinischen Kälte wieder zu zittern begonnen hatte. Die Hitze meines Flügelserums war verschwunden. Dank des Mantels wurde mir aber sofort wärmer, vor allem, weil er die beiden Löcher bedeckte, die meine Flügel in den Rücken meines Shirts gerissen hatten und durch die meine Schulterblätter nun unbedeckt waren.

»Glaubst du, dass wir in unser Zimmer gelangen können,

ohne von jemandem aufgehalten zu werden?«, fragte ich und warf ihm einen vielversprechenden Blick zu.

Er lächelte und sah mich mit solchem Verlangen an, dass ich dachte, platzen zu müssen. »Wir können es versuchen«, flüsterte er mit belegter Stimme.

Immer noch Händchen haltend rannten wir über den Hangar zum Hauptgang des Trainingszentrums, wobei unsere Gedanken schon bei unserem Zimmer und dem uns lockenden Bett waren.

Wir liefen vom Zentrum zum Palast und waren übermütig, weil wir unbemerkt entwischt waren und uns niemand nachgerufen hatte, aber im selben Augenblick fiel mein Blick auf eines der Fenster des glänzenden Palasts und riss mich aus meinen Gedanken. Sofort stockte ich, weil ich wusste, dass es kein Zufall war. Da stand auf einem Stück Papier, das an die Scheibe geklebt war, das Wort BIBLIOTHEK in großen Druckbuchstaben.

»Rask«, brummte Navan.

»Rask«, stimmte ich ein.

Es schien so, als ob unsere Zeit allein noch warten musste.

KAPITEL SECHS

Wir eilten zur Bibliothek, weil wir wussten, dass die Nachricht für uns bestimmt war. Sie war in bauchigen Buchstaben geschrieben, die sicher in Vysanthe nicht benutzt wurden. Außerdem hatte ich gesehen, wie Lauren eine solche Schrift in ihren Schulbüchern und geheimen Tagebüchern benutzte.

An der Tür angekommen klopfte ich. Lauren öffnete die Tür einen Augenblick später, steckte ihren Kopf hastig auf den Gang und zerrte uns dann herein. Der Sessel, in dem Königin Brisha für gewöhnlich saß, war leer, aber das Feuer knisterte im Kamin. Es war sogar sehr heiß in der Bibliothek und sofort perlte Schweiß auf meiner Stirn. Meinen dicken Pelzmantel brauchte ich hier drinnen ganz sicher nicht und so zog ich ihn schnell aus und legte ihn beiseite.

»Ihr habt meine Nachricht also erhalten?«, fragte Lauren verschwörerisch, als sie uns durch das Netzwerk von Bücherregalen führte und in den hinteren Teil des großen Raums ging.

Ich nickte. »Am Fenster.«

»Gut. Ich habe mir schon Sorgen gemacht, dass ihr sie übersehen könntet. Ich dachte, sie wäre nicht groß genug, und als mehrere Stunden vergangen waren, war ich mir sicher, dass ihr sie nicht bemerkt habt«, erklärte sie hastig und zog uns durch einen langen Gang mit besonders hohen Regalen, die bis zum Anschlag mit staubigen Wälzern gefüllt waren. Am Ende befand sich eine seltsame runde Nische, die in einen alten Turm gehauen zu sein schien. In die runde Wand war eine Sitzbank eingebaut, vor der ein Tisch stand, doch das alles war nur schwer zu erkennen, weil sich Bücher auf allen horizontalen Oberflächen stapelten. Lauren war offensichtlich sehr fleißig gewesen.

»Tja, wir haben die Nachricht gesehen«, sagte Navan und sah mich etwas reumütig an.

»Das freut mich. Ich war mir nicht sicher, ob ich bis zu unserem Treffen heute Abend hätte warten können.« Lauren seufzte aufgeregt und quetschte sich in die Leseecke. Navan und ich folgten ihr und setzten uns auf freie Bankkanten.

»Wie kannst du überhaupt so viel lesen?«, fragte ich und nahm das Buch, das mir am nächsten lag, in die Hand. Die Schrift war in einer Sprache, die ich nicht verstand, aber das

Buch schien Aufsätze mehrerer Sprachen zu enthalten. Kaum ein Buch war vollständig in ein und derselben Sprache verfasst.

Lauren lächelte schüchtern und tippte sich an ihre lila gerandete Brille. »Als ich mein Interesse an den Büchern hier geäußert habe, hat Königin Brisha eine Anwendung in meiner Brille installiert. Sie verbindet sich mit dem Sprachzentrum in meinem Kopf und verwandelt alle Sprachen in Worte, die ich verstehen kann.«

Navan sah erstaunt aus. »Sie hat dir eines dieser Geräte gegeben?«

»Ich glaube, dass sie mir angesehen hat, dass ich unbedingt die ganze Bibliothek lesen wollte«, sagte Lauren und sah sich zufrieden um.

»Und ich wette, dass du das schaffen wirst! Also, was gibt's?«, fragte ich und deutete auf die Bücherstapel um mich herum.

»Oh, bitte entschuldigt die Unordnung«, murmelte sie und hob ein großes, beigefarbenes Buch hoch. »Das hier brauchen wir«, sagte sie und blätterte auf die richtige Seite. »So, ich habe etwas nachgeforscht, wie ihr seht, und bin dabei auf das hier gestoßen. Es ist kein richtiges Lehrbuch, sondern mehr das Tagebuch eines Gärtners hier in Nordvysanthe. Ich habe keine Ahnung, wer er ist, aber er scheint sich auszukennen. Also, er sagt, dass die Poroporofrucht noch in abgelegenen Eishöhlen oben in der Fazarbergkette wächst. Die Berge sind fast am Pol von

Nordvysanthe, aber man kann sie erreichen, wenn er recht hat.«

»Wie kommt es denn, dass die Frucht dort noch wächst? Die Leute, die süchtig nach ihr sind, hätten sie doch längst abernten müssen«, sagte Navan skeptisch.

Lauren lächelte. »Genau da wird es interessant. Um die Frucht zu beschützen, hat die alte königliche Familie Sicherheitsvorkehrungen getroffen. Das schien früher ziemlich üblich zu sein. Es gibt viele Berichte darüber, dass sie das mit wertvollen Edelsteinen, uralten Relikten und heiligen Orten ebenso gemacht haben …« Sie verstummte und blätterte zu einer anderen Seite weiter.

»Von welcher Art Sicherheitsvorkehrungen sprechen wir hier?«, fragte ich. »Gibt es Wachen oder eine Art Absperrung?«

Lauren schüttelte den Kopf. »Ich fürchte, dass es nicht so einfach ist. Der Gärtner beschreibt Bestien, aber er ist nicht lange genug in ihrer Nähe geblieben, um sie genauer definieren zu können. Er sagt nur, dass es ‚gewaltige Schatten in der Dunkelheit‘ waren, die seine beiden Gefährten getötet haben, nachdem diese sich in die Höhlen vorgewagt hatten. Er vermutet später in diesem Kapitel, dass diese Kreaturen dazu gezüchtet wurden, bestimmte Dinge zu bewachen.«

Navan und ich sahen einander an. »Was, sie sind so etwas wie Wachhunde?«, fragte er.

»Keine Hunde – denk an etwas Größeres als Hunde«,

sagte Lauren und schüttelte sich leicht. Was auch immer diese Kreaturen waren – es klang ganz so, als ob wir sie bald selbst kennenlernen würden. »Wie gesagt ist es schwer, die Tiere aus den Aufzeichnungen des Gärtners zu beschreiben, aber sie klingen ziemlich riesig und sehr gefährlich.«

»Schreibt er noch etwas über die Bestien?«, fragte ich. Der Gedanke an bösartige, unbekannte vysanthinische Kreaturen erfüllte mich mit Angst.

»Er schreibt, dass sie seine Gefährten völlig unvorbereitet gepackt haben. Der Gärtner selbst konnte entkommen, bevor sie ihn schnappen konnten. Er spricht von einem eigenartigen Geräusch und einer plötzlichen starken Hitze und eisigen Kälte gleichzeitig, aber das ist auch schon alles«, sagte Lauren entschuldigend und schloss das Buch. »Aber er schreibt, dass die Frucht noch dort wächst, reift und geerntet werden kann. Ihr müsst nur an dem vorbeikommen, was dort lauert.«

Ich runzelte die Stirn und stellte mir einen auf einem Gold- und Juwelenhaufen zusammengerollten Drachen vor oder einen Troll mit einer Holzkeule, der in einer finsteren Höhlenmündung stand. Vysanthe war voller Dinge, die mich töten wollten, warum sollte es da nicht auch diese mysteriösen Kreaturen geben, die aus der Finsternis hervorkrochen und eigenartige Geräusche machten? Das wäre nicht einmal das Eigenartigste, was mir diesen Sommer passierte.

»Gibt es noch etwas, das wir wissen sollten?«, fragte ich besorgt.

Lauren tippte auf einen Abschnitt. »Die Poroporofrucht reift nur zu einer bestimmten Jahreszeit und immer nachts. Soweit ich verstehe, passiert das während der Anordnung der Königinnen, wenn sich acht Sterne alle zwei Monate etwa eine Woche lang in einer Linie anordnen.«

Ich seufzte. »Lass mich raten – das passiert erst in ein paar Wochen?«

»Nein, es passiert diese Woche«, sagte Navan neugierig.

»Stimmt«, nickte Lauren. »Sie hat vor zwei Nächten angefangen, aber je schneller die Frucht nach Beginn der Anordnung geerntet wird, desto stärker ist ihr Saft. Als die Pflanze als Freizeitdroge benutzt wurde, war zum Ende der Anordnung nichts mehr übrig, um sie nachzusäen. Verzweifelte Leute haben die ganze Frucht abgerissen und damit die Ernte ruiniert.«

»Okay, wir müssen also heute Nacht aufbrechen«, sagte ich entschlossen und blickte zu Navan. Wir brauchten erst morgen Abend wieder beim Training zu sein, weil Nachtkampfunterricht und Nachtflugsimulationen anstanden. Also hatten wir mehr als genug Zeit, um Nessun zu verlassen und die Frucht zu besorgen.

»Wenn wir gute Qualität ernten wollen, dann ja. Ich habe euch eine Karte aufgezeichnet«, sagte Lauren strahlend und reichte mir ein Blatt Papier.

»Moment mal, wie sollen wir denn bis zum Pol von

Nordvysanthe gelangen?«, fragte ich und brach beim Gedanken daran völlig in Panik aus. »Wir haben kein Schiff mehr und ich glaube auch nicht, dass wir eines stehlen können.«

Navan lächelte. »Das Serum, Riley. Es macht dich weniger angreifbar gegen die Kälte und du wirst die eisige Luft besser ertragen.«

Mein Herz raste. »Wir werden dorthin *fliegen*?«

»Wir werden dorthin fliegen«, wiederholte er. »Aber wir können erst aufbrechen, wenn alle im Palast schlafen. Bei Tageslicht wäre es zu gefährlich. Die Leute werden uns losfliegen sehen und sich fragen, was wir im Schilde führen.«

»Dann also heute Abend«, sagte ich leise und zwang mich zu einem Lächeln, obwohl ich beklommen war. Die Aussicht darauf, unbekannten Kreaturen gegenüberzutreten, war nicht gerade beruhigend und das würden wir nur erleben, wenn wir uns unbemerkt aus dem Palast schleichen konnten. Doch selbst dann hatten wir keine Garantie, dass wir nicht verfolgt werden würden.

Uns stand eine lange Nacht bevor.

Als die Dunkelheit hereinbrach, stand ich auf dem Balkon unserer Wohnung und sah auf die funkelnden Stadtlichter hinab. Navan stellte sich zu mir und reichte mir ein Glas mit einer sprudelnden Flüssigkeit, die Königin Brisha auf unser

Zimmer hatte schicken lassen, während er an einem Glas mit einer roten, dicken Flüssigkeit nippte. Soweit ich es sagen konnte, enthielt mein Getränk keinen Alkohol, aber es erfrischte mich auf eine Art, wie es kein Getränk zuvor getan hatte. Es schmeckte leicht nach Apfel, nur ein wenig saurer. Ich trank das Glas in einem einzigen Zug aus, weil ich so nervös war.

»Was glaubst du, was diese Kreaturen sind?«, fragte ich und blickte zur silbernen Kuppel des Trainingszentrums hinüber.

Navan zuckte mit den Schultern. »Irgendetwas Wildes. Wenn sie nur annähernd so sind wie die Wachtiere, die wir im Süden haben, dann sind sie darauf abgerichtet, zu töten.«

Ich sah ihn skeptisch an. »Hast du denn keine Angst?«

»Ich bezweifle, dass es etwas gibt, gegen das ich noch nicht gekämpft habe«, sagte er ruhig, obwohl ich den Schatten eines Zweifels in seinen grauen Augen sehen konnte. Wieder einmal spielte er den Mutigen, um mich zu beruhigen. »Wir kommen schon klar, mach dir keine Sorgen«, fügte er hinzu und nippte an seinem Glas.

Als es spät geworden war, schlichen wir uns aus der Wohnung und gingen ins Untergeschoss des Palasts, um uns durch die Gärten nach draußen zu stehlen. Von unserem Balkon aus hatte ich einen geschützten Wald im hinteren Teil des schönen Palasts entdeckt. Er schien verwildert und verlassen zu sein, sodass wir vielleicht im Schutz seiner Dunkelheit unbemerkt von wachsamen Blicken davonschleichen konnten. Sobald wir in der Luft waren, konnten wir tief fliegen und uns im Schatten der Bergkette halten. Navan hatte mich bereits davor gewarnt, dass wir sofort bemerkt werden würden, wenn wir direkt vom Balkon aus fortflögen, da der Palast sogar nachts angestrahlt wurde, um seine Schönheit sichtbar zu machen.

Navan ging voraus, als wir durch die verlassenen Gänge huschten und uns in Türeingängen versteckten, wenn Wachen vorbeikamen. Ich wusste, dass man den verwilderten Wald von einem der älteren Räume im hintersten Winkel des Palasts erreichen musste – nun mussten wir nur noch herausfinden, welcher Raum das war.

»Gehen wir in die richtige Richtung?«, fragte ich, als wir einen finsteren Flur betraten, in dem es nach Staub und Moder roch. Es war offensichtlich, dass schon lange niemand mehr hier gewesen war.

Navan nickte. »Wenn dieser Palast dem von Königin Gianne gleicht, dann sind alle alten Säle und Galerien verschlossen. Sie sind eine Erinnerung an vergangene Zeiten, als der Planet noch vereint war, und keine der beiden Königinnen erinnert sich gern daran«, raunte er und blinzelte im schummrigen Licht. »In Giannes Palast befanden sich diese Gänge und Säle im ersten und zweiten Stock, wo sie früher leicht von Besuchern erreicht werden konnten. Die Adligen wollten nicht, dass Besucher in ihren Privatgemächern herumschnuppern, also haben sie alles, was für den gemeinen Bürger gedacht war, in den unteren Stockwerken verortet.«

»Da!«, flüsterte ich und deutete auf eine Tür am Ende des Ganges. Dort standen noch die ersten vier Buchstaben des Wortes »Galerie«, aber die letzten drei schienen in den Jahren des Verfalls verschwunden zu sein.

Als wir auf die Tür zugingen, erstarrten wir plötzlich, denn eine Gestalt tauchte vor uns auf. Ihre Augen schossen zu uns und kniffen sich misstrauisch zusammen.

»Riley, Navan, was in Rasks Namen tut ihr hier unten?«, bellte Pandora und eilte mit großen Schritten auf uns zu. Ich sah zu Navan und suchte fieberhaft, aber erfolglos, nach einer glaubhaften Entschuldigung.

Navan lächelte lieblich. »Du hast uns erwischt«, sagte er mit entschuldigendem Ton. »Wir wollten uns für ein Date davonschleichen. Durch das Training haben wir nicht wirklich viel Zeit allein gehabt. Ich habe gehört, wie einer der Wachmänner einem anderen davon erzählt hat, dass er mit seiner Frau zum Mitternachtskunstmarkt gehen wollte, und da dachte ich mir, dass ich dasselbe mit Riley tun könnte, als Überraschung«, sagte er, ohne sich zu verhaspeln. Selbst ich glaubte ihm.

Pandora runzelte die Stirn, aber kurz darauf wurden ihre Züge etwas weicher. »Der Mitternachtskunstmarkt am Paloma Square?«, fragte sie.

»Wenn das der Markt in der Nähe des alten Universitätsgebäudes ist, dann ja«, sagte Navan. »Ich muss mich erst noch daran gewöhnen, wo die Orte hier liegen.«

»Ja, das ist er. Soll ich dir den Weg beschreiben?«

»Das hat Bashrik schon getan«, antwortete er und zog den zusammengefalteten Zettel hervor, auf dem sich die Karte zu den Fazarbergen befand. Was war, wenn Pandora sich die Karte näher ansehen wollte? Mein Herz schlug mir bis zum Hals.

»Na schön. Wer bin ich schon, um mich der Liebe in den Weg zu stellen?«, sagte sie grinsend, obwohl ihre Augen kühl blieben. »Wenn ihr sowieso dorthin wollt, darf ich euch vielleicht um einen kleinen Gefallen bitten?«

»Natürlich, wie können wir dir helfen?«, sagte ich, weil ich wusste, dass wir Pandora bei Laune halten mussten, weil sie einen sehr guten Stand bei der Königin hatte.

»Könntet ihr mir ein paar Dinge besorgen, um die die Königin mich gebeten hat?«, sagte sie.

Ich sah sie neugierig an und dachte darüber nach, dass sie ihre Pflicht auf uns abwälzte. Hatte sie vielleicht keine Zeit? Es war sicher ein schwerer Job, die Königin zu beraten und ständig auf Abruf bereit zu stehen. An Pandoras Stelle hätte ich vielleicht dasselbe getan.

»Natürlich. Hast du die Liste dabei oder möchtest du, dass ich die Artikel aufschreibe?«, fragte Navan und suchte in seiner Tasche nach einem nicht vorhandenen Stift.

»Alles, was ich brauche, steht hier drauf«, sagte sie und sah Navan beinahe spöttisch an, als sie ein kleines schwarzes

Gerät hervorzog. Als sie auf den Bildschirm tippte, tauchte ein Hologramm auf, das alle Dinge, die die Königin wünschte, auflistete. »Habt ihr im Süden diese Apparate nicht?«, fragte sie und kniff wieder die Augen zusammen.

Navan grinste. »Doch, das haben wir, Pandora. Ich habe nur Spaß gemacht. Ich kann mich nicht einmal mehr daran erinnern, wann ich etwas per Hand notiert habe.« Er nahm den Apparat und schob ihn in seine Tasche.

»Ihr solltet besser gehen. Ihr dürft nicht so spät unterwegs sein«, sagte Pandora plötzlich. »Wenn die Königin herausfindet, dass ihr fort seid, werde ich euch nicht decken können.« Sie schob eine Hand in ihre Tasche, holte einen Schlüsselbund hervor und zog einen kleinen silbernen Schlüssel ab und legte ihn in meine Hand. »Es gibt einen alten Notfallausgang in einem Vorratsraum im hinteren Bereich dieser Galerie. Der Schlüssel öffnet die Tür nach draußen.«

Damit huschte sie davon und verschwand in der Dunkelheit. Navan und ich seufzten erleichtert auf. Ich mochte Pandora, aber etwas an ihr machte mich einfach immer nervös. Ich konnte nicht sagen, ob es ihre beeindruckende Statur, ihre brüske Art oder ihre Stellung als rechte Hand von Brisha war. Auf jeden Fall schüchterte sie mich ein.

»Wir werden uns beeilen müssen, wenn wir das alles besorgen wollen«, seufzte Navan und sah immer noch in die Richtung, in die Pandora verschwunden war. »Ich hatte nicht vor, einen Abstecher zum Markt zu machen, aber jetzt bleibt uns wohl kaum eine andere Wahl.«

»Haben wir denn genug Zeit für beides?«, fragte ich besorgt.

Navan verzog das Gesicht. »Wir werden uns beeilen müssen, vor allem wenn wir vor Morgenanbruch zurück sein wollen, aber es sollte klappen«, sagte er, obwohl er nicht ganz überzeugt klang.

Er nahm meine Hand und führte mich durch die Tür der alten Galerie, wo Staub auf unzähligen geisterhaften Gegenständen und mottenzerfressenen Wandbehängen lag. Die Wände waren schimmelig und ich fragte mich, wie dieser Raum wohl in den lange vergangenen, glorreichen Zeiten ausgesehen hatte.

Wir fanden die Vorratskammer und stiegen eine wacklige Treppe dahinter hinab. Navan schloss die Tür am unteren Treppenabsatz auf und eine Sekunde später traten wir in die kühle Nacht in den vergessenen Garten, den ich vom Balkon aus gesehen hatte, hinaus. Ich hätte schwören können, dass uns aus den verwucherten Büschen und knorrigen Ästen der Bäume jemand beobachtete.

Doch ich schüttelte meine Angst ab und zog das Flügelserum aus der Tasche. Im ersten Röhrchen waren immer noch zwei Drittel der Flüssigkeit, aber ich hatte vorsichtshalber auch das zweite Röhrchen eingesteckt.

»Nimm einen großen Schluck«, sagte Navan. »Es muss länger anhalten als beim ersten Mal.«

Ich atmete durch, setzte das Röhrchen an meine Lippen und trank. Ich schluckte schnell und das zähe Zeug begann zu wirken. Da ich dieses Mal wusste, was mich erwartete, setzte ich mich in das frostüberzogene Gras und wartete darauf, dass der Schmerz einsetzte. Er kam einen Augenblick später und durchfuhr meinen Körper wie ein Tornado. Ich krümmte mich und spürte wieder das rasierklingenartige Ziehen, als die Flügel durch meine Haut stießen. Ich biss mir auf die Zähne, um die Qualen auszuhalten. Ich wusste ja, dass sie vorübergehend waren.

Als meine Flügel hinter mir wuchsen und mein T-Shirt zerrissen, nahm der Schmerz ab und ich fühlte mich anders, seltsam. Ich rappelte mich leicht taumelnd auf. Navan stellte sich hinter mich und legte einen Arm um meine Taille, damit ich mich an ihn lehnte, bis ich mein Gleichgewicht wiedergefunden hatte.

»Brisha wird mir wohl eine ganze Reihe neuer Shirts kaufen müssen«, kicherte ich. Das hier war schon das zweite, das meine Flügel ruiniert hatten.

»Du wirst sie um Shirts bitten müssen, die wie meins genäht sind«, sagte er lächelnd, drehte sich um und zeigte mir die flexiblen Öffnungen im Stoff, durch die er seine Flügel schieben konnte, ohne den Stoff zu zerreißen. »Bevor der Gedanke an dein zerrissenes Shirt mich noch völlig ablenkt, darf ich dich vielleicht auf ein schnelles Date einladen, du wunderschöne Kreatur?«, neckte Navan, drehte sich wieder zu mir um und küsste meine Schultern.

Ich lachte. »Mit Vergnügen, du attraktiver Teufel.«

Damit hoben wir ab und rauschten durch die vysanthinische Nacht, die mit ihren Eisfingern durch mein Haar strich, meine Flügel streichelte und meine Lungen mit ihrer bitteren Frische erfüllte. Ich grinste trotz der Gefahr, die vor uns lag. Ich hatte Navan an meiner Seite, den Wind unter meinen Flügeln und die Welt erstreckte sich mit ihren endlosen Möglichkeiten vor mir. Daran könnte ich mich gewöhnen.

KAPITEL SIEBEN

»Da unten«, sagte Navan und deutete auf einen eigenartigen Bau in der Ferne.

Ich runzelte die Stirn und blinzelte. Dieser Ort sah nicht wie die anderen Marktplätze der Stadt aus, die ich gesehen hatte. Er befand sich neben einem geschwungenen Gebäude mit goldenen Türmen, das wahrscheinlich die von Navan erwähnte Universität war. Eine hohe Steinmauer umgab den Platz und ein Netz aus verschlungenen Bronzestäben zog sich darüber hinweg. Es erinnerte mich ein wenig an ein elegantes Schokoladenkreuz, das in schicken Restaurants zur Deko auf dem Nachtisch thronte. Lichter schienen durch die merkwürdige Bronzekuppel wie Sterne durch ein Blätterdach.

Wir landeten und das Stimmgewirr der vollen Piazza empfing uns. Es war ein angenehmes Geräusch, voller

Gelächter, Geschwätz und dem Bellen der Standbesitzer. Ich verschlang meine Finger mit Navans und lächelte ihn an. Wir waren noch nie auf einem echten Date gewesen und wenn das hier unsere Gelegenheit dazu war, dann würde ich sie freudig nutzen.

In einer der hohen Steinmauern des Platzes öffnete sich ein Durchgang und zwei eiserne Flügeltüren ließen die Mengen auf die Piazza strömten. Als wir durch sie hindurchgingen und uns ins Getümmel stürzten, öffnete ich staunend die Augen.

Kerzen und Lichterketten blinkten überall um uns herum und waren an den Ästen weidenähnlicher Bäume befestigt. Stände, an denen alle möglichen ungewöhnlichen Dinge verkauft wurden, füllten den Platz. In seiner Mitte spielte eine Band live auf Instrumenten, die ich noch nie zuvor gesehen hatte. Ein paar sahen ein wenig wie Trommeln aus und andere erinnerten mich an Geigen, nur dass diese aus einem dunklen Metall gemacht waren, das im sanften Licht glänzte.

Dennoch klangen sie wie ihre Verwandten von der Erde und ich fühlte mich, als ob ich auf einem irischen Konzert wäre. Die Musik umhüllte uns und ich sah mich beinahe versucht, auf die Tanzfläche zu gehen und mich in der Melodie zu verlieren.

Andere tanzten und ein paar junge Pärchen umarmten sich, aber ich glaubte nicht, dass Navan mich zum Tanzen auffordern würde. Dennoch warf ich ihm versuchsweise einen scheuen Blick zu und nickte in Richtung der Band.

Doch er schüttelte den Kopf. »Kommt gar nicht infrage«, sagte er grinsend. »Ich habe dir schon einmal gesagt, dass ich ein furchtbarer Tänzer bin. Du würdest vor Scham glatt davonrennen.«

»Ich werde dich schon noch zum Tanzen kriegen, bevor diese Nacht vorbei ist«, sagte ich und kniff die Augen zusammen, auch wenn das natürlich nicht mehr als eine leere Drohung war. So sehr ich mir auch wünschte, dass wir länger an den Ständen vorbeischlendern und die Atmosphäre genießen könnten, war mir klar, dass wir nicht viel Zeit auf dem Markt verlieren durften. Schließlich wussten wir nicht, wie lange wir brauchen würden, um die Poroporofrucht zu finden, und wir brauchten so viel Zeit wie möglich in den Fazarbergen, um nach ihr zu suchen. Denn wenn es uns nicht gelang, die Frucht zu finden, dann würden wir uns etwas anderes einfallen lassen müssen, um Yorrek Antworten über das Unsterblichkeitselixier zu entlocken. Vielleicht mussten wir etwas tun, bei dem wir uns die Hände schmutzig machten und nicht mit reinem Gewissen wieder aus der Sache herauskamen ... Ich schob den Gedanken daran schnell beiseite.

Hand in Hand gingen wir zum Rand des Platzes, wo die Musik immer noch zu hören war, und sahen uns die wunderlichen Stände an. Für meine Menschenaugen war das alles so neu und aufregend. Die Stände verkauften alles von eigenartiger vysanthinischer Technologie über handgemachte Kunstwerke bis hin zu Röhrchen, die sehr seltenes Blut enthielten. Letzteres interessierte mich nicht, aber vom Rest war ich fasziniert.

»Das ist sehr schön«, murmelte ich und sah auf ein dunkles Metallarmband mit einem blassgrauen Stein in der Mitte, das förmlich nach mir zu rufen schien.

Navan runzelte die Stirn. »Das gefällt dir?«, sagte er und deutete auf das Armband, das mir aufgefallen war.

Ich nickte. »Es ist wunderschön.«

»Die Dame hat einen guten Geschmack«, säuselte die Standverkäuferin, hob das Armband hoch und streckte es mir entgegen. Ich streckte ihr meine Hand entgegen, aber plötzlich schoss mir das Blut in die Ohren und mein Puls raste. Die Frau mit dem aschfahlen Gesicht wollte mir das Armband gerade umlegen, als Navan meinen Arm fortzog.

»Heute nicht, vielen Dank«, sagte er knapp, als die Verkäuferin die Zähne fletschte.

»Sieht so aus, als ob dein Liebhaber sich nicht für deine Wünsche interessiert, schöne Mätresse«, fauchte die Frau und presste das Armband an ihre Brust. »Wie schade. Wirklich schade.«

Ich runzelte die Stirn, als Navan mich von dem Schmuckstand fortzog und mich weiterschob. Ich spürte immer noch, wie das Armband mich fast magisch zurücklockte, obwohl ich mir den Grund nicht erklären konnte.

»Was war dieses Armband?«, fragte ich, weil mein Blut

mich immer noch drängte, umzukehren. »Es hat ein komisches Gefühl in mir ausgelöst.«

Navan warf einen Blick um sich. »Einige vysanthinische Steine enthalten Kräfte. Wir glauben, dass bestimmte Steine nur bei bestimmten Personen eine Wirkung haben. Die Art, wie der Körper auf die Kraft des Steins reagiert, hängt davon ab, wer und was du bist«, erklärte er. »Arcadium hat auf die meisten Personen eine starke Wirkung, aber ich habe noch nie gesehen, dass jemand so schnell auf seine Anziehungskraft reagiert wie du.«

Ich wurde rot und erinnerte mich an die Warnung, die er mir gegeben hatte, nachdem ich die Silberwurzel getrunken hatte. Ich hatte schon seit langer Zeit nicht mehr darüber nachgedacht, so lange, dass ich beinahe vergessen hatte, dass ich auf bestimmte Dinge in Zukunft anders reagieren könnte, weil die Wurzel in meinem Körper war, und mich anfälliger für Laster und Süchte machte oder mein Körper sich nach Dingen sehnen könnte, die er normalerweise nicht gewollt oder gebraucht hätte.

»Wir sollten uns beeilen und die Dinge von Königin Brishas Liste besorgen«, sagte ich, um das Thema zu wechseln. Immer noch machte mich die Kraft des Arcadiums ganz kribbelig und ich wäre am liebsten zum Stand zurückgegangen und hätte mir von der Verkäuferin das Armband umlegen lassen.

»Wir können auch ein paar Dinge für unsere Mission einkaufen«, sagte Navan und fuhr nachdenklich über die

Kanten meiner zusammengeklappten Flügel. »Ich kenne ein Serum, das einen in unserem kalten Klima warmhält, aber die nördlichsten Berge sind wahrscheinlich noch einmal etwas ganz anderes. Wenn wir schon einmal hier sind, sollten wir dir einen besseren Mantel und ein paar andere Dinge kaufen, wenn wir sie finden.«

»Was für andere Dinge?«, fragte ich, während ich neben Navan herging. Meine Augen huschten über alles, was es zu sehen gab und auch meine Ohren und meine Nase nahmen alle Eindrücke der Umgebung auf.

»Ja!«, rief Navan plötzlich und hob triumphierend die Hände, als wir vor einem Stand mit einem verwirrenden Durcheinander aus Kleinkram stehenblieben. Ich erkannte bis auf ein paar Lampen und ein geflochtenes Seil mit einem Horn, das an einem Haken an der Wand des Stands hing, nichts. Navan hingegen schien begeistert von irgendetwas in diesem Durcheinander zu sein und griff nach einem handflächengroßen bernsteinfarbenen Stein, der unter Lederfetzen und ein paar mottenzerfressenen Büchern lag.

»Was ist das?«, fragte ich und begutachtete den flachen, glatten Stein.

»Das ist ein Glutstein«, erklärte er. »Er heizt sich auf und wärmt die Person, die ihn hält, aber er kann auch dazu benutzt werden, Feuer zu machen, weshalb er im Süden verboten ist. Zu unserem Glück ist der Norden nicht so ängstlich.« Er bezahlte und legte den Stein in meine Hand.

Er hatte recht. Nach etwa einer Minute spürte ich, wie

die Wärme durch meine Haut bis in meine Adern strömte. Ich blickte nach unten und sah, dass der Stein schwach leuchtete, während seine angenehme Wärme mich erfüllte.

»Wo warst du nur mein ganzes Leben lang?«, murmelte ich, begeistert von dieser Entdeckung.

»Auf einem weit, weit entfernten Planeten«, witzelte Navan.

Ich grinste. »Ich meinte den Stein.«

»Hey, ich kann dich viel besser warmhalten, als dieser Stein es kann«, sagte er schmollend.

»Das bezweifle ich nicht, aber wenn ich immer zu dir kommen würde, wenn mir kalt ist, dann würden wir zu nichts anderem mehr kommen«, antwortete ich zwinkernd.

»Dann sollten wir besser diese Einkaufsliste abhaken, bevor wir uns noch ablenken lassen«, raunte er und legte seinen Arm um meine Taille. Dann gingen wir weiter an den Ständen entlang.

Als Nächstes kaufte Navan einen Pelzmantel und legte ihn mir um. Er blieb hier und da stehen und kaufte die Dinge, die auf Pandoras schwarzem Gerät aufgelistet waren. Scheinbar konnte man mit dem Gerät bei den Verkäufern auch bezahlen. Bei jedem Kauf klickte Navan zweimal auf die Mitte des Geräts und ein rotes Licht leuchtete auf. Ich hörte auf die Namen, als er nach jedem Artikel fragte, aber die meisten sagten mir nicht viel: Serotitspäne, Parokiumerz, Maramwurzel, Winterbergbeeren, flüssiger Romjal. Das alles war mir völlig fremd.

»Noch eine Sache und dann können wir von hier verschwinden«, versprach Navan, nachdem er sich die Liste noch einmal angesehen hatte. »Eine Phiole mit gealterten Ephranian-Blutplättchen.«

Ich hatte keine Ahnung wer oder was ein Ephranian war, aber ich wusste, was Blutplättchen waren, und dass man sie so einfach kaufen und verkaufen konnte, bereitete mir ein mulmiges Gefühl im Magen. Wieder erinnerte ich mich daran, wie grausam das vysanthinische Handelssystem sein konnte – wenn man das denn Handel nennen konnte, denn kaum eines der Produkte wuchs hier oder wurde hier produziert; die Mehrheit aller Waren war auf Kosten anderer gestohlen und geplündert worden.

Navan bezahlte für das kleine silberne Röhrchen und nahm es von einem Regal, auf dem der Händler alle möglichen exotischen Körperflüssigkeiten abgepackt hatte. Als er es in seinen Stoffbeutel legte, stockte Navan plötzlich, kniff die Augen zusammen und prüfte die Liste noch einmal. Mit zitternden Händen sah er die gekauften Dinge in seinem Beutel durch und seine Lippen bewegten sich lautlos.

»Was ist los?«, fragte ich, alarmiert von seiner ernsten Miene.

»Ich hoffe, dass sie nicht das vorhat, was ich vermute«, murmelte er und legte die Stirn in Falten.

»Warum, was glaubst du denn, was sie vorhat?«, fragte ich.

Doch nach einem kurzen Schweigen schüttelte er den

Kopf. »Vergiss, was ich gesagt habe. Ich habe mich wahrscheinlich getäuscht. Es liegt bestimmt an diesem Ort hier – er macht mich paranoid«, sagte er und lächelte mich an, aber ich glaubte ihm nicht.

»Was denkst du, was sie vorhat, Navan?«, beharrte ich, aber er schüttelte wieder den Kopf.

»Nein, es war wirklich nur ein dummer Gedanke. Ich hatte nur eine Idee, aber ich liege wohl falsch. Lass uns Königin Brisha vergessen. Es gibt etwas, was ich dir zeigen will«, sagte er, nahm meine Hand und zog mich zwischen den Ständen auf einen bestimmten Verkaufsstand zu. Ich wollte ihn noch einmal nach den Zutaten fragen, die er gekauft hatte, aber dann ließ ich die Sache erst einmal auf sich beruhen, weil der Anblick vor mir mich ablenkte.

»Was ist das?«, fragte ich und fuhr mit den Fingerspitzen über ein paar kleine Juwelen, die auf dem Tisch vor mir funkelten. In jedem der Steine leuchtete alle paar Sekunden ein seltsames Licht auf und erstarb dann wieder.

Navan lächelte. »Das sind Bergspitzen«, sagte er. »Sie sind Anhänger, die Vysanthiner ihren Geliebten schenken, damit sie den Stein über dem Herzen tragen. Die Steine beziehen ihre Energie aus den Gefühlen und dem Volksmund nach erlischt das Licht nur, wenn eine Person die andere zu lieben aufhört, obwohl die Steine heute wohl eher einfach nur als nettes Geschenk gesehen werden.« Er hob einen blassen Stein hoch, der die Farbe seiner schiefergrauen Augen hatte. »Ich könnte ein Paar für uns kaufen, wenn du möchtest?« Er sah mich so liebevoll an, dass ich nicht Nein sagen konnte.

»Ja, aber ich möchte nicht, dass du dein Geld für mich ausgibst«, sagte ich schüchtern. Ich wusste, dass er nicht viel auszugeben hatte, weil sein Reichtum in Südvysanthe zurückgeblieben war. Wir hatten nur das Gehalt, das wir bei unserem Militärtraining verdienten, und das war nicht gerade viel. Ich wollte nicht, dass er es für mich ausgab, wenn es ihm für praktischere Dinge nutzen konnte.

»Es gibt nichts, für das ich es lieber ausgeben würde«, sagte er und streckte mir einen Stein entgegen. »Komm, lass mich uns diesen Stein kaufen.«

Ich lächelte, weil ich wusste, dass er nicht lockerlassen würde. »Okay, wenn du darauf bestehst.« Navan grinste, bezahlte und reichte mir dann einen der beiden Steine.

»Danke … Ähm, was soll ich jetzt mit dem Stein machen?«, fragte ich.

»Sieh zu.« Er nahm den Stein und hob sein T-Shirt hoch, um seinen muskulösen Oberkörper freizulegen. Dann drückte er den Stein an seine Brust, wo dieser hängenblieb, als Navan seine Fingerspitzen fortzog. Der Stein begann zu leuchten.

»Tut das weh?«, fragte ich.

Aber er schüttelte den Kopf. »Nein. Kein bisschen.«

Also nahm ich meinen Stein, zog den Kragen meines Shirts nach unten und weitete ihn bis unter mein Schlüsselbein, sodass ich den Stein an die gleiche Stelle drücken konnte, wie Navan es getan hatte, ohne mein Shirt ganz hochheben zu müssen. Ich war nicht so freizügig wie Navan und er schien von meiner Zurückhaltung enttäuscht zu sein.

»Ich werde nicht mein T-Shirt für dich in der Öffentlichkeit hochziehen, also vergiss diese Idee lieber schnell wieder«, scherzte ich und legte den Stein auf seinen Platz. Er schien in meine Haut einzusinken und begann ebenfalls zu leuchten. Ich konnte den Blick nicht abwenden, genauso wenig wie Navan.

Er trat näher und legte einen Arm um mich. Seine andere Hand fuhr an mein Kinn und hob es an. Ich lächelte, als mein Blick auf seine Lippen fiel und ich seine Nähe genoss. In diesem Augenblick war es mir egal, wer uns sehen konnte.

»Auf dass unser Licht niemals ausgehe«, hauchte er und küsste mich leidenschaftlich.

»Das hoffe ich auch«, hauchte ich und erwiderte seinen Kuss. Ich schlang meine Arme um seinen Hals und zog ihn dichter an mich.

Nicht zum ersten Mal fragte ich mich, wie es wohl sein würde, wenn der Augenblick, um miteinander zu schlafen, endlich käme. Wenn wir einander auf diese Weise aneinander banden, dann würde es doch sicher geschehen? Ich wollte wissen, auf was ich mich einließ, auch auf körperlicher Ebene. Ich meine, was war, wenn Vysanthiner körperlich anders ausgestattet waren und ich nicht wusste, was ich mit dieser »Ausstattung« tun sollte? - Nicht, dass ich viel

Ahnung davon gehabt hätte, wie ich mit menschlicher Ausstattung umgehen sollte, aber ich machte mir trotzdem Sorgen. Wir kamen aus entgegengesetzten Enden des Universums. Wahrscheinlich war es nicht vorgesehen, dass sich unsere Arten begegneten, sich verliebten und diese Sorte von Sehnsüchten empfanden. Was war, wenn wir nicht ... kompatibel waren?

Als ich meine Lippen von Navans löste, wusste ich, dass wir aufbrechen mussten, wenn wir die Fazarbergkette erreichen und noch vor Morgengrauen zurückkehren wollten, aber ich spürte den Drang, mit Navan zu reden. Ich wollte das Thema ansprechen, das wir seit Wochen umgingen, aber wieder einmal war dies nicht der richtige Zeitpunkt. Unser Gespräch würde warten müssen.

»Wir sollten gehen, bevor es zu spät wird«, sagte Navan mit einem Räuspern.

Ich nickte, nahm seine Hand und führte ihn aus der magischen Piazza mit ihren märchenhaften Lichtern und der schönen Musik hinaus. Ich warf noch einen letzten Blick zurück und verabschiedete mich in Gedanken von der Band. Dies würde der letzte warme Anblick für den Rest der Nacht sein.

KAPITEL ACHT

Wir erhoben uns in die Lüfte und die Landschaft von Nessun verschwand schnell unter uns in der Ferne. In den Bergen befand sich eine Lücke auf der anderen Seite der Stadt, von wo aus man den Rest der Gebiete von Nordvysanthe erreichte und die Stadt glitzerte unter uns, als wir über sie hinwegflogen.

Sobald wir durch die Spalte der zerklüfteten Berge hindurchgeglitten waren, fiel die Temperatur ab und ich war Navan sofort dankbar, dass er mir den Glutstein gekauft hatte, den ich in den Händen hielt, von wo aus sich seine Wärme durch meinen ganzen Körper verbreitete. Es war eigenartig, so schnell so weit zu fliegen – immerhin war ich letztes Mal nur innerhalb des Trainingsfeldes geflogen. Aber es fühlte sich gut an, so als ob ich überall hinfliegen könnte, wenn ich wollte.

Hinter den Bergen, durch deren enge Spalten und Furchen wir uns manövriert hatten, veränderte sich das Gelände und vor uns erstreckte sich dunkles Flachland. Da es hier kühler war, flogen wir dichter über dem Boden für den Fall, dass wir anhalten und uns ausruhen mussten. Hin und wieder sah ich Lichter in der Ferne, wo sich eine Stadt oder ein Weiler am Rande karger Felder befand.

Nachdem wir fast zwei Stunden geflogen waren, stieg mir ein feuchter, stechender Geruch in die Nase, der mich an Tod und Verwesung erinnerte. Ich hob meine Hand, um mir die Nase gegen den überwältigenden Gestank zuzuhalten, doch dabei ließ ich versehentlich den Glutstein fallen. Ich sah ihm nach, wie er auf dem Boden aufschlug, fluchte leise und tauchte ab, um ihn aufzuheben. Wahrscheinlich war es sowieso an der Zeit, dass ich etwas mehr von dem Flügelserum nahm, weil die Kraft in meinen Flügeln nachließ und ein dumpfer Schmerz unter meinen Schulterblättern pochte. Das war ein sicheres Zeichen dafür, dass die Wirkung des Serums nachließ.

Doch als meine Füße den Boden berührten, hörte ich Navan rufen.

»Riley, nein! Komm wieder in die Luft!«, schrie er.

Aber es war zu spät. Meine Flügel waren nicht mehr stark genug zum Fliegen und wenn ich schonmal hier unten war, konnte ich auch gleich meinen Stein finden. Ich stolperte über Steine und Schmutz und der stechende Geruch wurde immer schlimmer, je dichter ich mich über den Boden beugte. Da löste sich plötzlich etwas vom Boden und schoss auf mich zu. Aus der Entfernung sah es wie schwarzer Dunst aus, der auf mich zu schwebte. Sofort dachte ich an die Monster, von denen der Gärtner in Laurens Buch gesprochen hatte – Schattenkreaturen, die in der Dunkelheit lauerten. Aber ich hörte auch etwas. Es war wie Papier, das im Wind raschelte.

»Riley, komm wieder nach oben!«, schrie Navan noch einmal.

»Ich kann nicht!«, schrie ich zurück. Da sah ich etwas Glattes und Glänzendes am Boden liegen. Ich hob den Glutstein genau in dem Augenblick auf, als Navan nach unten rauschte, meine Arme packte und mich in die Luft riss.

Der schwarze Dunst hatte uns inzwischen eingehüllt und auch das raschelnde Geräusch war lauter geworden. Ich blinzelte gegen die Dunkelheit an, um das zu erkennen, was uns umgab. Erst als der Hauch eines schwarzen Schattens meine Hand streifte, wusste ich, was es war – eine Wolke aus kleinen, blaugeflügelten Schmetterlingen, die wie ein Bienenstock um uns herumschwirrten. Als das erste flatternde Tier mich biss, dämmerte es mir.

»Horerczy-Schmetterlinge?«, keuchte ich und zog meine Hand vor dem beißenden Insekt zurück.

Navan nickte grimmig und legte seine Hand um meine Taille. »Wenn wir nicht von hier verschwinden, sind in fünf Minuten nur noch Knochen von uns übrig«, sagte er und blickte nach oben, während ich mich bemühte, meine Arme und Beine vor den beißenden Schmetterlingen zu schützen. Ich spürte, wie sich ihre Zähne wie ein kleiner Nadelstich in meine Haut bohrten.

»Sie beißen mich!«, zischte ich und schlug wild um mich, in der Hoffnung, dass das helfen würde.

»Hör auf zu zappeln, sonst fällst du noch!«, schimpfte Navan und legte seinen Arm fester um meine Taille. Es dauerte einen Augenblick, bis ich es merkte, aber ich sah meine Flügel nicht mehr hinter mir. Sie bildeten sich wieder zurück.

Ich überlegte hastig, griff mit meiner freien Hand in meine Tasche und zog das Röhrchen, das nun zu zwei Dritteln leer war, hervor, während ich mich bemühte, die Vampir-Schmetterlinge fernzuhalten und den Glutstein nicht zu verlieren. Dann nahm ich den Stöpsel vom Röhrchen und trank es bis auf den letzten Schluck aus. Sofort brannte es in meinem Magen, auch wenn der Schmerz nicht annähernd so schlimm war wie vorher. Dennoch wusste ich, dass ich in den nächsten Minuten nicht viel gegen die Schmetterlinge ausrichten konnte, bis sich der Schmerz legte. Ich konnte nur meinen Glutstein festhalten und versuchen, mich nicht von den Biestern fressen zu lassen.

Der Wind zerrte an mir, als Navan herumwirbelte und mich noch fester packte. Mir wurde flau im Magen, als er an Geschwindigkeit gewann und wie ein Tornado vorwärtsschoss. Er rauschte durch die kalte Luft und schleuderte die

Horerczy-Schmetterlinge fort, die an seinen schnell schlagenden Flügeln abprallten.

Dann schoss Navan auf einmal wie eine Rakete nach oben und brachte so viel Abstand wie möglich zwischen uns und den Schwarm. Er bremste nicht eher, als bis der Schwarm unter uns nicht mehr zu sehen war und das flache Sumpfland in Wald überging, aus dem heulende Geräusche zu hören waren und Schattenvögel über das finstere Blätterdach hinwegflogen. Es war sicher nicht der angenehmste Ort, aber er war auf jeden Fall besser als der mörderische Sumpf.

»Das war knapp«, seufzte Navan, ließ mich langsam los und meine neu gewachsenen Flügel trugen mich.

»Zu knapp«, sagte ich und wusste, dass ich besser aufpassen musste, meine Flügel nicht mitten im Flug zu verlieren. Es war zwar einfacher, weil Navan da war, um mir zu helfen, aber ich konnte mich nicht immer darauf verlassen, dass er mich retten würde. Wenn er weggerufen wurde oder ich in einer wirklichen Schlacht kämpfte und er mir nicht beistehen konnte, und ich dann mitten in der Luft meine Flügel verlor ... Dann wäre ich ziemlich aufgeschmissen.

»Wenigstens wissen wir jetzt, wo auf dieser Seite von Vysanthe die Sümpfe liegen«, sagte Navan erschaudernd. »Ich hasse diese Viecher. Pfui. Lieber schlage ich mich jeden Tag mit riesigen Frostzähnen oder Säbelzahnjakous herum.«

»Was ist das denn?«, fragte ich und stellte mir mystische

Bestien mit knirschenden Reißzähnen und feuerspuckenden Mäulern vor.

»Das sind Kreaturen, die in den Bergen leben. Frostzähne sind riesige, hundeartige Tiere, die sich tarnen können, um sich in Eis und Schnee zu verstecken. Sie sind eine sehr viel bösartigere Version der Eishunde, die du im Süden gesehen hast. Säbelzahnjakous sind auch nicht viel besser. Sie ähneln wahrscheinlich am ehesten euren Eisbären, aber sie haben größere Zähne und ihr Fell ist stachelig und voller Giftstoffe, die ihre Opfer lähmen.«

»Na, da haben wir ja etwas, auf das wir uns freuen können«, murmelte ich und warf einen Blick auf die Bergkette, die am Horizont auftauchte. Ihre vereisten Gipfel glänzten im vysanthinischen Mondlicht. »Und du glaubst, dass es diese Tiere dort, wo wir hinfliegen, gibt?«

Navan zuckte mit den Schultern. »Das werden wir bald herausfinden.«

Wir machten uns auf den Weg zu den Bergen in der Ferne, wo angeblich die Poroporofrucht wuchs. Hoffentlich stießen wir bei unserer Suche auf keine weiteren Überraschungen.

Weniger als eine Stunde später kamen wir an dem Höhlenschlund an, der in die Bergseite gehauen war und den Lauren auf der Karte eingezeichnet hatte. Dieser Berg war der größte der ganzen Kette und sein Gipfel glänzte in der Dunkelheit fast bläulich. Eiszapfen hingen wie Zähne herab und der Boden, auf dem wir landeten, war rutschig. In den Tunneln und Gängen der Höhle vor uns herrschte tödliche Stille. Wir wussten, dass es Gänge gab, weil der Gärtner sie erwähnt hatte, aber niemand wusste, wie weit das Labyrinth reichte oder wo genau die Poroporofrucht wuchs.

»Wir müssen also da rein?«, flüsterte ich und schlang meine Arme eng um mich. Trotz Pelzmantel und Glutstein zitterte ich jetzt.

»Wenn wir an die Frucht kommen wollen, dann ja. Aber ich frage mich langsam, ob es nicht auch einen anderen Weg gibt, um Yorrek zu berauschen«, witzelte Navan trocken.

»Wir sollten uns umsehen. Vor uns liegt ein langer Rückweg, ob wir diese Frucht nun finden oder nicht«, murmelte ich und machte mich auf das gefasst, was vor uns lag.

Den Glutstein hielt ich in meiner linken Hand und mit meiner rechten umklammerte ich Navans Hand. Wir betraten die Höhle und die Stille umhüllte uns sofort mit aller Macht. Sie war gruselig und verwirrend – so angespannt, dass sie kaum zu ertragen war. Selbst unsere Worte klangen gedämpft, so als ob die Höhle sie ersticken wollte.

Eine biolumineszente Flechte an den vereisten Wänden gab ein schwaches blaues Licht ab und so orientierten wir uns in den Tunneln und sahen blinzelnd nach den Schatten vor uns, um sicher zu sein, dass nichts auf uns lauerte. Ich warf hin und wieder auch einen Blick über meine Schulter, um sicherzugehen, dass sich nichts von hinten an uns heranschlich.

Schließlich erreichten wir eine Höhle im Berginneren, in der sich Gletscherpfeiler nach oben wanden und gefrorene Eisbrücken die hohen Decken miteinander verbanden. Die Decken waren so hoch, dass ich ihr Ende gar nicht sehen konnte und die Dunkelheit schien sich ins Endlose zu erstrecken. Irgendwo in der riesigen Höhle plätscherte Wasser, aber ich sah nur eine gefrorene Landschaft vor mir. Wo auch immer das Wasserrauschen herkam, es musste tief unter uns sein, wo die Felsen etwas wärmer waren.

Und dann sah ich es.

Das Licht eines Mondstrahls, der durch eine Felsspalte fiel, beschien das Fruchtfleisch, das purpurfarben glänzte und verlockend aussah. Die Frucht hatte eine runde und plumpe Form und war von goldenen Adern überzogen, die zu pulsieren schienen. Mir lief bei ihrem Anblick das Wasser im Mund zusammen. Auf der Oberseite der Frucht wuchsen wachsartige grüne Blätter, die kleine Schalen bildeten, in denen gefrorener Tau gehalten wurde, so als ob nie ein Tropfen davon vergossen wurde.

»Da«, flüsterte ich Navan zu und stupste ihn an.

Er riss die Augen auf. »Gut beobachtet!«

Langsam gingen wir auf die Frucht zu. Die goldenen Fruchtadern waren wie ein Köder, der uns lockte. Ich fragte mich, wie eine solche Frucht unter so harten Bedingungen überhaupt wachsen konnte. Schmeckte sie überhaupt gut? Aber das war wohl nicht die entscheidende Frage. Es ging um ihre berauschende und hypnotische Wirkung. Ich erinnerte mich an die Anziehungskraft des Arcadiums und nahm mir vor, dass Navan die Frucht tragen sollte, nur für den Fall, dass ich plötzlich den Drang verspürte, in sie hineinzubeißen.

Doch auf einmal schoss mein Arm hervor, packte Navan und zog ihn zurück. Er sah mich überrascht an, als ich ihn hinter einen der Gletscherpfeiler zerrte.

»Was ist mit dir?«, flüsterte er.

Ich deutete auf die Frucht. »Sieh sie dir an – sieh, was unter ihr liegt!«

Navan gehorchte und kniff angestrengt die Augen zusammen. »Da ist nur Felsen und Eis«, sagte er ruhig.

Ich schüttelte den Kopf. »Nein! Sieh genauer hin.«

Unter der plumpen, strahlenden Frucht lag etwas, das wie Eis, Stein und wie die biolumineszente Flechte, die auch an den Wänden der Berghöhle wuchs, aussah. Doch als ich näher hinsah und sich meine Augen besser an die Dunkelheit gewöhnt hatten, erkannte ich, dass es Schuppen waren … und diese Schuppen bewegten sich langsam auf und ab, weil sie sich unter dem Atem einer versteckten Kreatur bewegten. Es gab keine Monster, die die Früchte bewachten, sondern die Früchte wuchsen auf den Monstern, so wie Seepocken auf Walen wuchsen.

»Wie sollen wir …«, setzte ich an, doch ein Beben unter meinen Füßen brachte mich zum Schweigen. Es zuckte durch die Felsen um uns herum und Eiszapfen fielen von den hohen Decken, sodass wir uns ducken mussten. Sie zerbrachen mit einem scharfen Klirren, das mir einen Schauer den Rücken hinabjagte.

Einen Augenblick später erhob sich eine enorme Bestie von ihrer Schlafstätte und Eis rieselte von ihren Schuppen, so als ob sie sich den Frost der Nacht abschüttelte. Das Tier war etwa so groß wie ein Elefant, kroch aber dichter am Boden. Auf einem gedrungenen Hals saß ein unförmiger Kopf, der eine Mischung aus einem Wolf und einem Ameisenbär zu sein schien. Vereiste Reißzähne glitzerten, als sich das Ungeheuer bewegte und seine Knopfaugen huschten durch die Höhle, um die Ursache der Unruhe zu entdecken. Das Tier hob seine seltsam lange Schnauze, beschnüffelte die Luft, atmete in großen Zügen Luft ein und versuchte, alles zu wittern, was nicht hierhergehörte. Ich klammerte mich an Navan und hoffte, dass es uns nicht riechen würde.

Die Bestie öffnete ihr Maul und stieß einen eigenartigen Laut aus, etwas zwischen einem Heulen und einem Lied. Die Melodie hallte leise und melancholisch durch die Höhle und machte mich unerwartet traurig. Wenn dieses Geräusch von einer anderen Kreatur gekommen wäre, hätte ich sie vielleicht lieblich gefunden, aber diese Bestie war einfach nur gefährlich. In seinen Augen funkelte pure Bösartigkeit.

Navan stand immer noch neben mir, den Blick wie gebannt auf das Monster gerichtet.

»Wir müssen hier herauskommen«, flüsterte ich und zupfte an seinem Ärmel. »Wir müssen uns neu ordnen und überlegen, wie wir gegen dieses Ding ankämpfen können«, sagte ich und versuchte, Navan zum Umdrehen zu bewegen. Ich wollte nicht in der Nähe sein, wenn dieses riesige Vieh beschloss, uns anzugreifen.

»Navan?« Ich zupfte wieder an seinem Ärmel, aber er regte sich nicht. Ein seltsames Geräusch war dicht neben uns zu hören, eine Art knurrendes Zischen. Zuerst dachte ich, dass es von dem Schuppentier stammte, aber sein Maul war verschlossen und seine Nüstern schnüffelten nicht länger die eisige Luft. Mit einem Schauer erkannte ich, dass das Geräusch aus Navans Kehle stammte. Seine Schultern hoben und senkten sich schnell mit jedem Grunzen. Er keuchte wie ein lechzender Hund.

Ich legte meine Hand auf seine Schulter. »Navan, ist alles in Ordnung?«, fragte ich, obwohl ich wusste, dass etwas nicht stimmte. Ich wollte doch nur, dass er sich umdrehte und mich ansah, aber sein Blick ging starr geradeaus. Es war, als ob er gar nicht hier war. »Kannst du mich hören?«, flüsterte ich, ohne den Blick von der Kreatur abzuwenden, die auf der anderen Seite der Höhle ebenfalls erstarrt zu sein schien.

Als sich Navans Schultern entspannten und sein Knurren leiser wurde, öffnete das Tier wieder weit sein Maul und gab diese seltsame Melodie noch einmal von sich. Die Wirkung trat unmittelbar ein. Es war, als ob etwas von Navan Besitz ergriffen hätte, seine Adern mit Panik füllte und seinen Atem beschleunigte. Ich sah durch sein Shirt, wie wild sein Herz klopfte. Die Melodie hatte einen hypnotischen Effekt auf Navan und kontrollierte ihn irgendwie.

»Navan, hör auf meine Stimme«, sagte ich und hoffte, ihn irgendwie wieder in die Wirklichkeit zurückholen zu können.

Sein Kopf wirbelte zu mir herum, aber seine Augen waren von einem komischen milchigen Weiß überzogen und sein Blick ging ins Leere. Ich zog meine Hand zurück und taumelte nach hinten, aber er stand einfach nur mit angespannten Muskeln da. Dann zog er die Lippen hoch und fletschte seine Reißzähne. Ein Knurren entfuhr ihm. Es war eine Warnung.

»Ich bin es ... Riley«, hauchte ich und hoffte, dass er meine Stimme noch erkennen würde. Es musste doch einen Weg geben, um ihn aus dieser Trance zu reißen. »Wenn du mich hören kannst, dann nimm meine Hand«, sagte ich und streckte ihm meine Hand etwas entgegen, achtete aber darauf, genug Abstand zu halten.

Sein verschwommener Blick fiel kurz auf meine ausgestreckte Hand, aber es war offensichtlich, dass er keine Ahnung hatte, wer ich war oder was ich tat. Als sein Blick wieder zu meinen Augen glitt, knurrte er noch einmal, lauter als vorher, und seine Lippen kräuselten sich in einem wilden Zischen.

»Navan, du musst ...« Ich kam nicht dazu, meinen Satz zu vollenden. Ohne Vorwarnung stürzte er sich auf mich, die Flügel gespreizt und die Reißzähne hungrig entblößt. Bevor ich zur Seite springen oder zum Höhlenausgang rennen konnte, packten seine Hände meine Schultern und gruben sich so tief in mein Fleisch, dass ich fürchtete, meine Knochen könnten brechen.

»Stopp!«, schrie ich, aber er konnte mich nicht hören. Ich sprach mit einem Fremden, der in mir nicht mehr als einen Feind sah. Ich sah den brennenden Hass in seinen weißen Augen und sein Körper und sein Verstand waren unter der Kontrolle der Bestie. Dies war also der Abwehrmechanismus der Kreatur: Sie brachte den Eindringling dazu, die Drecksarbeit zu erledigen. Ich wusste nicht, warum die Melodie keine Wirkung auf mich hatte. Ich konnte nur vermuten, dass es etwas mit meinen Menschengenen zu tun hatten.

»Lass uns gehen!«, schrie ich und versuchte, mich aus seinem starken Griff loszuwinden. »Navan, du tust mir weh!« Ich verzog das Gesicht, als er mich nur noch fester packte und mein ganzer Körper wehtat.

Tränen der Qualen liefen mir die Wangen hinab und ich hob mein Bein und trat ihn so fest gegen das Schienbein, wie ich konnte. Aber das brachte überhaupt nichts. Panik erfasste mich und ich versuchte, Navan mit meinen schmerzenden Armen ins Gesicht zu schlagen, aber mein Schlag ließ ihn nicht einmal zusammenzucken. Ich war nicht stark genug, vor allem nicht, wenn sein fester Griff meine Muskeln zerquetschte.

»NAVAN!«, brüllte ich. Langsam gingen mir die

Optionen aus. Er hörte nicht zu, spürte nichts und ich war nicht stark genug, um mich loszureißen.

Ich hatte das Gefühl, dass meine Arme in Navans Griff bald brechen würden, also schlug ich meinen Glutstein gegen Navans Bauch und umklammerte die glatten Kanten so fest ich konnte, weil ich wusste, dass er heiß werden würde. Es gefiel mir gar nicht, Navan das antun zu müssen, aber mir blieb keine andere Wahl. Der Stein schlug Funken und verbrannte Navans Shirt und versengte dann seine Haut. Da merkte ich, wie sich seine Muskeln lockerten. Seine Augen zuckten kurz und er schien mich nur eine Sekunde lang zu erkennen. Er öffnete den Mund, so als ob er etwas sagen wollte, doch der Augenblick verging genauso schnell, wie er gekommen war.

Ich nutzte die Gelegenheit und entkam ihm, bevor er mich wieder fester packen konnte. Die Verbrennung mit dem Glutstein hatte ihn aus seiner Trance gerissen, aber es hatte nicht lang genug angehalten. Nein, wenn ich ihn ganz aufwecken wollte, dann musste der Schock größer sein.

Seine Augen wurden wieder weiß und neblig und ich rannte los, während ich mir den Kopf darüber zerbrach, was ich tun konnte. Es musste doch etwas geben, was ihn aufhielt. Meine Füße rasten über den harten Boden der Eishöhle, aber ich wusste, dass ich jede Sekunde ausrutschen konnte. Wenn das passierte, dann war es gut möglich, dass Navan mich tötete. Er wusste nicht, wer ich war. Für ihn war ich nur ein gesichtsloser Feind, den er töten musste. Also ließ ich mich nicht vom rutschigen Weg zum Ausgang der Höhle ausbremsen.

Ich hörte, wie Navan hinter mir mit den Flügeln schlug, und mein Puls beschleunigte sich. Unter keinen Umständen würde ich ihm lange entkommen können, aber vielleicht war das auch nicht nötig. Eine verzweifelte Idee begann, in meinem Kopf Gestalt anzunehmen.

Ich rannte aus der Höhle und folgte dem Geräusch des plätschernden Wassers. Ich bog links ab und lief in einen Tunnel, durch den wir vorher nicht gekommen waren. Wenigstens würde Navan in dem engen Tunnel nicht fliegen können. Er war wieder auf seinen Füßen gelandet, was mir einen kleinen Vorteil verschaffte. Meine Lungen brannten und ich rannte weiter, immer dem Geräusch des Wassers vor mir folgend. Ich wusste, dass ich es irgendwann erreichen musste, andernfalls war ich verloren.

Ich warf einen Blick über meine Schulter und sah, dass Navan nur wenige Schritte hinter mir war. Seine Augen waren immer noch erschreckend ausdruckslos. Ich rannte weiter in den Tunnel hinein und was ich sah, gab mir Hoffnung. Gerade noch rechtzeitig bremste ich vor einem glänzenden See ab und drehte zur Seite, während Navan an mir vorbeipreschte und ins eiskalte Wasser stürzte. Ich keuchte heftig und kroch an den Rand des dunklen Wassers, um auf die Kreise zu starren, die sich über die Wasseroberfläche zogen.

»Navan!«, schrie ich und meine Stimme hallte von den Wänden ab.

Das Wasser klatschte und Navan tauchte an der Oberfläche des schwarzen Sees auf und schlug mit den Armen um sich. Seine Zähne klapperten vor Kälte. Wenn sogar ihm kalt war, dann bedeutete das, dass das Wasser eiskalt war. Er drehte sich um und rief meinen Namen. Seine schiefergrauen Augen waren nicht länger milchig verschleiert.

»Es ist so k-kalt!«, keuchte Navan und sein ganzer Körper zitterte, als er an den Rand des Sees schwamm.

»Es tut mir leid!«, sagte ich. »Du warst in dieser verrückten ... Trance. Das war die einzige Weise, um dich daraus loszureißen.«

»Ist schon okay. Ich muss mich nur aufwärmen«, sagte er zitternd.

Er umklammerte einen flachen Vorsprung und zog sich aus dem Wasser. Er war klatschnass.

»Hier«, sagte ich und reichte ihm den Glutstein.

»Danke. Was meinst du mit ‚Trance'?«, fragte Navan. Er sah sich im Tunnel um und schien zu merken, dass wir nicht mehr an dem Ort waren, an den er sich erinnerte. »Habe ich dich etwa verfolgt?«

»Ja, aber ... ich bin dir entwischt.«

Sein Blick wurde finster. »Ich habe dich doch nicht verletzt, oder?«

»Nein, es geht mir gut«, sagte ich und widerstand dem Drang, meine Schultern, dort wo Navan mich gepackt hatte, zu reiben. Wahrscheinlich würde ich blaue Flecke bekommen, aber ich wollte nicht, dass er ein schlechtes Gewissen wegen etwas bekäme, was er nicht kontrollieren konnte.

Wir saßen zusammen auf dem Boden und Navan hielt den Glutstein zwischen den Händen, bis er sich bereit fühlte, wieder in die Höhle zurückzukehren. Wenigstens wussten wir jetzt, womit wir es zu tun hatten, und hatten eine Chance, es mit diesem Biest aufzunehmen.

Navan zupfte zwei kleine Flechtenstücke von der Wand und stopfte sie in seine Ohren. Hoffentlich würden sie ihm helfen, den Sirenengesang des Monsters nicht zu hören. Es war eine gute Idee und ich hoffte inständig, dass es funktionierte. Meine Nerven würden eine zweite Hypnose nicht aushalten.

Als wir die Höhle wieder betraten, wartete das Monster bereits auf uns und sah mit seinen Knopfaugen in unsere Richtung. Es hob sofort den Kopf und sang sein trauriges Lied, aber dieses Mal stieß es auf taube Ohren. Nervös sah ich zu Navan hinüber, aber die Geräusche schienen ihm nichts auszumachen. Ich bezweifelte, dass das Moos den Gesang völlig verstummen ließ, aber es schien ihn genug zu dämpfen.

Von seinem Erfolg angespornt spreizten wir unsere Flügel und hoben ab. Navan flog vor und versuchte, die Kreatur abzulenken, während ich hinter dem Rücken der Bestie die Frucht pflücken wollte.

Aber das Monster war nicht dumm. Jedes Mal, wenn ich

nach unten stürzte, um die Frucht zu ernten, schlug die Bestie mit ihrem Schwanz oder drehte sich zu mir um, sodass ich die Frucht nicht erreichen konnte. Erst als Navan sich mit aller Kraft nach unten stürzte und mit einem dumpfen Laut auf dem Kopf der Kreatur landete, bekam ich die Gelegenheit. Die Kreatur war so außer sich, dass ich mir die Frucht schnappte und sie in einer schnellen Bewegung abreißen konnte. Dann drehte ich mich um und rauschte mit hastig schlagenden Flügeln aus der Höhle hinaus. Navan folgte mir sofort und der traurige Schrei der Bestie hallte uns nach.

Die Melodie verfolgte uns, bis wir wieder an der frischen Luft waren und auf dem Felsvorsprung vor der Höhle landeten. Wir holten noch einmal kurz Luft, bevor wir abhoben. Ich blickte auf die Frucht in meinen Händen und sah, wie die goldenen Adern nicht mehr leuchteten. Aber das war nun egal. Es war nur wichtig, dass wir die Frucht gefunden hatten und sie einsetzen konnten. Wir hatten es geschafft.

KAPITEL NEUN

Die Rückreise nach Nessun verlief viel einfacher als unser Flug in die Berge. Bevor wir den Höhleneingang verließen, nahm ich noch einen Schluck aus dem zweiten Röhrchen mit dem Flügelserum, um sicher zu sein, dass wir nicht wieder in den schmetterlingsverseuchten Sümpfen zwischenlanden mussten, und steckte die Frucht in den Stoffbeutel, den Navan über seiner Schulter trug.

Wir landeten in dem verlassenen Garten im hinteren Teil des Palasts, als die Sonne gerade aufging und erste blassgoldene Strahlen über die Stadt warf. Ich war erschöpft und meine Flügel hingen schlaff an meinem Rücken herab, während ich versuchte, wieder zu Atem zu kommen. Vielleicht hatte ich vysanthinische Flügel, aber ich hatte ganz sicher kein vysanthinisches Durchhaltevermögen.

»Alles in Ordnung?«, fragte Navan und legte seinen Arm um mich.

»Ich bin nur müde«, sagte ich und hatte das Gefühl, dass wir beobachtet wurden. Ich wusste genau, wer uns beobachtete, und schlang schnell meine Arme um Navan. Dann holte ich die Poroporofrucht aus seinem Beutel und stopfte sie unter meine Achsel unter mein T-Shirt. Mir war klar, dass das seltsam aussehen musste, wie mein Arm nun schlaff neben meinem Körper baumelte, aber ich hoffte, dass Pandora es als eine der Schwächen meiner Art interpretieren würde und glaubte, dass ich es eben nicht schaffte, einen leichten Flug zum Markt und zurück durchzuhalten.

Navan hielt seinen Arm weiter um mich gelegt, damit man die Frucht nicht sah. Wir schauten zu Pandora hinauf, die im Türrahmen des verlassenen Palastausgangs stand. Wir wussten nicht, wie lange sie dort schon wartete, aber sie schien beinahe glücklich zu sein, uns zu sehen.

»Hattet ihr einen guten Abend?«, fragte sie, als wir auf sie zugingen.

»Ziemlich gut«, antwortete Navan mit einem schwachen Lächeln. Ich grinste nur und sah ihn mit liebevollen Augen an. Wir beide vermittelten Pandora den richtigen Eindruck.

»So muss es wohl gewesen sein, wenn ihr jetzt erst zurückkommt«, sagte sie mit einem schelmischen Unterton. »Nun, erspart mir die Details. Habt ihr alles bekommen, worum ich euch gebeten habe?«

»Es ist alles hier.« Der eigenartige Ausdruck auf Navans

Gesicht machte mir Sorgen. Es war derselbe Ausdruck, wie er ihn schon auf dem Markt gehabt hatte, als er den letzten Artikel der Liste gekauft hatte.

»Danke. Ich bin euch wirklich dankbar, dass ihr die Mühe auf euch genommen habt, auch wenn ihr es mir ein wenig später bringt, als ich gedacht habe«, sagte sie nicht gerade herzlich. Andererseits war Pandora generell keine warmherzige Person. Sie schien immer auf der Hut zu sein und ständig an ihre Arbeit zu denken. Sie tat mir beinahe leid und ich hoffte, dass sie ihren strengen Haarknoten hin und wieder auch einmal lösen konnte.

»Tut mir leid, wir sind abgelenkt worden«, sagte ich.

Pandora lächelte, aber es schien erzwungen. »Ihr zwei solltet in eure Wohnung gehen. Wenn ihr mir bitte meinen Schlüssel wiedergeben könnt, dann lasse ich euch durch, ohne dass euch jemand erwischt«, sagte sie und streckte ihre Hand aus.

»Könntest du Riley einen Gefallen tun, wenn es nicht zu viel Mühe macht?«, fragte Navan, als er Pandora den silbernen Schlüssel, das schwarze Gerät und den Beutel mit den Zutaten reichte.

Pandora runzelte die Stirn. »Du bittest mich um einen Gefallen?«

»Ja, sozusagen«, antwortete Navan ruhig. »Riley reißt mit ihren neuen Flügeln ihre Shirts kaputt. Ich dachte daran, ob du Brisha vielleicht fragen kannst, ob Riley ein paar Shirts mit Flügelschlitzen bekommen kann, weil du sie sicher eher siehst als wir.«

»Ich kann gern fragen«, sagte sie und warf sich den Beutel mit den Zutaten über die Schulter.

Wir verabschiedeten uns mit einem verlegenen Nicken und stiegen die Treppe hinauf, die in der alten Vorratskammer endete. Ich erwartete, dass Pandora uns folgen würde, aber ich hörte keine Schritte hinter uns. Sie hatte im Hof einen seltsamen Eindruck auf mich gemacht, auch wenn ich nicht genau benennen konnte, was ich komisch gefunden hatte.

Vielleicht hatte sie sich einfach nur unwohl gefühlt, weil wir die Turteltauben gespielt hatten. Zwischenartliche Beziehungen galten in Nordvysanthe zwar nicht als Verbrechen, aber das bedeutete noch lange nicht, dass alle mit ihnen einverstanden waren.

Ich schob meine negativen Gedanken beiseite, weil ich wusste, dass ich sie wahrscheinlich nur deshalb hatte, weil ich müde war. Also hakte ich mich bei Navan ein und schmiegte mich an ihn, als wir zu unserem Zimmer zurückgingen. Die Luft war nun rein und so holte ich die Frucht unter meiner Achsel hervor, hielt sie aber weiter mit meinem Shirt bedeckt. Erst als wir im Zimmer waren, legte ich sie in eine Schublade unseres Nachttischs.

Noch nie in meinem Leben hatte ich ein so verlockendes Bett gesehen. Nach der langen Reise traf mich die Erschöpfung jetzt wie der Schlag. Meine Schultern brannten, mein

Rücken ächzte und mein Nacken war steif und schmerzte. Doch als Navan sich hinter mich stellte, seine Arme um meine Taille legte und mit seinen Lippen meinen Nacken küsste, fragte ich mich, ob ich nicht doch noch Reserveenergien hatte ... Während mich unsere Reise erschöpft hatte, schien sie Navan geradezu mit Energie aufgeladen zu haben.

Ich drehte mich in seinen Armen um und sah in seine hitzigen Augen. Er beugte sich vor und küsste meinen sensiblen Nacken, was mir eine Gänsehaut bis in die Fußspitzen bereitete.

Seine Hände lagen auf meinen Hüften und seine Finger strichen über meine Taille. Ein warmes Gefühl durchströmte mich und ich drückte mich näher an ihn, bis unsere Körper aneinandergeschmiegt waren. Ich spürte, wie sehr er sich nach mir sehnte, und stellte mir vor, wie wir uns auszogen und ins Bett gingen. Das war es. Wir würden es tun.

In meinem Magen flatterten nervöse Schmetterlinge beim Gedanken daran. Tausend Fragen gingen mir durch den Kopf und für einen Augenblick verkrampfte ich mich.

Navan löste sich von mir und statt der Leidenschaft in seinem Blick sah er mich nun fragend an. Ohne ein Wort zu sagen, ging er zum Kamin hinüber und legte ein paar neue Holzscheite auf. Dann hockte er sich hin, starrte in die Flammen und hielt eine Hand nah ans Feuer, um zu prüfen, wie warm es war. Irgendwie war ich gleichzeitig enttäuscht und erleichtert.

»Wird es immer so sein?«, hauchte ich. »Wir kommen so weit und dann … stoppen wir?«

Navan drehte sich nicht zu mir um, als er antwortete. »Ich will nichts überstürzen, nur weil du denkst, dass es das ist, was ich will.«

Er klang beinahe schuldig, so als ob er mich unter Druck gesetzt hätte, obwohl das überhaupt nicht wahr war. »Aber ich … Ich will es doch auch«, sagte ich und wurde rot.

Jetzt sah Navan über seine Schulter zu mir und sein Blick wurde dunkel, als er über meinen Körper strich, woraufhin ich noch röter wurde. Seine Aufmerksamkeit verstärkte meine Sehnsucht nur noch.

Er stand auf und schüttelte den Kopf, so als ob er den Gedanken beiseiteschieben wollte. »Du bist noch nicht bereit. Das sehe ich in deinen Augen. Es gibt etwas, was dich zurückhält.«

Ich schluckte, weil es mir die Sprache verschlug, dass er mich so gut kannte. »Es ist nur … Ich habe keine Ahnung, was ich tue.«

»Riley.« Navan kam zu mir und mein Herz begann zu rasen. Er legte seine Hand sanft auf meine Wange. »Ich will, dass es passiert, wenn der Zeitpunkt richtig ist. Ich will, dass es passiert, wenn du bereit bist. Wenn du keine Vorbehalte mehr hast. Und wenn du etwas wissen willst, dann frag mich einfach.« Er sprach leise und verständnisvoll.

»Ich habe tausend Fragen«, flüsterte ich, dankbar für seine Geduld. Es stimmte, ein kleiner Widerstand baute sich immer in mir auf, wenn die Dinge zwischen uns zu hitzig wurden. In den letzten Jahren hatte ich diese Gedanken immer ignoriert und einfach darauf gewartet, dass der richtige Augenblick käme, um mit jemandem zu schlafen ... Aber dieser Tag war bisher nicht gekommen. Nicht, bis Navan in mein Leben getreten war. Angie hatte mich immer prüde genannt, aber das machte mir nichts aus. Ich wusste, dass ich es nie tun würde, solange ich nicht wirklich bereit dafür war, und ich war froh, dass Navan genauso dachte.

»Ich bin ganz Ohr«, murmelte Navan und küsste meine Schulter. Ich schnappte verspielt nach Luft, als er mich in seine Arme hob und mich zum Bett trug. Er legte mich auf der Bettdecke ab und kuschelte sich neben mich.

Ich lächelte ihn verschlafen an. »Ich glaube, dass die Fragen warten müssen«, gähnte ich und meine Lider wurden schwer. »Wenn ich auch nur ein Wort mehr sage, dann schlafe ich wahrscheinlich auf dir ein.«

Er lachte, zog mich an seine Brust und schlang seine Arme um mich. »Es würde mir nichts ausmachen, wenn du auf mir einschläfst«, sagte er und küsste meine Stirn. Als meine Augen zufielen, murmelte er noch etwas, aber ich war eingeschlafen, bevor ich ihn hören konnte.

Nachdem wir uns ein paar Stunden ausgeruht hatten, schleppten Navan und ich uns aus der Wohnung und gingen

Bashrik und Angie besuchen. Wir hatten bis zum Abend Zeit, bevor unser Training anfing, und wir wollten unsere Zeit sinnvoll nutzen.

Wir fanden die beiden an der Seite einer kleinen Hütte, die neben dem Bauplatz für das neue Alchemielabor, das gut voranzukommen schien, auf einem spärlichen Grasstück stand. Natürlich waren sie mitten in einem Streit. Angie deutete mit ihrem Finger auf einen Bauplan, den Bashrik vor ihr ausgebreitet hatte.

»Wenn wir die tragende Säule hierhin setzen, dann wird das ganze Ding instabil sein«, sagte sie. »Ich dachte, dass du hier der Architekt bist.«

»Ja, aber wenn wir die Säule hierhin stellen, dann hat der Bau kein Gleichgewicht. Eine Seite würde wie eine verdammte Lawine herunterhängen!«, fauchte er sie an. »Ich schlage vor, dass wir hier und hier eine Säule hinstellen, damit der ganze Bau stabil ist.«

Angie verdrehte die Augen. »Das sage ich doch schon den ganzen Morgen. Hörst du denn nicht ein einziges Wort von dem, was ich sage?«

Die beiden hörten auf, sich zu streiten, als wir näher kamen, obwohl ich mir ein Grinsen nicht verkneifen konnte. Ich warf Angie einen wissenden Blick zu, weil mir langsam dämmerte, was zwischen den beiden wirklich vorging. Sie wurde rot und wandte sich ab, um so zu tun, als ob sie in die Ferne schaute. Aber mich konnte sie damit nicht täuschen. Ich kannte diese Seite an Angie. Ich hatte es oft genug gesehen, wenn sie heimlich in jemanden verknallt gewesen war. Die meisten Jungen, in die sie sich unsterblich verliebt hatte, hatten kaum das erste Date überstanden.

»Wie wird es aussehen?«, fragte Navan und trat hinter Bashrik, um sich den Bauplan anzusehen.

»Kommt, ich zeige es euch«, sagte er und winkte uns alle in die Hütte.

Artig folgten wir ihm. Als ich das Miniaturmodell des neuen Alchemielabors sah, fiel mir die Kinnlade herunter.

Es stand auf dem Tisch und war ganz offensichtlich in kurzer Zeit zusammengeklebt worden, aber es war nicht weniger beeindruckend, als wenn sein Bau Wochen gedauert hätte. Ein hoher silberner Gigant aus glitzernden Glassplittern erhob sich. Das Glas bog sich an den Seiten und an der Spitze, sodass es wie eine erstarrte Meereswelle aussah. Das ganze Gebäude erinnerte mich an den Ozean mit seinen durchsichtigen Wänden, die silberblau glänzten, je nachdem, wie das Licht einfiel. Auf dem Dach befand sich eine Ebene mit hexagonalen Gewächshäusern, in denen seltene Früchte und Pflanzen direkt vor Ort angebaut werden konnten. Daneben standen riesige Strukturen, die wie Stromgeneratoren aussahen. Um ein Labor dieser Größenordnung zu unterhalten, bedurfte es sicher jeder Menge Energie.

»Es ist sehr schön«, murmelte ich und beugte mich vor, um die Details besser sehen zu können.

»Nun, es ist mein Meisterwerk«, sagte Bashrik stolz. »Ich

hoffe sehr, dass es das schönste Gebäude ist, was je jemand gesehen hat.«

»Hört ihn euch an – ‚Meisterwerk'. Für wen hältst du dich, für Leonardo da Vinci vielleicht?«, brummte Angie.

»Ich weiß nicht einmal, wer das ist, Angie«, sagte Bashrik trocken. »Du hältst dich vielleicht für witzig und da wo du herkommst, würde vielleicht auch jemand kurz höflich über deinen Scherz lachen, aber hier ergibt er überhaupt keinen Sinn.«

Angie grinste mich an. »Er ist nur wütend, weil ich Witze über sein Meisterwerk mache, und das ist etwas, was du niemals tun solltest.«

Navan legte eine Hand auf die Schulter seines Bruders. »Hey, ich ... ähm, ich brauche deine Hilfe mit etwas.«

Bashrik runzelte die Stirn. »Womit?«

»Ich will das konzentrierte Serum der Poroporofrucht, die wir gestern Nacht geholt haben, erstellen«, setzte Navan an, wurde aber sofort von Angie unterbrochen.

»Ihr seid geflogen? Ihr habt sie geholt?«, sagte sie und riss die Augen auf. »Lauren sagte, dass ihr es vielleicht versucht, aber wir haben nichts von euch gehört, und Bashrik sagte mir heute Morgen, dass wir nicht bei euch vorbeischauen können, obwohl ich überhaupt keine Ahnung habe, warum er sich eurer Wohnung nicht nähern will«, sagte sie und warf einen Seitenblick zu Bashrik.

Ich lächelte und wurde rot, als ich mich daran erinnerte, wie Bashrik uns letztes Mal unterbrochen hatte. Ich wusste sehr wohl, warum er nicht bei uns hatte vorbeikommen wollen, aber ich würde in seiner Gegenwart nichts dazu sagen. »Ja, wir haben die Frucht geholt und jetzt müssen wir herausfinden, wie sie in ein starkes Serum verwandelt werden kann, das ausreicht, damit Yorrek uns alles verrät, was wir wissen müssen«, sagte ich.

»Seid ihr auf Schwierigkeiten gestoßen?«, fragte Bashrik und wandte sich nervös seinem Bruder zu.

Doch Navan zuckte mit den Schultern. »Das Übliche, aber nichts, womit wir nicht fertig würden«, sagte er lässig, um Bashriks Nerven zu schonen. Er warf mir einen verschwörerischen Blick zu. »So, ich brauche ein paar Sachen. Eine Zentrifuge, einen Veracia-Extraktor und einen schwarzen Diamantenkompressor. Ich dachte, dass ich vielleicht auf dem Markt gestern Abend fündig werden würde, aber es gab nicht sehr viel Auswahl, was Technologie angeht.«

»Ich glaube, dass diese Sachen nach der Explosion in den Ruinen des alten Labors zu finden sein müssten. Ein paar der Kellerlager sind relativ wenig beschädigt worden, also sollte ich dir diese Geräte besorgen können. Ich kümmere mich so bald wie möglich darum«, sagte Bashrik. »Vielleicht schicke ich dich später dazu los«, sagte er und blickte nachdenklich zu Angie.

»Du weißt, dass ich dir jeden Gefallen tun würde, Bash«, erwiderte sie säuselnd und lächelte ihn zuckersüß an.

Er runzelte die Stirn. »Weißt du, dass du wirklich

gruselig aussiehst, wenn du mich so ansiehst? So als ob du ein Mordkomplott planst oder so etwas.«

Angies Grinsen wurde breiter.

»Ist Yorrek denn schon wieder vorbeigekommen?«, fragte ich, um die beiden voneinander abzulenken. Er war immerhin das wichtigste Stück in unserem Puzzle.

Angie warf mir einen seltsamen Blick zu, der mich nervös werden ließ. »Was das angeht ... Yorrek ist eigentlich jeden Tag zur Baustelle gekommen, um zu sehen, wie es läuft und uns die Ohren vollzujammern, dass alles so langsam vorankommt und wir total unfähig sind, aber wir haben ihn seit ein paar Tagen nicht mehr gesehen. Ob er nun beschlossen hat, auf neue Informationen zu warten, oder ob er einfach nur faul geworden ist, wissen wir nicht. Was wir wissen, ist, dass es nicht leicht sein wird, ihn zu entführen, wenn er nicht auftaucht. Ihr versteht, was ich meine?« Sie sah uns entschuldigend an und wrang sich besorgt die Hände.

Ich hätte beinahe laut geflucht. Unsere Reise zu den Fazarbergen war nicht gerade ein Klacks gewesen, aber ich hätte wissen sollen, dass die Dinge nicht immer gleich klappten. Der wirkliche Haken hatte noch gefehlt, aber hier war er nun, so vorhersehbar wie ein ausbleibender Bus im Regen.

»Das erschwert es zwar, aber unmöglich ist es nicht«, meldete sich Navan zu Wort. »Wenn er nicht mehr zu uns kommt, dann werden wir ihn eben in seinem Haus außerhalb von Nessun aufsuchen. Vielleicht gibt es einen Grund dafür, dass er nicht mehr in die Stadt kommen will, und falls es so ist, dann sollten wir diesen Grund herausfinden.«

»Das ist keine schlechte Idee«, sagte Bashrik. »Außerdem ist es so vielleicht einfacher, ihn diskret zu schnappen, wenn wir ihn aus seinem Haus holen. Wenn wir die Ein- und Ausgänge und die Tagesroutine des alten Mannes kennen, dann sind wir besser vorbereitet, sobald das Serum fertig ist.«

Nach diesen optimistischen Worten sah ich ein, dass doch noch nicht alles verloren war. Es war eine kleine Planänderung, aber nichts Extremes. Nein, unser Plan würde immer noch funktionieren. Da war ich mir sicher. Sobald Navan das Hypnoseserum hergestellt hatte, wären wir wieder auf dem richtigen Weg.

»Warum erledigen Angie und ich das nicht, wenn Bashrik und du mit dem Labor und dem Serum beschäftigt seid?«

Navan sah mich sofort skeptisch an. »Ihr zwei, allein? Das gefällt mir nicht.«

»Na ja, ich habe keine Ahnung, wie man dieses Serum herstellt und Angie genauso wenig. Unsere Fähigkeiten sind definitiv besser dafür geeignet, Yorreks Haus auszukundschaften. Schließlich müssen wir unsere Zeit so effizient wie möglich nutzen. Ich verspreche, dass wir aufpassen werden.« Außerdem war es schon Ewigkeiten her, dass Angie und ich allein gewesen waren, um uns zu unterhalten, und ich war neugierig darauf, zu erfahren, was genau zwischen ihr und

Bashrik vorging. Das wäre die perfekte Gelegenheit, um sie danach zu fragen.

»Es gefällt mir immer noch nicht.«

»Sie kommen schon klar«, sagte Bashrik überzeugt und ich sah ihn verwundert an. Ich hatte nun wirklich nicht gerechnet, dass er mir Rückendeckung gab, weil er doch sonst immer so überängstlich war. Andererseits trieb ihn vielleicht die Aussicht darauf an, für ein paar Stunden etwas Ruhe von Angie zu bekommen. »Es ist keine allzu gefährliche Aufgabe. Sie sollen sich doch nur umsehen. Riley hat schon riskantere Dinge getan. Solange sie ihre Gesichter bedecken und nicht auffallen, sollte es keine Probleme geben.«

Navan war immer noch skeptisch, aber es war klar, dass er sich nicht länger widersetzen würde. Er musste sich an die Vorstellung gewöhnen, dass er nicht immer in meiner Nähe sein konnte, um mich zu beschützen und jede meiner Bewegungen zu beobachten. Da war es gut, wenn ich einen Sinn von Eigenständigkeit auf diesem fremden Planeten entwickelte.

Natürlich würde ich meine Messer mitnehmen, für den Fall, dass doch etwas Unerwartetes passierte. Ich hatte gelernt, vorsichtig zu sein und immer mit dem Unvorhersehbaren zu rechnen.

Das schien hier in Vysanthe schließlich das Lebensmotto zu sein.

KAPITEL ZEHN

Navan und Bashrik gesellten sich zu uns, als wir zu unserer Wohnung im Palast zurückkehrten, um ein paar Dinge einzupacken. Zu meiner Freude sah ich, dass mir ein Paket mit neuen Shirts gebracht worden war. Sie lagen auf dem Bett und hatten alle flexible Flügelschnitte im Rückteil. Zwar war es unwahrscheinlich, dass ich meine Flügel auf dem Weg zu Yorreks Haus brauchen würde, aber ich konnte es trotzdem nicht erwarten und zog mir eines der Shirts über, die mir das Leben so viel leichter machen würden. Noch nie hatte ich mich so sehr wie ein Kaltblut gefühlt. Passend angezogen ging ich zu der großen Truhe in unserem Wohnzimmer. Ich hatte keinen Zugang zu meinem Bandolier und den Wurfmessern, die ich im Trainingszentrum aufbewahrte, aber ich hatte ein zusätzliches Paar für Gelegenheiten wie diese in der Truhe verstaut.

»Wo hast du das her?«, fragte Bashrik, nachdem er einen Pfiff ausgestoßen hatte, als wir das Zimmer betraten, das sich Lauren und Angie teilten, damit Angie ihre Jacke holen konnte. Bashrik hatte etwas weiter auf demselben Gang sein eigenes Zimmer.

Ich lächelte, weil ich stolz auf mein Bandolier und die für mich angefertigten Wurfmesser war, die in dem lederartigen Material steckten. »Es war ein Geschenk von Königin Brisha«, erklärte ich und zog meinen Mantel zu, um die Waffen zu verstecken.

Bashrik wurde blass. »Du solltest den Haufen von Geschenken sehen, den sie vor meiner Tür ablädt. Es wird jeden Tag mehr«, stöhnte er und deutete auf einen Berg von Dingen, die an einer Wohnzimmerwand standen. »Ich musste sogar die Mädchen bitten, ein paar der Sachen hier zu lagern. Es war einfach kein Platz mehr in meinem Zimmer.«

Ich ging zu dem Geschenkstapel hinüber. Es gab Edelsteine und Juwelen, Manschetten und Armbänder, aber alles war noch verpackt. Ich sah mehrere Röhrchen, aber auch sie sahen unberührt aus.

»Hat Königin Brisha denn schon einmal mit dir über diese Sache gesprochen?«, fragte ich und drehte mich wieder zu Bashrik um.

»Noch nicht, aber ich befürchte, dass sie bald auf meiner Matte steht«, murmelte er düster. »Aber es gibt ein

Geschenk, das ich gern ausprobieren würde …« Er ging zu dem Stapel hinüber und holte ein kleines blaues Röhrchen aus einer Holzschachtel. »Ich habe mich schon den ganzen Tag darauf gefreut.«

»Was ist das?«, fragte ich und musterte die kleine Glasflasche.

»Das Blut eines Haligon. Es ist heute Morgen angekommen, mit einer Nachricht, in der sie mir ein gutes Frühstück wünscht«, erklärte Bashrik. »Es ist angeblich eines der feinsten Blutarten im Universum und super selten. Ich habe keine Ahnung, wie sie es besorgt hat. Aber gut, sie ist immerhin die Königin.« Er zuckte mit den Schultern. »Ich wollte es eigentlich für den Abend aufheben, aber ich kann es genauso gut jetzt trinken, um den Rest des Tages zu überstehen«, sagte er, zog den Pfropfen ab und setzte das Röhrchen an seine Lippen.

Navan rauschte wie der Blitz an mir vorbei und schlug Bashrik das Röhrchen aus der Hand. Die Glasflasche fiel zu Boden und zersprang in tausend Stücke. Eine dunkellilafarbene Flüssigkeit breitete sich aus.

»Was zum Teufel soll das?«, rief Bashrik erschrocken.

»Ich wusste, dass sie das im Schilde führt«, sagte Navan, tauchte seinen Finger in die Flüssigkeit, hob ihn dann an seine Nase und schnüffelte laut.

»Würde es dir was ausmachen, mir zu sagen, was hier los ist?«, fragte Bashrik immer noch aufgebracht.

Navan sah seinen Bruder entschuldigend an. »Wir sind gestern Abend gebeten worden, für die Königin ein paar Dinge vom Markt zu besorgen. Pandora hat uns dabei erwischt, wie wir nach draußen schleichen wollten, weshalb wir nicht wirklich ablehnen konnten. Auf jeden Fall habe ich mir nichts dabei gedacht, bis ich die Liste noch einmal gelesen habe. Sie hat mich an etwas erinnert, aber da es so lange her ist, dass ich so etwas hergestellt habe, war ich mir bei den Zutaten nicht sicher. Ich hatte einfach nur ein ungutes Gefühl – keine Ahnung warum. Sie hat dir einen Liebestrunk gebraut, Bashrik. Das enthielt dieses Röhrchen.«

Bashrik war entsetzt. »Ich wusste, dass sie irgendwann zuschlagen würde«, hauchte er erschrocken. »Ich dachte, dass ich sie auf Abstand halten könnte, aber ... das hier? Wir sprechen hier von einem ganz anderen Niveau! Wie soll ich denn die Annäherungsversuche einer Königin abwehren, um Rasks Willen!«, rief er zu meiner Erheiterung aus. Ich konnte nicht anders – es war einfach zu komisch, um nicht zu lachen. Selbst Navan sah aus, als ob er Mühe hätte, ein Glucksen zu unterdrücken. Angie hingegen machte eine versteinerte Miene und fand das alles überhaupt nicht witzig.

»Sei ein Mann und sag ihr, dass du nicht interessiert bist«, sagte sie streng, bevor sie das Zimmer verließ und sich die Kapuze tief ins Gesicht zog.

Ich zuckte mit den Schultern und folgte ihr. Die beiden sprachlosen Kaltblüter ließen wir in der Wohnung zurück.

Jetzt würden die beiden wenigstens besonders achtsam sein.

Angie und ich machten uns auf den Weg, um Yorreks Haus zu suchen. Ich trug das Flügelserum in meiner Tasche und wünschte mir, wieder meine mächtigen Flügel spüren zu können, aber ich wusste, dass es keinen Sinn hatte, solange ich mit Angie unterwegs war. Ohne Navan wollte ich es nicht riskieren, Angie zu tragen. Dazu war ich noch nicht sicher genug.

»Ich kann nicht fassen, dass sie ihm all diese Dinge schickt. Hat sie denn nichts Besseres zu tun?«, brummte Angie. »Mal ehrlich, als Königin einer halben Nation sollte man doch wohl annehmen, dass sie Wichtigeres zu erledigen hat. Ich bin es leid, dass Bashrik jeden Morgen an meine Tür klopft und ich dann mit ihren Geschenken fertigwerden muss, nur weil er sie in seinem Zimmer nicht mehr unterbringen kann.«

»Ich finde, dass du ganz schön viel protestiert«, sagte ich und stupste sie an.

Sie schnaubte. »Ich protestiere nicht. Ich denke nur, dass sie als Anführerin eines halben Planeten doch Prioritäten haben sollte. Ich glaube kaum, dass sie ihre Zeit sinnvoll verbringt, indem sie irgendeinem unbedeutenden Kaltblut hinterherjagt, nicht, wenn sie sich darauf konzentrieren sollte, Frieden zu stiften oder Krieg zu führen – oder was auch immer sie mit dieser unsinnigen Auseinandersetzung mit ihrer Schwester machen will«, sagte sie und verschränkte die Arme vor der Brust. »Außerdem ist es Bashrik gegenüber nicht fair. Ihm Geschenke zu schicken ist eine Sache, aber ihm einen Liebestrank zu brauen? Das ist an der Grenze zum Erbärmlichen und völlig unmoralisch. Bashrik mag sie nicht, also sollte sie ihn einfach in Ruhe lassen.«

»Die Dame protestiert definitiv zu viel«, kicherte ich. Ich wusste, dass meine Scherze sie wütend machten, aber ich wusste auch, was in Wahrheit hinter ihrer Aufregung steckte: Sie empfand etwas für Bashrik. Sie wollte es sich nur einfach nicht eingestehen. Als ihre Freundin war es meine Pflicht, ihr eine ehrliche Antwort abzuringen. »Es ist okay, wenn du Bashrik magst«, sagte ich etwas vorsichtiger.

»Ich mag Bashrik nicht!«, prustete sie, so als ob diese Idee völlig absurd wäre.

Ich grinste. »Doch, ich glaube, das tust du. Warum sollte es dir sonst so viel ausmachen, was Königin Brisha tut? Ich meine, wir waren alle schon mal in der Situation, wo ein Junge uns gefallen hat, der aber nicht an uns interessiert war. Ich hätte ein gewisses Mitgefühl von dir erwartet, aber was ich sehe, ist Eifersucht«, provozierte ich sie weiter.

»Ich bin nicht eifersüchtig auf die Königin und Bashrik«, sagte sie stur. »Die Königin kann tun, wozu sie Lust hat. Ich finde nur, dass sie Bashrik nicht dazu zwingen sollte, sie zu mögen. Es interessiert mich nicht, wen er mag. Ich will einfach nur, dass diese Ungerechtigkeit aufhört«, sagte sie zornig und ihre Wangen wurden dabei ganz rot.

»Dass die Ungerechtigkeit aufhört.« Ich grinste. »Also wirklich. Mich kannst du nicht täuschen, Angie. Ich weiß, wie es sich anfühlt, Gefühle für ein Kaltblut zu haben, und ich weiß, dass es schwer ist, das zuzugeben. Aber sobald du es tust, wirst du dich besser fühlen«, sagte ich aufmunternd, doch Angie wollte nichts davon hören.

»Ich mag ihn aber nicht, Riley. Wie käme ich denn dazu?«, schimpfte sie. »Er ist so sehr von sich eingenommen! Ich glaube nicht, dass ich jemals einen so arroganten Mann kennengelernt habe. Ja, seine Zeichnungen und Gebäude sind die schönsten, die ich je gesehen habe, aber das gibt ihm nicht das Recht, die ganze Zeit damit anzugeben. Außerdem ist er schrecklich herablassend, so als ob ich eine kleine nutzlose Kreatur wäre, die beschützt werden muss. Wann immer ich die Baustelle betrete, legt er seinen Arm um mich, so als ob er denkt, dass ich über jeden Kieselstein stolpere. Ich habe ihm schon zigmal gesagt, dass er das lassen soll, aber er macht es weiter. Ganz abgesehen davon, dass er denkt, dass er immer recht hat, und dass er es nie zugibt, wenn er sich irrt. Und überhaupt ist er viel zu groß für mich und ich wüsste gar nicht, was ich mit all seinen Muskeln anfangen soll. Das muss sich ja anfühlen, als ob man einen Zementblock umarmt. Ich mag ihn nicht – auf gar keinen Fall!«

Ich seufzte und hob kapitulierend die Hände. »Okay, wenn du sagst, dass du nicht an ihm interessiert bist, dann glaube ich dir«, log ich und wusste, dass sie mir das sowieso nicht ganz abnahm.

Wir liefen weiter durch die Stadt und ich ließ das Thema auf sich beruhen und ging stattdessen zu weniger sensiblen Themen über. Wir sprachen darüber, wie der Bau vorankam und wie sehr es Angie gefiel, diese spezielle Architekturerfahrung zu machen. Sie fragte mich nach meinem Militärtraining und nach unserem Abenteuer in der Höhle in der Vornacht. Es war nett, nebeneinander herzulaufen und uns zu unterhalten, so wie wir es früher auf unserem Nachhauseweg getan hatten. Ich sah zu ihr und dachte daran, wie sehr ich das hier vermisste. Navan war zwar attraktiv und charmant und absolut wundervoll, aber manchmal brauchte ein Mädchen einfach seine Freundinnen. Wenn Lauren auch hier gewesen wäre, dann wären wir komplett gewesen.

Der Weg zur vysanthinischen Version eines Bahnhofs war nicht weit. Der Bahnhof selbst befand sich unter einem konkaven Glasdach, das sich nach oben bog. Kaltblüter liefen eilig hin und her und sahen zu den blinkenden Anzeigen hinauf, die die Nummer der Plattform und den Zielort angaben. Es sah alles seltsam vertraut aus und so sehr wie Zuhause, dass ich lachen musste. Wohin wir auch gingen, kamen uns Pendler entgegengeströmt, die gegen die Menge liefen.

Wir zogen unsere Kapuzen tiefer ins Gesicht, gingen zum Fahrkartenautomaten und ich drückte hoffentlich auf den richtigen Knopf für zwei Tickets nach Palamon. Navan hatte mir erklärt, wie die Automaten funktionierten, denn sie waren mit Symbolen beschriftet, von denen ich keines kannte, aber die Maschine spuckte tatsächlich zwei silberne Scheiben aus. Ich nahm sie, reichte eine davon Angie und dann suchten wir unser Gleis. Am Ende musste ich doch ein vorbeigehendes Kaltblut nach dem richtigen Gleis fragen, aber der Mann antwortete ohne Hohn und war auch zu sehr in Eile, um auf die pinkfarbene, menschliche Hautfarbe unter meiner Pelzkapuze zu achten.

Uns blieb wenig Zeit und so stiegen wir schnell in den Zug und setzten uns gerade, als er auch schon aus dem Bahnhof fuhr. Wir holten tief Luft und lehnten uns zurück, aber meine Augen waren aufmerksam auf das Fenster gerichtet, wo die vysanthinische Welt in allen erdenklichen Tönen aus Grau, Weiß, Schwarz und Silber an uns vorbeiflog. Hin und wieder sah ich einen dunkelgrünen Farbtupfer, wenn wir an einem Waldstück vorbeikamen, aber Farbe war auf diesem Planeten wirklich nur sehr spärlich vertreten.

Ein paar andere Passagiere saßen verstreut im Zug, aber niemand schien in der Laune zu sein, sich zu unterhalten. Der Anblick erinnerte mich an eine U-Bahn in New York, wo es fast als Verbrechen galt, jemanden anzusprechen. Verwundert dachte ich darüber nach, wie ähnlich sich doch Menschen und Vysanthiner im Kern waren.

Eine Viertelstunde später fuhr der Zug in den Bahnhof

von Palamon ein. Wir stiegen so schnell wie möglich aus, aber die Türen hätten sich beinahe trotzdem vor unserer Nase geschlossen. Ich warf dem Zug einen bösen Blick zu, weil mir die Türen fast die Hand abgeschnitten hätten, aber dann ging ich mit Angie im Schlepptau auf den Ausgang zu. Wir streiften unsere silbernen Scheiben über eine blinkende Anzeige und wurden dann in eine seltsame Vorortwelt entlassen.

Alles hier war so still, mit malerischen Häusern in der Nähe mit niedrigen Gartenzäunen, hinter denen karge Blumen wuchsen. Kaltblüter gingen Hand in Hand mit ihren Kindern spazieren. Das war wirklich ein befremdlicher Anblick, aber es war auch irgendwie niedlich, wie sie ihre Flügel ausbreiteten und begeistert mit ihnen flatterten, nur um von ihren ernsten Eltern wieder auf den Boden zurückgezogen zu werden.

Angie sah auf der Karte nach Yorreks Haus und deutete dann nach rechts. Wir entfernten uns vom Bahnhof und gingen eine ruhige Hauptstraße entlang. Wir liefen an Geschäften, einem Park und einem glitzernden See vorbei, bis wir den Waldrand erreichten. Die Blätter raschelten im kühlen Wind und flüsterten sich Geheimnisse zu. Vor uns stand im Schatten der Bäume ein einsames Haus. Es sah aus wie eine Märchenhütte, mit Schieferdach, weiß getünchten Wänden und einem kleinen Vorgarten, in dem in einem Glasgewächshaus cremefarbene Rosen wuchsen.

Aber dennoch hatte das Haus etwas Eigenartiges an sich.

»Ist das das Haus?«, fragte ich, als Angie noch einmal auf die Karte blickte.

Sie nickte. »Das ist es.«

Die Fenster passten gar nicht zu dem ansehnlichen Rest des Hauses, sondern waren mit dicken Holzbrettern vernagelt. Wo sich einst vielleicht eine hübsche Tür befunden hatte, verschloss jetzt ein solides Stahlblech den Eingang. Wir sahen einander unsicher an, zogen unsere Kapuzen tiefer ins Gesicht und öffneten die Tür des Gartenzauns. Ich tastete nach meinem Bandolier mit den Messern, bereit, meinen Mantel jederzeit zu öffnen.

Als wir durch den Garten gingen, stolperte Angie und blieb mit dem Fuß an einer Steinplatte hängen, die sich etwas in den Boden absenkte. Sofort heulte ein Alarm so laut los, dass es mir fast das Trommelfell zerriss. Angie sah erschrocken auf. Nur den Bruchteil einer Sekunde später öffneten sich kleine Schächte in der Hauswand.

»Duck dich!«, schrie ich und schon wurde geschossen. Angie konnte ihren Fuß gerade noch rechtzeitig losreißen, um sich zu ducken und zur Seite zu rollen. Pfeile mit Widerhaken und blinkenden Spitzen sausten an uns vorbei, einer davon direkt an meinem Ohr, sodass mein Herz einen Schlag lang aussetzte. Ich lag keuchend auf dem Boden und wünschte mir, dass das Sirenenheulen endlich aufhörte, damit ich wieder klar denken konnte.

»Yorrek, stell den Alarm ab!«, schrie Angie und ihre Stimme hallte durch den Garten. »Ich bin es, von der

Baustelle! Stell den Alarm ab. Ich will mit dir reden. Ich habe Neuigkeiten über das Labor!«, schrie sie über die Sirene hinweg.

Einen Augenblick später wurde es ruhig und das Stahlblech wurde quietschend nach oben gerollt. Erleichtert stand ich auf und ging auf den Eingang zu, doch hinter dem ersten Metallgitter befand sich ein zweites, das genauso solide war. Angie stellte sich neben mich und wir warteten darauf, dass Yorrek auftauchte ... aber es war nichts von ihm zu sehen.

Da tauchte auf einmal ein bläuliches Licht vor uns auf und verdichtete sich, bis wir einen alten Mann mit dünnem, grauem Haar und einem stählernen, schwarzen Blick sahen. Seine Schultern waren gebeugt und sein Gesicht spitz und kinnlos, sodass er wie ein Geier aussah.

»Habt ihr nichts Besseres zu tun, als herzukommen und ehrwürdige ältere Leute zu belästigen?«, schimpfte das Hologramm. »Seht euch doch an, verkleidet wie minderwertige Mangoline. Ihr seht lächerlich aus. Zieht die Kapuzen ab!«

Wir gehorchten, obwohl ich mir nicht sicher war, wie er darauf reagieren würde, dass zwei Unterlegene an seine Tür geschickt worden waren. Sobald er unsere Gesichter sah, sagte er uns auch sofort, was er von uns hielt.

»Natürlich – sie haben *dich* geschickt!«, fauchte er und sah zu Angie. »Was denn, ist der Rest zu beschäftigt? Sie mussten ihre kleinen Sklaven losschicken, um die Drecksarbeit zu erledigen? Wahrscheinlich wirst du mir jetzt sagen, dass es noch Monate dauern wird, bis das Labor fertig ist. Du willst, dass ich einfach hier warte, wo alle mich beobachten? Ihr wollt mich loswerden, nicht wahr? So ist es doch, oder nicht? Sie haben dich geschickt, um zu sehen, ob ich noch am Leben bin. Nun, das bin ich, du kannst also gehen und dem, der dich geschickt hat – wer auch immer das ist – sagen, dass ihr euch ein bisschen mehr Mühe geben müsst, wenn ihr mich ausschalten wollt!«, schrie er und fuchtelte mit seinen dünnen Armen um sich.

»Yorrek, ich bin es, Angie, von der Baustelle«, wiederholte Angie noch einmal. »Bashrik hat mich geschickt. Du warst seit ein paar Tagen nicht mehr da und er dachte, dass es nett wäre, wenn ich käme und dich einladen würde, dir die Fortschritte des Labors anzusehen, falls du das Gefühl hast, dass er letztes Mal zu schroff zu dir war«, sagte sie sanftmütig, obwohl das schwer zu glauben war. Ich konnte mir jedenfalls niemanden vorstellen, der diesen Typen freiwillig einladen würde.

»Du glaubst also, dass ich ein kleines Kind bin, was ein bisschen Gepolter unter Männern nicht vertragen kann?«, schnaubte Yorrek.

Angie seufzte. »Nein, ganz und gar nicht. Bashrik wollte einfach nur, dass du vorbeikommst und ihm sagst, was du vom Bau hältst. Immerhin bist du derjenige, der am meisten dort arbeiten wird«, sagte Angie und wechselte die Taktik.

Doch Yorrek schüttelte verärgert den Kopf. »Nichts wird mich nach draußen locken, du kannst also gehen und dir das aus dem Kopf schlagen!«, knurrte er. »Ich werde in der Sicherheit meines Hauses bleiben, mit allen Sicherheitsmaßnahmen, die ich hier zur Verfügung habe. Bis das Labor fertiggestellt ist, werde ich meine Experimente hier durchführen.«

Ich runzelte die Stirn. »Warum willst du das tun? Ist es hier nicht schrecklich einsam?«

Er prustete. »Vielleicht ist es einsam, aber wenigstens bleibe ich so am Leben!«

»Was meinst du damit?«, fragte ich.

»Jemand verfolgt mich und versucht, an geheime Informationen über das Unsterblichkeitselixier zu kommen. Sie glauben, dass ich es nicht gemerkt habe, aber das habe ich«, murmelte er und seine Hologrammaugen huschten nach links und rechts, um zu sehen, ob sich Gefahr näherte. Aber er schien uns aufgrund unserer Unterlegenheit als sicher einzuschätzen. »Und jetzt verschwindet von meiner Tür und aus meinem Garten, bevor ich wieder schieße! Ihr habt unnötige Aufmerksamkeit auf mich gelenkt, ihr Idioten!«, sagte er und wir wichen erschrocken zurück.

Trotzdem verschwand das Hologramm nicht eher, bis wir den Garten verlassen hatten. Ich sah Angie an, die genauso enttäuscht aussah wie ich. Jetzt stand fest, dass wir Yorrek nicht entführen konnten, selbst wenn das Serum fertiggestellt wäre. Ich hatte meine Messer und die anderen hatten ihre Talente, aber was nutzten sie uns gegen eine Metalltür und ein Super-High-Tech-Sicherheitssystem?

Selbst mit vereinten Kräften würden wir sterben oder ernsthaft verletzt werden, bevor wir Yorrek aus seinem Schneckenhaus holten.

Diese Einsicht war wie ein Schlag ins Gesicht. Wir hatten immer noch keinen Weg, um die Informationen für Orion zu sammeln, und die Zeit lief uns davon.

KAPITEL ELF

Später an diesem Abend, als der vysanthinische Mond mit seiner silbernen, leicht rötlichen Oberfläche schien, schleppte ich mich aus dem Trainingszentrum. Jeder Muskel tat mir weh und ich kam mir wie ein Zombie vor. Navan war gebeten worden, für Einzelunterricht dazubleiben, und ich war insgeheim ganz froh, etwas Zeit für mich zu haben.

Die Trainingseinheiten waren genauso heftig gewesen, wie ich es erwartet hatte. Wir hatten einander in der Luft angegriffen und trotz des Serums war ich immer noch im Nachteil gewesen. Die Kaltblüter konnten in der Dunkelheit besser sehen, was bedeutete, dass ich von allen Seiten in alle Richtungen geworfen und geschleudert worden war. Ich sah, wie meine Trainingskollegen es genossen, sich endlich dafür an mir zu rächen, dass die Königin mich mit einem Preis bedacht hatte. Sie wollten mir ein paar Haken verpassen, womit ich gerechnet hatte. Ich wünschte nur, dass sie etwas sanfter mit mir umgegangen wären.

Aber es war ziemlich gnadenlos gewesen. Wir flogen in den Flugsimulatoren der kleineren Schiffe, die auf dem riesigen Trainingshangar parkten. Die Hälfte von uns war in Schiffen geflogen und die andere Hälfte flog frei in der Luft. Natürlich war ich Teil der zweiten Gruppe gewesen und wurde von dem simulierten Maschinengewehrgeratter der Trainingsschiffe abgeschossen. Unsere Aufgabe hatte darin bestanden, einen Weg an Bord zu finden, ohne vom Himmel geschossen zu werden, aber ich hatte es nicht geschafft.

Allen anderen war es gelungen und diese Tatsache steckte mir wie ein Kloß im Hals, als ich zum Palast zurückging. Bislang hatte ich es geschafft, halbwegs mit den Kaltblütern mitzuhalten, aber heute war das erste Mal, dass ich mich wie eine Versagerin fühlte.

Ich wusste, dass ich eine Aufmunterung brauchte, also beschloss ich, Lauren in der Bibliothek zu besuchen und ihr von unseren neuesten Spionagebemühungen zu berichten. Ich hatte Angie versprochen, dass ich es schon vor dem Training tun würde, aber dann hatte ich mich doch noch kurz schlafen gelegt und es nicht mehr geschafft. Aber das war nicht so schlimm, denn Lauren hatte ihre Nase sicher immer noch tief in die Bücher vergraben und völlig vergessen, dass die Außenwelt überhaupt existierte.

Während ich den vertrauten Weg zur Bibliothek entlangging, lastete mir der erfolglose Ausflug zu Yorrek schwer auf den Schultern und Orions Name leuchtete immer wieder wie ein Warnschild in meinem Kopf auf. Er erinnerte mich ständig daran, was er tun könnte, wenn wir ihm nicht besorgten, was er wollte. Ich dachte an Roger und Jean und Angst überkam mich. Was auch passierte – ich durfte nicht zulassen, dass ihnen etwas zustieß.

Ich klopfte an die Bibliothekstür und hoffte inständig, dass es nicht Königin Brisha wäre, die die Tür öffnete. Etwa eine Minute später öffnete sich die Tür knarrend und Laurens bebrilltes Gesicht spähte mir entgegen, so als ob sie ein Maulwurf wäre, der zum ersten Mal seit Monaten aus seinem Loch kroch. Bei ihrem Anblick musste ich lachen und auch Lauren lächelte.

»Riley!« Sie packte meine Hand und zog mich nach drinnen, wo mir die Hitze erstickend entgegenschlug. Das Feuer knisterte, aber ich war so verschwitzt vom Training, dass mir die Wärme beinahe unerträglich vorkam.

»Ich dachte, ich schaue mal vorbei und bringe dich auf den neuesten Stand, da wir dich in letzter Zeit nicht oft gesehen haben«, sagte ich und wischte mir die Schweißperlen von der Stirn.

Sie zuckte mit den Schultern. »Was hast du denn erwartet, wenn ihr mich in so eine Bibliothek steckt? Es gibt so viele Bücher! Ich kann einfach nicht anders.« Ich wusste genau, wie sie war, was Bücher anging. Wenn sie in ein interessantes Buch versunken war, dann konnte der attraktivste Mann der Welt an ihr vorbeilaufen und sie würde ihn nicht einmal bemerken.

»Hoffentlich kommst du besser voran als der Rest von uns«, sagte ich. »Deshalb bin ich nämlich hier. Wir haben ein kleines Problem damit, Informationen von Yorrek zu bekommen. Er hat ein absolut krasses Sicherheitssystem installiert, weil er aus irgendeinem Grund glaubt, dass ihn jemand verfolgt und Informationen aus ihm herauspressen will … Jemand anderes als wir«, erklärte ich und bemühte mich, meinen Frust unter Kontrolle zu halten.

Lauren schnitt eine Grimasse. »Er ist definitiv ein bisschen seltsam. Ich bin ihm ein paar Mal auf der Baustelle begegnet, als ich Angie und Bashrik besucht habe«, erklärte sie. »Wenn er nicht aus seinem Haus kommt, nutzt er uns nichts. Hat denn jemand eine andere Idee, wie wir an Informationen über das Elixier herankommen können?«

»Nein, noch nicht, aber wir arbeiten alle daran. Könntest du sehen, ob du vielleicht in einem der Bücher etwas Nützliches findest? Vielleicht gibt es ein Buch darüber, wie man ein kompliziertes Sicherheitssystem mit einer einzigen Bewegung außer Gefecht setzt«, murmelte ich.

»Ich sehe, was ich finden kann, aber das wird nicht leicht werden«, sagte sie und ihr Blick glitt schon über die Regale.

»Es erstaunt mich, dass die Königin nicht hier ist«, sagte ich und sah mich noch einmal um, um sicherzugehen.

»Nun, sie war hier, aber sie ist vor etwa einer Stunde gegangen«, sagte Lauren. »Sie war wirklich traurig über etwas, aber ich habe mich nicht getraut, sie danach zu fragen. Ich weiß nicht, was man mit einer schluchzenden Königin tun soll, also hielt ich es für das Beste, nichts zu sagen. Auf jeden Fall hat sie erst eine Weile am Kamin geschluchzt und ich wollte sie nicht alleinlassen, aber als ich ihr eine Tasse Tee angeboten habe, ist sie aufgestanden und davongelaufen.«

»Du ... Du bist dir sicher, dass sie geweint hat?«, fragte ich.

Lauren nickte betreten. »Es war ein lautes, furchtbares Weinen, so, wie wenn man wirklich traurig ist, weißt du?«

Ich wusste es und ich wusste auch, dass es nur zwei Gründe für die Art von Tränen gab: Tod und Liebe. So wie die Wahrscheinlichkeiten lagen, wusste ich vermutlich auch genau was – oder besser gesagt wer – für Brishas Tränen verantwortlich war, und wenn wir mit ihr auf gutem Fuß stehen wollten, dann war das vielleicht genau unsere Chance. Schließlich war sie eine junge Frau wie wir, die versuchte, ihren Weg in dieser Welt zu finden.

»Stört es dich, wenn ich dich eine Weile lang alleinlasse?«, fragte ich und sah Lauren entschuldigend an. Obwohl wir alle viel zu tun hatten, hatte ich das Gefühl, meine Freundin vernachlässigt zu haben. »Ich verspreche, dass ich zurückkommen werde, um mich weiter mit dir zu unterhalten, und dann können wir über etwas anderes reden als über so schaurige Dinge, aber vorher muss ich etwas erledigen.«

»Kein Problem«, sagte Lauren schulterzuckend, obwohl ich ihr ansah, dass sie etwas enttäuscht war. »Ich habe ja genug Bücher, die mir Gesellschaft leisten.«

»Ich leiste dir später Gesellschaft, versprochen«, sagte ich, bevor ich auf den Gang hinaustrat.

Ich lief zur Haupthalle, weil ich wusste, dass sich dort jemand befinden musste, der mich zur Königin bringen konnte. Die Lage ihrer privaten Gemächer war geheim. Sicher befanden sie sich in einem entlegenen Winkel des schönen Palasts, aber ich war entschlossen, sie aufzuspüren.

»Könntest du mich bitte zu Königin Brisha bringen?«, fragte ich, nachdem ich auf eine der diensthabenden Wachen zugegangen war.

Er warf mir einen abschätzigen Blick zu. »Auf gar keinen Fall.«

»Sie will mich sehen«, beharrte ich. »Und wenn du mich nicht zu ihr bringst, dann werde ich ihr ganz genau sagen, welcher ihrer Diener ihren Wunsch verweigert hat«, sagte ich und spitzte die Lippen.

»Du bist doch das Kryptoniermädchen, nicht wahr?«, fragte er und seine Züge wurden finster. »Die, die die Königin so sehr mag?«

»Genau das bin ich.«

»Tja, dann will ich ihr Lieblingshaustier mal lieber nicht

von ihr fernhalten, hm?«, sagte er eisig und ich hätte ihm am liebsten eine Ohrfeige dafür verpasst, dass er mich so genannt hatte, aber ich wusste, dass das nichts bringen würde. In Vysanthe musste ich eben einfach mitspielen.

»Nein, das solltest du lieber nicht«, antwortete ich lieblich.

»Na schön, komm mit.« Er seufzte genervt, marschierte dann durch die Eingangshalle und verschwand durch eine Nebentür. Ich folgte ihm im Laufschritt, um ihn nicht zu verlieren, durch ein Netzwerk von Gängen und Fluren, bis ich völlig die Orientierung verloren hatte. Nur die Bergkette, die ich durch die Fenster sah, gab mir einen kleinen Anhaltspunkt darüber, auf welcher Höhe wir uns befanden.

Am Ende eines schmalen Ganges blieb er stehen und schob mich in einen Fahrstuhl. Er streifte sein Armband, das denen glich, die wir im Trainingszentrum erhalten hatten, über einen Sensor. Die Tür glitt auf und der Fahrstuhl rauschte nach oben. Er öffnete sich wieder vor einem weiten Foyer, wo ein Kaltblut mit freundlichem Gesicht hinter einem Empfangstisch saß. Er weitete überrascht die Augen, als ich nervös aus dem Fahrstuhl stieg.

»Kann ich dir helfen?«, fragte das Kaltblut mit gehobener Augenbraue.

Ich lächelte. »Ich suche nach der Königin. Ich glaube, dass sie vielleicht Hilfe braucht«, sagte ich leise und warf ihm einen verschwörerischen Blick zu.

»Äh, ja, ich glaube, dass sie wirklich etwas Hilfe braucht«, sagte er ernst und deutete auf eine silberne Flügeltür hinter sich. Es war die größte Tür, die ich jemals gesehen hatte. Diamantenmuster und roségoldene Filigrane zierten sie. »Sie ist im Badezimmer. Geh durch diese Türen, dann am Wohnzimmer vorbei, den Flur entlang und die schwarzen Stufen hinauf. Dann kannst du es nicht verfehlen«, erklärte er mir, obwohl es für mich ziemlich verwirrend klang.

»Danke«, murmelte ich, bevor ich um den Schreibtisch herumging und die eleganten Türen aufschob.

Dahinter lag ein Apartment, das mir die Kinnlade herunterfallen ließ. Die Wände links und rechts hatten hohe Fenster, die aus einseitig durchsichtigem Glas zu sein schienen. So musste es sein, denn von draußen waren diese Fenster nicht zu sehen. Aber von hier aus sah ich, wie sich Nessun zu den Bergen hin erstreckte. Vor mir befand sich ein niedriger Sitzbereich mit Plüschsofas um einen Kamin herum.

Ich durchquerte das Wohnzimmer, ging an überladenen Bücherregalen vorbei und bahnte mir meinen Weg zu einer schwarzen Marmortreppe, die in einen breiten Gang hinaufführte. Am Ende des Flurs hörte ich etwas. Es klang wie leises Rascheln, so als ob sich ein Igel durch Laub wühlte, nur etwas menschlicher. Oder besser gesagt kaltblutähnlicher.

Vorsichtig klopfte ich an die Tür des letzten Zimmers.

»Wer ist da?«, fragte Königin Brisha mit gedämpfter Stimme.

»Es ist Riley, Eure Hoheit. Ich wollte sehen, wie es Euch geht. Ich war in der Bibliothek, aber Lauren sagte mir, dass Ihr nicht dort seid«, sagte ich und hoffte, dass sie es Lauren nicht übelnahm, dass sie mir von ihren Tränen erzählt hatte.

»Komm herein«, sagte die Königin überrascht.

Beinahe wäre ich auf der Türschwelle erstarrt, als ich das Vogelnest auf Brishas Kopf sah, in das völlig ungeordnet Blumenspangen geschoben waren. Sie hatte ihr schönes, blasses kupferfarbenes Haar zurückgekämmt und es leuchteten blaue Strähnen darin, die weder ihren Haaren noch ihrem Teint halfen. Sie sah aus, als ob ein Kind mit Filzstiften über sie hergefallen wäre, während sie geschlafen hatte.

»Was hältst du davon?«, fragte sie und sah mich über einen großen Schminkspiegel hinweg an. »Sei ehrlich«, fügte sie noch hinzu und verzog das Gesicht zu einer unsicheren Grimasse. Ich kannte diesen Blick von mir selbst, aus meinen Teenagerjahren mit ihren Schönheits-Fauxpas: Lockenstäbe, Rastas mit glänzenden Schmetterlingen darin, Zöpfe, nachdem ich älter als sechs war, dicke blonde Strähnen – meine Liste war lang.

Ich ging durch das riesige Bad, in dem alles direkt aus riesigen Marmorblöcken gehauen schien, und setzte mich neben ihr auf einen Stuhl. Das war ein riskanter Schritt, aber ich hatte das Gefühl, dass sie eine Vertraute brauchte, eine

Freundin. In ihrer Lage konnte sie sicher niemandem vertrauen und ich bekam fast ein schlechtes Gewissen, weil sie mir eigentlich genauso wenig vertrauen konnte.

»Es ist kein besonders großartiger Look, Eure Hoheit«, sagte ich zögernd. »Ich könnte Euch anlügen, aber ich weiß, dass Ihr das nicht wollt. Ich will Eure Gefühle nicht verletzen, aber Ihr seid eine so schöne Frau und das hier steht Euch einfach nicht.« Ich deutete auf ihr Haarchaos und hoffte, dass sie nicht nach den Wachen rufen und mich für meine Unverschämtheit hinrichten lassen würde.

Sie lächelte, als sie nacheinander die Blumenspangen aus ihrem Haar zog. »Ich weiß deine Offenheit zu schätzen, Riley. Die meisten Leute hätten sich vor mich gestellt, mir ins Gesicht gelogen und zugelassen, dass ich mich vor allen zum Narren mache. Morgen hättest du diese Frisur in den Straßen gesehen, obwohl alle gewusst hätten, dass sie bescheuert aussieht«, raunte sie mit einem verhaltenen Lächeln.

»Es ist aber nicht die Frisur, die Euch traurig macht, oder, Eure Hoheit?«, fragte ich ermutigt nach. »Wir können hier sitzen und so tun, als ob alles in Ordnung wäre, aber die Wahrheit ist, dass ich gehört habe, dass etwas nicht stimmt und ich nach Euch sehen wollte. Ich höre nicht gern, dass jemand traurig ist, vor allem nicht eine so starke und leidenschaftliche Frau wie Ihr.«

Königin Brisha sah aus, als ob sie wieder losweinen wollte. Ihre Augen glänzten feucht und sie umklammerte ein

Taschentuch, das sie von der Kommode genommen hatte. Dann schien sie sich zu meiner Überraschung zu sammeln und sah mich durch den Spiegel an. »Riley, glaubst du, dass Liebe eine Kraft ist, die stärker als jede Spezies im Universum ist? Glaubst du, dass sie das ist, was uns alle vereint – wie ein übernatürliches Wunder, das niemand erklären kann?«, fragte sie mit fast kindlich unsicherem Gesicht.

Ich saß einen Augenblick lang da, ohne zu wissen, was ich darauf antworten sollte. Eine solche Diskussion mit Königin Brisha zu führen, damit hatte ich nicht gerechnet. Für mich war Liebe immer etwas nicht Greifbares gewesen, etwas Mächtiges, das außerhalb meiner Reichweite war. Selbst mit Navan hatte ich keine Garantie für unsere Liebe. Zwar konnte ich auf den Anhänger schauen, der über meinem Herzen hing, aber erklärte er wirklich die Verbindung zwischen uns? Nein, es war etwas völlig anderes, was kein Edelstein jemals umfassen oder beschreiben konnte.

»Ich denke, dass Liebe unerklärlich ist. Sie ergibt keinen Sinn und kann gleichzeitig doch das Ehrlichste auf der ganzen Welt sein«, antwortete ich, während ich vorsichtig nach einer Antwort tastete. »Sie macht uns alle zu Narren und zu Helden, Eure Hoheit.«

Sie lächelte. »Das gefällt mir ... Sie macht uns alle zu Narren und zu Helden«, wiederholte sie.

»Das ist nur so eine dumme Idee, die mir gerade kam, Eure Hoheit, obwohl es wahrscheinlich wahr ist«, sagte ich und bemühte mich, nicht auf ihre lächerliche Frisur zu starren. In diesem Fall hatte die Liebe definitiv einen Narren aus ihr gemacht.

»Es ist sehr wahr«, sagte Königin Brisha und versuchte, die Knoten aus ihren Haaren zu bürsten. »Riley, sag mir, wie du die Liebe suchen würdest, wenn du dich nach jemandem sehnst. Wie sind Navan und du zusammengekommen? Eure Liebe ist so herzerwärmend. Man sieht schon allein daran, wie ihr euch anseht, wie außergewöhnlich sie ist. Wenn ich jemanden finde, der dasselbe Gefühl in mir auslöst, glaubst du, dass ich dann dasselbe erleben könnte? Glaubst du, dass ich eine solche Liebe finden kann?« Sie sah mich ängstlich und erwartungsvoll an.

»Ich glaube, dass Liebe nur funktioniert, wenn sie erwidert wird, Eure Hoheit«, sagte ich, weil ich wusste, dass sie an Bashrik dachte. Sie war ganz offensichtlich verliebt in ihn, aber das würde ihr nichts nutzen. Sie musste darüber hinwegkommen, bevor sie zu weit ging und sich in eine Besessenheit hineinsteigerte.

Sie runzelte die Stirn. »Und wenn ich nicht weiß, was die andere Person empfindet?«

»Eure Hoheit, wenn jemand Euch so liebt, wie Ihr es verdient habt, dann wird diese Person es Euch wissen lassen«, erklärte ich sanft. »Wenn Ihr Euch nicht sicher seid, dann werdet Ihr dort wahrscheinlich keine Liebe finden. Gebt Euch nicht mit etwas Halbem zufrieden, Eure Hoheit. Findet jemanden, mit dem Ihr Euch außergewöhnlich fühlt«, sagte ich und hoffte, dass sie meinen Wink verstehen würde. Das Letzte, was ich wollte, war, dass sie Bashrik einen weiteren Liebestrank unterjubelte.

»Das ist es!«, rief sie aus und strahlte plötzlich. »Ich muss ihm meine Liebe gestehen! Wie sonst könnte er sich meiner Gefühle sicher sein, wenn ich sie für mich behalte?«

»Moment, Eure Hoheit, so habe ich das nicht ...«, versuchte ich sie zu unterbrechen, aber sie war schon voll in Fahrt.

Sie kicherte begeistert und nahm mein Gesicht in ihre Hände. »Danke, Riley! Das ist der wunderbarste Rat, den du mir geben konntest. Der Jahreszeitenwechsel steht bevor und der Zeitpunkt ist perfekt. Ich werde einen nationalen Feiertag verkünden und die Gärten für alle meine Freunde öffnen. Oh, und ich werde auch das Volk einladen und Straßenfeiern und einen Karneval veranstalten. Dort werde ich meine Gefühle für meinen Geliebten bekannt geben. So kann er gar nicht missverstehen, was ich ihm sagen will. Jetzt verstehe ich, wo mein Irrtum lag. Wie sollte er denn denken, dass ich ihn liebe, wo unsere Stellung so unterschiedlich ist! Oh Riley, wie kann ich dir jemals danken?«, quiekte sie und küsste meine Stirn.

»Wirklich, Eure Hoheit, das war nicht das, was ich ...«, setzte ich noch einmal an, aber sie hörte mir schon lange nicht mehr zu. Ihre Gedanken waren bereits bei der Gartenparty und dabei, wie sie den armen Bashrik umgarnen konnte.

»Vielleicht könnte ich ihm sogar einen Heiratsantrag machen?«, murmelte sie und tippte sich nachdenklich ans Kinn. »Sag mir, Riley, weißt du, ob Bashrik in jemand anderen verliebt ist? Du scheinst viel Zeit mit ihm zu verbringen, wenn es also jemand weiß, dann du«, sagte sie und sah mich beschwörend an.

Ich öffnete den Mund, brachte aber keinen Ton heraus. Die Königin hatte mich sprachlos gemacht. Ich wusste nicht, wie sich diese Verblendung für Bashrik so schnell entwickelt hatte, aber nun fragte ich mich nur, was ich da angestellt hatte. Angie mochte Bashrik und es würde mich nicht überraschen, wenn Bashrik insgeheim auch Gefühle für sie hegte. Wenn ich die Königin nicht stoppte, dann war diese sich anbahnende Liebe zum Scheitern verurteilt. Bashriks Glück wäre vermutlich ruiniert. Aber so sehr ich die Königin auch davon abbringen wollte, jeglichen weiteren Annäherungsversuch zu Bashrik zu starten, konnte ich nicht umhin, zu denken, dass dies vielleicht genau die Gelegenheit war, auf die wir gewartet hatten. Wenn sie die Gärten öffnete und alle einlud, die sie kannte, dann stand sicher auch Yorrek auf der Gästeliste. Er war einer ihrer besten Alchemisten und eine Einladung der Königin würde er sicher nicht ausschlagen, trotz seiner Ängste. Nach meiner Erfahrung mit dem Flügelserum wusste ich immerhin, wie schnell Königin Brisha beleidigt sein konnte.

Angie und Bashrik, bitte vergebt mir, dachte ich still.

Vielleicht ist dies unsere einzige Chance, Yorrek in die Finger zu bekommen.

»Ich glaube nicht, dass er an jemandem interessiert ist, Eure Hoheit«, presste ich die Halbwahrheit steif hervor. Bashrik hatte sein Interesse zwar tatsächlich nicht bekundet, aber das bedeutete nicht, dass Angie ihn nicht interessierte. In solchen Angelegenheiten hatte ich einen sechsten Sinn.

»Oh, Rask sei Dank!«, rief Königin Brisha aus. »Ich glaube, dass es mir das Herz gebrochen hätte, wenn du mir gesagt hättest, dass er jemand anderen mag.«

Ich versuchte, das Gesicht nicht zu verziehen, und tröstete mich damit, mein Handeln in einem größeren Zusammenhang zu sehen. »Würdet Ihr alle Bürger des Königinnenreichs einladen, Eure Hoheit, oder nur die Elite, die in der Stadt lebt?«

»Oh, alle natürlich! Ich möchte alle meine geschätzten Untertanen hier haben. Ich denke, dass die Leute nach dem Angriff meiner Schwester eine kleine Aufmunterung gebrauchen können«, sagte sie strahlend.

»Die Alchemisten also sicher auch, Eure Hoheit«, sagte ich vorsichtig. »Sie sind nach der Zerstörung des Labors sehr niedergeschlagen.«

Sie lachte erfreut. »Du hast einen ausgezeichneten Verstand, meine liebe Riley! Daran hätte ich nicht gedacht, wenn du es nicht erwähnt hättest. Natürlich, der Karneval wird eine Feier des neuen Labors und der Arbeit der Alchemisten sein!«

Jedes Teilchen fügte sich langsam in das Puzzle ein. Königin Brisha war viel zu versunken in ihre Liebe zu Bashrik, um zu merken, dass sie manipuliert wurde, und obwohl ich ein schlechtes Gewissen hatte, weil ich mit ihren Gefühlen spielte, stand hier mehr auf dem Spiel als nur ein gebrochenes Herz oder zwei. Mein Planet brauchte mich und ich würde ihn nicht im Stich lassen, selbst wenn das bedeutete, der Königin auf die Füße zu treten.

KAPITEL ZWÖLF

»Dann wollen wir mal hoffen, dass Yorrek kommt«, raunte Navan mir zu, als wir in einem der kleinen Nebenräume standen und auf die Gärten hinabsahen. Seit meinem Besuch im Badezimmer der Königin waren drei Tage vergangen und die Vorbereitungen für die Gartenparty waren in vollem Gang. Überall liefen Kaltblüter wie kopflose Hühner umher, trugen Kisten mit Lichterketten und glitzernder Dekoration. Der nationale Feiertag war am Morgen nach meinem Gespräch mit Königin Brisha verkündet worden. Die Bevölkerung hatte ihn freudig begrüßt und nun war der große Tag gekommen.

In den Straßen wurden bunte Girlanden aufgehängt und an jeder erdenklichen Stelle hingen Laternen. Sobald es dunkel wurde, würde es sicher sehr schön aussehen. Selbst jetzt sah schon alles wie in einem Märchen aus. Vysanthiner strömten überall umher, begrüßten sich gegenseitig und strahlten. Auf den Straßenkreuzungen hatten sich Musiker eingefunden. Alle schienen glücklich zu sein und ein Teil von mir wünschte sich, dass ich mich einfach unters Volk mischen und das Treiben sorglos genießen könnte.

Doch stattdessen war unsere Gruppe eingeladen worden, die private Gartenparty der Königin zu besuchen, wo alle Alchemisten als Ehrengäste geladen waren. Am Ende des tiefgrünen Rasens war ein Ehrentisch aufgebaut worden, von wo die Reden und Trinksprüche gehalten werden würden. Zu diesem Tisch sah ich nun vom Fenster aus.

»Er wird ihre Einladung auf gar keinen Fall ausschlagen«, antwortete ich. »Wenn er es tut, dann läuft er Gefahr, seinen Job zu verlieren, und ich glaube, dass ihm das mehr Angst einjagt als irgendwelche möglichen Verfolger.«

Navan nickte. »Glaubst, dass er recht haben könnte?«, fragte er nach einem Augenblick, als sein Blick auf einen jungen Kaltblutmann fiel, der mit einer Kiste voller Lichterketten auf dem Arm stolperte. »Meinst du, dass ihn wirklich jemand verfolgt?«

Ich zuckte mit den Schultern. »Ich habe keine Ahnung. So, wie Bashrik und Angie ihn beschreiben, ist er ein bisschen durchgeknallt, aber es muss einen Grund dafür geben, dass er sich so verbarrikadiert hat.«

»Und du bist dir absolut sicher, dass Königin Brisha ihn eingeladen hat?«, fragte Navan stirnrunzelnd.

Ich nickte. »Sie hat mich gestern im Flur erwischt und ich habe sie gefragt, ob sie alle Alchemisten eingeladen hat. Sie hat Ja gesagt. Ich nehme an, dass das Yorrek einschließt. Er ist einer der Besten. Es ist völlig ausgeschlossen, dass er nicht kommt«, versicherte ich Navan, obwohl ich längst nicht so sicher war, wie ich tat. Ich wusste, dass die Möglichkeit bestand, dass Yorrek in seiner Festung blieb und sich weigerte, sie zu verlassen, selbst wenn ihn das seinen Job kostete.

»Ich hoffe, dass du recht hast«, sagte Navan.

»Ich auch«, sagte ich und schnitt eine Grimasse. »Können wir den Plan bitte noch einmal durchgehen?«, fragte ich und versuchte, mich an jedes Detail, das wir am Vorabend im Schutz von Angies und Laurens Zimmer diskutiert hatten, zu erinnern. Die anderen waren nicht sehr glücklich darüber, was ich getan hatte – Bashrik hätte sich beinahe die Haare ausgerissen – aber sie verstanden meine Beweggründe. Wenigstens hoffte ich das. Angie hatte beim Frühstück heute immerhin wieder mit mir gesprochen, was ich als gutes Zeichen interpretierte.

»Bashrik wird die Königin mit seinem Charme ablenken, obwohl Rask allein weiß, ob er den überhaupt besitzt, während Lauren Ausschau hält, ob jemand hinter Yorrek her ist. Das Letzte, was wir gebrauchen können, ist, dass ihn uns jemand vor der Nase wegschnappt«, sagte Navan ironisch und brachte mich damit zum Lachen. »Dann werden wir versuchen, Yorrek von der Menge zu trennen, und ihn in dieses Zimmer locken, wo Angie auf ihn warten wird, um ihn zu fesseln. Ich werde ihm das Hypnoseserum verabreichen und dann verhören wir ihn, bis wir die nötigen Informationen aus ihm herausbekommen. Danach löschen wir seine Erinnerungen mit dem Elysium aus, das ich so tapfer aus der Militärkrankenstation gestohlen habe, und dann ist alles erledigt«, schloss er pompös und klatschte leise in die Hände.

»Es klingt so einfach, wenn du es so beschreibst«, murmelte ich und starrte in den Garten hinaus. Wir befanden uns zwar nur im ersten Stock, aber niemand konnte uns hier sehen, während wir sehr wohl beobachten konnten, was unten vor sich ging.

Navan grinste. »Es wird wirklich so leicht sein. Was kann schon schiefgehen?«

»Das musstest du einfach sagen, hm?«, brummte ich. Er legte seine Arme um mich und stützte seine Stirn an meine.

»Es gibt doch nichts Besseres als ein wenig Selbstüberschätzung«, sagte er.

»Ja, bis sie uns noch umbringt«, sagte ich halb im Scherz. »Und du bist dir sicher, dass das Hypnoseserum fertig ist? Du hast alles zusammengebraut?«

Er lachte und hob frech die Augenbrauen. »Zusammengebraut?«

»Ja, ich weiß nun mal nicht, wie man so einen Trank mischt, Besserwisser«, sagte ich und knuffte ihn in den Bauch. »Er wird doch sicher irgendwie gekocht?«

»Es ist ein bisschen so, wie verrückter Professor zu spielen«, erklärte er. »Aber ja, ich kann dir versichern, dass das Serum fertig ist. So wie es aussieht, ist es sehr gut. Bashrik hätte mir beinahe alle seine Geheimnisse verraten, nur weil er an dem Zeug geschnüffelt hat.«

Ich nickte und atmete tief durch. »Wir sollten uns besser auf den Weg machen«, sagte ich widerstrebend und löste mich aus seiner Umarmung.

»Kann ich das Kleid sehen, das Königin Brisha dir geschickt hat?«, fragte Navan grinsend.

»Ich habe es ja selbst noch nicht einmal gesehen. Du wirst es auf der Party sehen«, sagte ich und zog eine Schnute. Wir verließen den Nebenraum und verschlossen ihn mit dem Schlüssel, den Navan gestohlen hatte, bevor wir nach oben zu unserer Wohnung gingen.

Im Fahrstuhl trennten wir uns, denn ich stieg in dem Stock aus, in dem sich Angies und Laurens Zimmer befand, während Navan in unser Zimmer ging, wo Bashrik auf ihn wartete, damit sie sich beide umziehen konnten.

Ich freute mich darauf, meine Freundinnen wiederzusehen, vor allem, weil ein so aufregender Abend vor uns lag. Natürlich würde er auch stressig und nervenaufreibend werden, aber ich konnte mich nicht daran erinnern, wann wir uns zum letzten Mal zusammen aufgebrezelt hatten, und ich dachte, dass wir es so gut wie möglich genießen sollten. In Vysanthe mussten wir jeden Augenblick der Leichtigkeit ausnutzen, der sich ergab, sonst würden wir vor lauter Sorgen noch verrückt werden.

Ich klopfte an die Tür. Einen Augenblick später hörte ich ein Rascheln in der Wohnung und jemand kam zur Tür. Angie öffnete sie mit Schwung, winkte mich herein und gab mir ein Glas, in dem sich eine helle, sprudelnde Flüssigkeit befand.

Ich roch argwöhnisch daran.

»Entspann dich, es ist kein Alkohol«, kicherte Angie und nahm selbst einen Schluck. Immer noch zweifelnd tat ich es ihr nach und schmeckte bald, dass sie die Wahrheit sagte. Es war ein süßer, prickelnder Drink, aber ich schmeckte keine Spur von Alkohol.

»Habt ihr eure Kleider schon?«, fragte ich und ging zum Kleiderschrank, wo Lauren wartete. Sie starrte mit offenem Mund auf das Kleid, an dem ihr Namensschild hing. Es hatte eine ungewöhnliche Amethystfarbe, die perfekt zu ihren braunen Augen und ihrem kaffeefarbenen Haar passte. Auf der Kommode daneben standen zwei Schachteln. Eine enthielt eine atemberaubende Halskette mit einem Tropfendiamanten in der Mitte, der so lang wie mein kleiner Finger war. Rings um den Tropfen herum waren winzige Amethyste angebracht und hoben die Farbe des Kleides hervor. Dazu gab es ein passendes Armband, dessen

Diamanten rund waren. Auf jedem einzelnen war ein kleiner Amethyst aufgesetzt.

»Lauren, das ist umwerfend!«, hauchte Angie, während Lauren weiter starrte. Ich grinste, weil ich wusste, dass sie wunderschön aussehen würde, vor allem, weil die Farbe des Kleides perfekt zu ihrer Brille passte. Unter dem Kleid stand ein passendes Paar Schuhe, die so sehr glänzten, als ob sie aus Kristall geschliffen wären.

»Welches ist deins?«, fragte ich Angie, als sie ebenfalls zum Kleiderschrank kam.

Ihr Namensschild hing an einem hübschen aquamarinfarbenen Kleid. In einer Schachtel daneben lag ein elegantes Diamanthalsband, das vom Stil her Laurens Halsband ähnelte, aber es hatte blaue und aquamarinfarbene Topassteine. Statt eines Armbands gab es für Angie einen passenden Ring und die passenden Schuhe zum Kleid.

»Du wirst großartig aussehen, Angie!«, sagte ich und Lauren nickte zustimmend, immer noch sprachlos vom Anblick ihres Kleides.

»Was ist mit dir, Riley?«, fragte Angie aufgeregt und wir gingen zu meinem Kleid hinüber. Es war in einer Schutzhülle verborgen und als ich langsam den Reißverschluss öffnete und die Stoffhülle beiseiteschob, verstand ich auch den Grund. Vor mir hing das schönste Kleid, das ich je in meinem Leben gesehen hatte.

Es war aus einem feinen, hauchdünnen Stoff gefertigt,

und hatte einen rauchigen Goldton. Der ganze Stoff glitzerte voller winziger Diamanten. Eine Schleppe, verflochten mit dünnen Roségold-Strängen, floss nach unten. Sie sah aus wie die Flügel eines Schmetterlings, so zart und zerbrechlich und doch so unglaublich schön. In der Schachtel daneben befand sich ein elegantes Halsband mit einem großen, ovalen Diamanten in der Mitte und kleineren ovalen Steinen, die sich bis zum Verschluss zogen. In der zweiten Schachtel lag ein Ring mit einem riesigen gelben Diamanten in der Mitte und ein Armband aus ovalen Diamanten, wie sie an dem Halsband hingen. Auf dem Boden standen glitzernde Schuhe, die aussahen, als ob sie Aschenputtel gehörten.

Angie stieß einen Pfiff aus. »Vergiss Brisha – du wirst wie die Königin aussehen!«

Ich errötete. »Ähm ... Ihr werdet bestimmt hübscher aussehen als ich.« Ich zog Laurens Kleid vom Bügel. »So, ich würde sagen, wir öffnen eine neue Flasche von diesem Sprudelzeug und stylen uns, als wenn das unsere Schulabschiedsparty wäre!«

Wir holten die Kleider und Accessoires ins Wohnzimmer. Angie öffnete eine weitere Flasche von dem süßen Sprudelzeug, während Lauren sich auszog und in das Amethystkleid schlüpfte. Zusammen zogen wir es bis zu ihren Schultern und ich machte mich schnell daran, all die Knöpfe an ihrem Rücken zu schließen. Das Kleid passte ihr, als wäre es für sie maßgeschneidert worden, obwohl niemand gekommen war und unsere Maße genommen hatte.

»Lauren, du siehst unglaublich aus«, sagte ich, als ich meine schöne Freundin ansah. Sie sah so schlank und schick in diesem Kleid mit den dünnen Schulterträgern aus. Der Ausschnitt war vorteilhaft geschnitten und an der Taille lag der Stoff wie angegossen an ihrer Haut.

Ich ging zurück zum begehbaren Kleiderschrank und holte den Ganzkörperspiegel taumelnd ins Wohnzimmer. Dort stellte ich ihn gegen die Wand, damit Lauren sich selbst begutachten konnte. Sogar sie schnappte erstaunt nach Luft, als sie sich sah, drehte sich hin und her und strich den seidigen Stoff glatt.

»Hey, ich habe das hier gefunden!«, rief Angie, als sie mit einem Arm voller seltsam aussehender Gegenstände wieder ins Zimmer kam, und erstarrte, als sie Lauren sah.

»Heiliges Kanonenrohr, Lauren, du siehst wie ein Filmstar aus!«

»Was ist das?«, fragte ich, als Angie zu uns kam und die komischen Sachen auf dem Sofa ablegte.

»Da war ein Zettel, auf dem stand ‚Benutzt das für eure Haare und eure Gesichter', also ist es wahrscheinlich dafür gedacht«, sagte Angie schulterzuckend, hob ein helmartiges Gerät hoch und setzte es sich auf den Kopf.

Lauren lächelte. »Ah, dafür sollte ich also den Zettel schreiben.«

Angie war völlig in den seltsamen Helm vertieft und drückte einen Knopf an seiner Seite. Das ganze Ding leuchtete kurz gelb und wurde dann schwarz. »Nehmt mir dieses Teil vom Kopf!«, schrie Angie auf einmal panisch.

»Warte, warte!« Ich nahm die Seiten des Helms und hob ihn hoch. Überrascht sah ich, was darunter hervorkam.

Ich grinste. »Sieh dich im Spiegel an.«

Angie eilte zu dem Spiegel hinüber und sah die schicke Frisur, die der Helm aus ihren natürlichen Locken gezaubert hatte. Ihr Haar war weicher und elegant hochgesteckt, sodass alles ordentlich und hübsch befestigt war.

»Wo war dieses Teil die letzten achtzehn Jahre?«, murmelte Angie.

Wir bereiteten uns vor, benutzten nacheinander die Geräte und halfen uns gegenseitig mit Knöpfen, Spangen und Schleifen. Angie entdeckte ein Gerät, das perfekt Make-up auftrug. Man brauchte nur einen Look auszusuchen und dann wurde einem das Gesicht entsprechend angemalt.

Mein Kleid war am schwierigsten anzuziehen, weil es am Rücken viele Knöpfe und an den Seiten und vorn viele Bänder hatte, die eng zusammengeschnürt werden mussten, damit nicht zu viel nackte Haut aufblitzte, was ich natürlich vermeiden wollte. Lauren und Angie schafften es schließlich mit vereinten Kräften, das Kleid richtig zu schließen.

»Habt ihr das Gefühl, dass ihr euch für den Abschlussball vorbereitet?«, fragte Angie.

»Ja, ich habe das Gefühl, dass Freddy Mercer jeden Augenblick an meiner Tür klingelt und dann verlegen im Flur herumsteht, während Roger sich wie die Spanische

Inquisition benimmt. Der arme Junge«, lachte ich und erinnerte mich an seinen schlecht sitzenden Smoking, die nach hinten gegelten Haare und wie wir nervös langsam miteinander getanzt hatten.

»Hey, wenigstens war es nicht Michael Russo, der geglaubt hat, ich hätte ihm die Erlaubnis gegeben, mich mit seinen glitschigen kleinen Händen zu begrapschen«, sagte Angie und erschauderte dramatisch. »Ich musste nach dem Abschlussball bestimmt zwanzigmal duschen, um mir den Ekel abzuwaschen.«

»Mein Date war gar nicht so schlecht«, sagte Lauren mit einem wehmütigen Ausdruck im Gesicht.

Ich lächelte. »Ach ja, Seamus Barton, Laurens große Liebe.«

Angie grinste. »Du hast den Typen an diesem Abend zum ersten Mal geküsst, nicht wahr?«

Lauren verdrehte die Augen. »Ja. Ich mochte ihn. Ich mag ihn immer noch«, gab sie zu. »Wir haben uns getroffen, kurz bevor wir nach Texas gereist sind, und haben darüber gesprochen, wie wir uns sehen könnten, wenn ich nach Stanford gehe, aber er wird an der NYU studieren, also sind wir zu dem Schluss gekommen, dass es keinen Sinn hat. Aber manchmal denke ich trotzdem noch an ihn ... Frage mich, was er so macht. Er wollte mit seinem Bruder und dessen Frau nach Europa reisen, wo er wahrscheinlich immer noch ist und sich den Eiffelturm oder so etwas ansieht.« Sie seufzte. »Ich weiß nicht einmal mehr, wie lange wir schon fort sind. Glaubt ihr, dass sich unsere Eltern inzwischen Sorgen machen?«

Das war etwas, worüber auch ich viel nachdachte. Wir hatten den Termin, an dem unser Sommerausflug beendet sein sollte, längst überschritten und wussten immer noch nicht, wann wir nach Hause zurückkehren würden. Wir waren überfällig und unsere Gesichter tauchten wahrscheinlich schon in den Abendnachrichten auf der Erde auf. Wir wären die drei Mädchen, die eines Tages verschwunden und nie wieder nach Hause zurückgekehrt wären. Es tat furchtbar weh, daran zu denken, dass Jean und Roger um mich trauerten, weil ich davongelaufen war und nicht mehr zurückkam. Egal wie verlockend die neuen Möglichkeiten hier vielleicht waren – wir mussten einen Weg finden, um diesen Planeten zu verlassen, bevor wir uns in unserem neuen Leben verirrten. Das waren wir allein schon unseren Eltern schuldig.

»Du hast uns gar nicht erzählt, dass du dich vor unserer Reise mit Seamus getroffen hast«, murmelte ich und wechselte das Thema.

Sie zuckte mit den Schultern. »Ich habe euch nichts davon erzählt, weil ... Na ja, ich war einfach traurig und wollte uns nicht unseren letzten gemeinsamen Monat damit verderben. Außerdem ist es egal; aus uns wird nichts werden. Erst recht jetzt nicht.«

»Ja, die Dinge haben sich wirklich ganz anders entwickelt, hm?«, sagte ich und sah meine beiden Freundinnen entschuldigend an. »Ich meine, du wolltest nach Stanford, ich sollte in Michigan sein und Angie wollte nach Paris. Und jetzt seht euch an, wo wir sind.«

Lauren lächelte und ihre Stimmung hob sich etwas. »Vielleicht gibt es zu Hause verpasste Chancen, aber um ehrlich zu sein, würde ich das hier um nichts auf der Welt eintauschen wollen. Wer bekommt schon die Gelegenheit, zu einem anderen Planeten zu reisen? Ich lerne Kulturen kennen, von denen auf der Erde noch nie jemand gehört hat. Ich lese Bücher über Dinge, die jeden um den Verstand bringen würden. Ich tue Dinge, die ich niemals getan hätte, wenn ich in meiner kleinen und sicheren Welt zu Hause geblieben wäre«, sagte sie mit bittersüßem Ton. Es war schwer, an unsere vorherigen Träume und unser vorheriges Leben zu denken, und wie wir sie hatten gehen lassen, um uns ins Unbekannte zu stürzen. Aber Lauren hatte recht. Wer sonst tat schon das, was wir gerade taten? Wer erlebte ein solches Abenteuer am anderen Ende des Universums?

Angie nickte entschlossen. »Ich weiß, dass Paris großartig gewesen wäre, aber Lauren hat recht. Wir tun hier etwas ganz Besonderes. Selbst wenn wir zurückkehren müssen, bleiben uns unsere Erinnerungen. Schon allein dafür lohnt sich alles, was wir hier oben tun. Die Erde ist schön, aber Vysanthe hat auch seine Vorteile.«

»Was denn, Bashrik zum Beispiel?«, zog ich sie auf.

»Nein, nicht Bashrik«, schnaubte Angie. »Ich meine,

etwas Neues zu lernen und auf einem anderen Planeten zu sein.«

Nun grinste Lauren. »Ach komm schon, Angie, wir wissen, dass du ihn magst. Jeder außer euch beiden sieht das sofort.«

»Ich mag ihn nicht. Ich wünschte mir nur, dass die Königin ihn in Ruhe lassen würde. Ich meine, er ist nicht an ihr interessiert, um Himmels Willen, aber sie setzt ihm immer weiter nach.« Angie seufzte. »Nehmt diese ganze Party zum Beispiel. Welche Person, die noch im Besitz ihrer geistigen Fähigkeiten ist, verkündet ihre Liebe zu jemandem, der offensichtlich kein Interesse an ihr zeigt, vor einem Haufen von Leuten? Sie tut es, weil sie weiß, dass sie die Königin ist und er sie nicht zurückweisen kann, und das ärgert mich«, brummte sie.

»Willst du, dass er sie zurückweist?«, hakte ich nach.

Angie sah erst zu Lauren und dann zu mir, bevor sie tief durchatmete. »Okay, ja ... Ich will, dass er nein sagt. So, jetzt ist es raus! Ich mag ihn ein bisschen – auf eine sehr seltsame Art – und ich ... Ich will nicht, dass er mit der Königin zusammenkommt. Aber er hat keine Wahl, also ist diese ganze Diskussion sinnlos.«

Damit presste sie die Lippen aufeinander und wandte uns den Rücken zu, entschlossen, das Thema damit abzuhaken.

Ich sah vorsichtig zu Lauren hinüber, die besorgt aussah. Wir gingen zu Angie hinüber, die sich auf den Boden gesetzt hatte, und nahmen sie in den Arm. Zunächst wehrte sie sich, aber dann ließ sie sich doch von uns umarmen.

»Was würde ich nur ohne euch machen?«, murmelte sie und zog uns dichter an sich.

Ich seufzte. Ich wüsste nicht, was ich ohne die zwei tun würde.

KAPITEL DREIZEHN

Angezogen, geschminkt, frisiert und in Stöckelschuhen verließen wir das Zimmer und gingen zur Party nach unten.

Eine elegante Treppe führte ins Foyer, von wo aus die Gäste in die Gärten geleitet wurden. Ihr angeregtes Geplauder war bis nach oben zu hören. Wir blieben am Treppenabsatz stehen und musterten einander zum letzten Mal, um sicher zu sein, dass alles richtig saß.

»Wisst ihr, es gibt etwas, was mich nervt«, raunte Angie uns zu, als ich ihr eine Haarsträhne hinters Ohr strich. Das Geplauder drang weiter zu uns hinauf. »Haben die Vysanthiner alle einen Übersetzer im Kopf installiert, oder was? Sie sprechen Englisch wie Muttersprachler!«

Ich hatte auch schon so etwas Ähnliches angenommen. Entweder war es eine Technologie oder sie hatten eine natürliche, unvorstellbar fortgeschrittene Sprachfähigkeit. Zumindest bei Navan wusste ich, dass er unsere Sprache tatsächlich gelernt hatte, immerhin hatte er viel Zeit in den Vereinigten Staaten und Kanada verbrachten und Kaltblüter hatten nun einmal eine unglaublich schnelle Lernfähigkeit. Bei Bashrik und Ronad war es wahrscheinlich genauso gewesen.

Lauren grinste. »Es wundert mich, dass ihr das nicht schon früher gefragt habt. Ich habe darüber gelesen und die Vysanthiner haben tatsächlich ein kleines Gerät in ihrem Kopf eingepflanzt. Kaltblüter haben eine Vorliebe für interplanetarische Reisen und Kolonisierung. Sie kommen ständig in Kontakt mit anderen Spezies, was bedeutet, dass sie einen Weg finden müssen, um effizient mit ihnen zu kommunizieren. Dieser Gehirnchip ... Nun, ich weiß gar nicht, wo ich anfangen soll, euch zu erklären, wie er funktioniert. Wir können ihn genauso gut als Magie bezeichnen. Aber die Kaltblüter sind scheinbar nicht die einzigen Außerirdischen, die eine solche Technologie entwickelt haben; andere haben das auch schon geschafft.«

»Aber wie um alles in der Welt kann ein Gerät so etwas leisten?«, fragte Angie skeptisch. »Wenn ein Kaltblut mit uns spricht, dann hören wir unsere Sprache, während die anderen Kaltblüter ... ihre Muttersprache hören? Und wie verstehen sie uns überhaupt? Das ist doch verrückt.«

Lauren zuckte mit den Schultern. »Nun ja, wir wissen nicht, wie es funktioniert, weil wir es nicht kennen. Ich meine, wer hätte vor dreihundert Jahren etwas wie Internet für möglich gehalten? Oder Smartphones? Wir hätten sie für Magie gehalten, oder?«

»Ja, wahrscheinlich schon«, murmelte Angie und sah immer noch verwirrt aus, während wir die Stufen hinabstiegen.

Mein Herzschlag beschleunigte sich, als ich Navan in der Empfangshalle stehen sah, wo er auf uns wartete. Er drehte sich zu uns um und machte ein erstauntes Gesicht, als sich unsere Blicke trafen. Bashrik, der neben ihm stand, hatte nur Augen für Angie, und starrte sie mit offenem Mund an. Auch die beiden sahen nicht schlecht aus. Bashrik trug einen scharlachroten Anzug mit hohem Kragen und ein cremefarbenes Hemd mit einer kastanienbraunen Krawatte. Navans Anzug hatte einen ähnlichen Stil, war aber dunkelgrau und unterstrich die Farbe seiner Augen.

Ich sah mich um und bemerkte, dass niemand sonst einen Anzug in derselben Farbe trug wie Bashrik, und fragte mich, ob die Königin das extra so geplant hatte, damit man sofort erkannte, wer ihr Geliebter war, wenn der große Augenblick käme. *Der arme Kerl.*

»Ich kann gar nicht in Worte fassen, wie toll du aussiehst«, hauchte Navan, nahm meine Hand und küsste mich sanft auf die Wange.

Bashrik sah aus, als ob er Angie anbieten wollte, sich bei ihm einzuhaken, schien es sich dann aber doch besser zu überlegen. Zum Teil war ich froh darüber, weil Lauren auch keinen Begleiter hatte, aber trotzdem tat Angie mir natürlich leid. Ich konnte mir vorstellen, wie sehr sie sich wünschte, dass Bashrik doch diese Geste wagen würde, und ich bemühte mich, nicht die Augen zu verdrehen. Wenn sie sich ihm gegenüber bisher nicht so verdammt gereizt verhalten hätte, dann hätte er es wahrscheinlich auch getan. Sie musste wirklich an ihren Flirttechniken arbeiten.

»Sollen wir?«, sagte ich und deutete auf den Gartenausgang, zu dem alle gedrängt wurden.

Navan nahm meine Hand und legte sie auf seinen Unterarm und so gingen wir durch den Türbogen, der mit winzigen blauen Blumen und Weiden mit kristallenen Anhängern geschmückt war. Winzige Lichter leuchteten zu beiden Seiten den Weg in den Garten hinaus.

In der Ferne hörte ich heitere Trommelschläge. Der Straßenkarneval außerhalb des Palasts war in vollem Gang, so wie es klang. Ich sehnte mich danach, dort draußen zu sein und in die wirkliche vysanthinische Kultur eintauchen zu können. Aber wir hatten einen Job zu erledigen und nur wenig Zeit, um uns zu vergnügen.

Als ich in die Gärten hinausging, sah ich staunend die Lichter, die die Bäume zierten und sich um jeden Ast und jeden Zweig wickelten. Der Garten glitzerte wie eine eigene Galaxie. Kristalle funkelten zwischen den Lichtern, fingen ihre Strahlen auf und spiegelten einen wahren Regenbogen auf die Gesellschaft hinab. Am Boden standen Eisskulpturen, die fremdartige Vögel und verschlungene Liebhaber darstellten. Überall um uns herum wurde geplaudert und atemberaubend schöne Kaltblüter tranken rote Flüssigkeit aus teuer aussehenden Gläsern. Durch die Unterhaltungen hörte ich eine seltsame Musik, von der Stimmung her irgendwo zwischen einem melancholischen Wiegenlied und einer schönen Ballade, die bei Weitem nicht so aufregend war wie die beschwingte Musik außerhalb der Palastmauern.

Kellner bahnten sich ihren Weg durch die Menge und boten Röhrchen und Gläser mit vysanthinischen Delikatessen an. Als ein Kellner neben uns stehenblieb, nahm Bashrik einen der angebotenen Drinks, während der Rest von uns höflich ablehnte.

»Hältst du das für eine gute Idee?«, fragte Navan Bashrik und nickte auf das Glas.

»Hey, du bist nicht derjenige, der so tun muss, als ob er in die Königin verliebt wäre. Du könntest also ruhig etwas nachsichtig mit mir sein«, antwortete er knapp und trank sein Glas in einem Zug aus.

»Auch wieder wahr, aber trink nicht zu viel«, raunte Navan ihm zu.

Bashrik sah ihn finster an. »Lass das mal meine Sorge sein.«

»Wir müssen Yorrek finden«, schaltete Lauren sich ein.

»Ja. Hat ihn schon jemand gesehen?«, fragte Navan.

Ich schüttelte den Kopf. »Nein, aber ich werde die Tür im Auge behalten und die Neuankömmlinge prüfen.«

»Ich warte in der Nähe des Tisches, falls er dort auftaucht«, sagte Lauren.

»Ich komme mit dir«, sagte Angie und warf Bashrik einen bösen Blick zu. Er hatte immer wieder heimlich zu ihr geschaut, seit sie die Treppe hinuntergekommen war.

Damit tauchten meine Freunde in die Menge ein und machten sich auf den Weg zur Tanzfläche, die auf dem Rasen ausgelegt worden war. Ringsherum standen Esstische. Schon jetzt tanzten überraschend viele Paare, aber mein Blick blieb an Königin Brisha haften, die auf ihrem Thron in der Mitte des Ehrentisches saß. Sie trug ein silbernes Kleid, das sich wie eine zweite Haut an sie schmiegte. Auf ihrem Kopf saß eine glitzernde Tiara und ihr langes, blasskupferfarbenes Haar wallte ihr in eleganten Locken die Schultern hinab. Ich musste schon sagen, dass sie atemberaubend aussah, obwohl ich mir natürlich trotzdem Hoffnungen für Angie und Bashrik machte.

»Wie wäre es mit einem Tanz?«, fragte Navan zu meiner Überraschung.

»Ich muss die Tür im Auge behalten«, sagte ich und sah ihn misstrauisch an. Er hasste es doch, zu tanzen.

Aber er lächelte. »Wir können den Eingang von der Tanzfläche aus sehen. Das ist der beste Punkt, um den ganzen Garten zu überschauen«, sagte er und streckte mir seine Hand hin.

»Warum bist du auf einmal so erpicht darauf, mir deine

Tanztechniken zu zeigen?«, fragte ich mit gehobenen Augenbrauen.

»Mit dir in *diesem* Kleid zu tanzen macht das Tanzen gerade so erträglich«, sagte er grinsend, nahm meine Hand und führte mich zur Tanzfläche, wo Angie und Lauren bereits sehr zum Vergnügen der Kaltblüter miteinander tanzten.

Ich sah wieder zu Navan, schmiegte mich an ihn, spürte, wie seine Hand um meine Taille glitt und sich seine Finger mit meinen verhakten. Ich lehnte meinen Kopf an seine Schulter und sah zum Garteneingang. Selbst wenn es nur ein Alibitanz mit meinem Freund war, konnte ich ihn ja trotzdem genießen.

Wir glitten über die Tanzfläche und wiegten uns zur langsamen Musik. Ich nahm außer Navan und dem Eingang kaum etwas anderes war. Als wir an Königin Brisha vorbeitanzten, lächelte sie uns an, aber das Interesse der anderen Gäste an uns klang bald ab und sie wandten sich wieder ihren eigenen Gesprächen und Begleitern zu. Das war genau das, was ich mir erhofft hatte.

Eine Viertelstunde später tanzten Lauren und Angie in unsere Richtung.

»Er ist hier«, flüsterte Angie und nickte auf den zweiten Eingang an der Seite des Gartens, wo zwei stämmige Wachmänner mit gekreuzten Speerspitzen standen. Yorrek zeigte ihnen ein Hologramm, das aus einem Gerät, das er in der Hand hielt, aufleuchtete, und die Wachen ließen ihn durch.

Aber Yorrek schien nicht in Partystimmung zu sein und sah sich heimlich um. Seine Haltung war angespannt.

Wir entfernten uns einen Augenblick lang von der Tanzfläche und versammelten uns alle fünf an einem leeren Getränketisch. Für einen Außenstehenden sah es so aus, als ob wir uns einfach nur nach einer langen Tanzrunde erfrischten.

»Okay, alle auf ihre Plätze«, sagte Navan leise und wir nickten zustimmend. »Bashrik, du musst die Königin wirklich faszinieren«, fügte er mit einer Grimasse hinzu.

Bashrik räusperte sich nervös. »Wie gut, dass ich der beste Tänzer hier bin«, sagte er und zwang sich zu einem Lächeln, obwohl seine Stimme gepresst klang.

»Du kommst schon klar«, sagte ich beruhigend und wagte es nicht, zu Angie zu sehen.

»Ich wünschte einfach nur, dass ich einen guten Grund hätte, um sie zurückzuweisen«, brummte Bashrik und atmete laut aus. »Es fühlt sich einfach nicht fair an, sie zu täuschen. Sie ist keine schlechte Person … Aber wahrscheinlich kann ich ihr nicht einfach sagen, dass ich mich nicht zu ihr hingezogen fühle, hm?«

Navan lächelte. »Ich fürchte, das kannst du nicht, Bruder.«

»Dann werde ich sie also faszinieren müssen«, sagte Bashrik finster und ging in Richtung des Königinnenthrons.

Dies nahmen wir als unser Zeichen, um selbst loszugehen. Angie eilte durch die Gästemengen zum abgelegenen

Raum im ersten Stock und nahm Navans Schlüssel mit. Lauren entfernte sich in der Zwischenzeit ebenfalls von der Tanzfläche und blieb neben einer Hecke, die in der Form eines geflügelten Wolfs gestutzt war, stehen. Von hier aus konnte sie nach Wachen oder jemand anderem Ausschau halten, der uns Yorrek vielleicht vor der Nase wegschnappen wollte.

»Bist du bereit?«, fragte mich Navan. Mein Blick schweifte zu Yorrek, der sich in der Nähe der hohen Hecken aufhielt.

Ich nickte. »Lass es uns hinter uns bringen.«

Wir schlenderten unauffällig in Yorreks Richtung, damit nicht zu sehen war, dass wir schnurgerade auf ihn zustrebten. Als er uns sah, riss er überrascht die Augen auf, blieb stehen und wartete darauf, dass wir näher kamen. Offensichtlich war er zu dem Schluss gekommen, dass er von uns nichts zu befürchten hatte.

»Du – du bist doch die, die zu meinem Haus gekommen ist?«, bellte er, als wir vor ihm Halt machten.

»Das bin ich, aber wir hatten immer noch nicht das Vergnügen, dich auf der Baustelle begrüßen zu können«, sagte ich freundlich.

»Was für ein Zufall, dass du heute Abend hier bist, denn wir haben einige wichtige Fortschritte mit dem Alchemielabor gemacht und wir würden wirklich gern deine Meinung darüber hören«, sagte nun Navan mit einem höflichen Lächeln. »Bashrik dachte erst daran, dir zu schreiben, aber wenn es dir nichts ausmacht, würde ich es dir lieber gleich zeigen? – Natürlich nur, wenn du nicht zu beschäftigt bist. Ich möchte dich nur ungern von der Feier fortlocken, wo du doch einer der Ehrengäste bist.«

»Sei nicht albern. Ich hasse Partys. Ich wäre viel lieber zu Hause«, schimpfte Yorrek und sah Navan mit seinen geröteten Augen an. »Ihr zwei seid die Söhne von Jareth Idrax, nicht wahr?«, fragte er kühl.

Navan nickte. »Ja, Jareth Idrax ist leider mein Vater.«

»Ein guter Alchemist«, brummte Yorrek. »Zu schade, dass er für den Feind arbeitet.«

Yorrek sagte es zwar nicht, aber in seinen Worten lag ein anklagender Unterton, so als ob Navan die gleiche Loyalität wie sein Vater hätte. Doch trotz allem schien Yorrek Navan und seinen Bruder ihrer beeindruckenden Abstammung wegen zu respektieren.

»Ja, es ist eine Schande, dass ich meinen Vater nicht dazu überreden konnte, seinen moralischen Kompass neu auszurichten, so wie ich es getan habe«, sagte Navan mit ehrlicher Miene.

»Du sagtest, dass ich mir die neuesten Entwicklungen ansehen soll?«, fragte Yorrek.

Navan deutete auf den Garteneingang. »Wenn du nicht zu beschäftigt bist.«

»Bashrik scheint sich mit der Königin zu unterhalten. Ich glaube nicht, dass seine Gedanken auch nur annähernd um das Alchemielabor kreisen«, sagte Yorrek frostig und warf einen Blick zu Bashrik, der an einem Cocktailtisch stand und mit Königin Brisha in einer Weise sprach, die sie kichern und erröten ließ. *Gute Arbeit, Bash.*

»Tatsächlich ist er mit seinen Gedanken heute Abend anderswo«, sagte Navan. »Deshalb möchte Bashriks Assistentin, Angie, mit dir sprechen. Ich glaube, dass du sie bereits kennengelernt hast?«

»Klein, Haare wie ein Schlangennest?«, fauchte Yorrek.

Navan lächelte weiter höflich. »Das ist sie.«

»Welche Entwicklungen gibt es?«

Navan zuckte entschuldigend mit den Schultern. »Das weiß ich ehrlich gesagt nicht. Angie sagte nur, dass sie heute Abend lieber am Labor weiterarbeiten würde, als sich hier unters Volk zu mischen. Sie sagte, dass sie ein paar Ideen hat, um die Konstruktion zu beschleunigen, aber das ist alles, was ich weiß. Sie ist oben in einem Arbeitszimmer im Palast und zeichnet ein paar Entwürfe. Sie freut sich bestimmt über deine Expertise, da Bashrik heute zu nichts zu gebrauchen ist«, sagte Navan grimmig. Das schien Yorrek zu gefallen und ein kaltes Lächeln huschte über seine dünnen Lippen.

»Ich gebe zu, dass ich eine Frau, die sich auf ihre Arbeit konzentriert, respektiere. Nichts von diesem romantischen Unfug, der einem nur das Gehirn vernebelt«, sagte Yorrek und sein Finger deutete zittrig in Bashriks Richtung. »Wenn sie arbeitet, dann sollte ich es auch tun. Bringt mich zu ihr. Je eher wir dieses Labor fertigstellen, desto eher kann ich wieder das tun, was ich am besten kann, und zwar unter dem Schutz der Königin.« Seine kleinen Augen huschten umher, so als ob er unterstreichen wollte, dass er sich nicht sicher fühlte. Seine Paranoia war so ansteckend, dass selbst ich beinahe das Gefühl bekam, dass wir beobachtet wurden.

Wir nahmen Yorrek in unsere Mitte und führten ihn aus dem Garten in den Palast hinein, dann die Treppe hinauf und durch den Gang zur ersten Tür, hinter der der Nebenraum lag. Als wir den Flur entlangeilten, warf ich einen Blick über die Schulter, weil ich den Eindruck hatte, dass uns jemand folgte. Aber egal wie oft ich mich auch umdrehte, es war nie jemand zu sehen. Entweder war unser Verfolger sehr gut darin, sich zu verstecken, oder mein Verstand spielte mir Streiche.

Wir führten Yorrek in den Nebenraum und schlossen die Tür hinter uns. Im selben Augenblick, in dem Navan das Hypnoseserum aus der Tasche holte, das er schon in einer Spritze aufgezogen hatte, drehte ich den Schlüssel im Schloss um. Navan stürzte sich auf Yorrek, rammte ihm die Nadel in den Hals und spritzte ihm die Flüssigkeit, bis das lilafarbene Serum ganz aus der Spritze verschwunden war.

Yorrek schrie auf und sah Navan überrascht an, bevor er seine Fäuste zum Kampf hob. Verwirrt sah ich Navan an. Das Serum hatte nicht funktioniert!

Mit gefletschten Reißzähnen rannte der Alchemist in Richtung Tür und versuchte, die Klinke zu fassen zu bekommen. Navan prallte gegen ihn und stieß ihn zur Seite. Yorrek wirbelte mit erstaunlicher Geschicklichkeit herum und verpasste Navan einen Haken.

»Hör auf!«, rief ich, als Yorreks Hände nach Navans Kehle griffen.

Sofort erstarrte Yorrek und ließ die Hände sinken.

Das Serum hatte also doch gewirkt, man musste nur Befehle aussprechen. Angie sah mich aufgeregt an und Navan seufzte erleichtert.

»Welche Zutaten werden für das Unsterblichkeitsserum benötigt?«, fragte Angie und kam damit gleich zur Sache.

»Eine unter Druck gesetzte Kombination aus einer bestimmten Art Alienblut, Morganaextrakt, einer Basis aus Vysanthinerblut, dem Öl des Samens der Fenghazipflanze, ein paar Tropfen Maramwurzel und destilliertem Adrenalin eines Frostzahns«, erwiderte Yorrek automatisch und mit monotoner Stimme.

»In welchen Mengen?«, fragte Navan.

Yorrek machte ein nachdenkliches Gesicht. »Das ist schwer zu sagen. Die Mengen werden noch erforscht. Ich habe ein Buch mit fast erfolgreichen Versuchen, bei denen verschiedene Mengen kombiniert werden. Königin Brisha hat das Buch. Ich kann mich nicht aus dem Gedächtnis daran erinnern«, sagte er. Ich runzelte die Stirn, weil ich wusste, dass wir vielleicht einen Ausflug in Königin Brishas Gemächer unternehmen mussten, um zu sehen, ob wir Yorreks Buch in die Hände bekamen.

Ich sah Yorrek an und dachte daran, wie angenehm es

war, dass ich endlich mal auf der anderen Seite eines Verhörs stand.

»Hat bislang irgendein Alienblut funktioniert?«, fragte ich.

Darauf schüttelte Yorrek den Kopf. »Nein, aber wir hoffen, dass die neuen Blutproben der Schlüssel sind.«

»Und wie kann das Blut synthetisiert werden?«, schob Navan nach.

»Es muss in eine Zentrifuge gegeben werden, um die reinsten Bestandteile zu filtern. Das Plasma vieler Spezies ist toxisch für uns und wir glauben, dass das bei diesem neuen Blut ebenso der Fall ist«, sagte Yorrek gehorsam.

»Mit welchem alchemistischen Prozess wird das Unsterblichkeitselixier hergestellt?«, fragte Navan und seine Augen funkelten immer neugieriger.

Yorrek lächelte. »Jeder Aspekt muss Zeit haben, um in einer Sequenz individuell reagieren zu können.«

Navan legte die Stirn in Falten. »Wie lange dauert das?«

»Normalerweise dauert die Synthese Wochen und die alchemistischen Reaktionen können Monate dauern«, erklärte Yorrek. »Aber wir haben mit Erfolg einen neuen Kompressor und eine Schnellzentrifuge gebaut, die zusammenarbeiten. Sie werden gemeinsam eingesetzt, um die alchemistischen Reaktionen zu beschleunigen, sodass wir nicht mehr auf die Blutsynthese oder auf die nötigen natürlichen Reaktionen warten müssen. So können wir die Zeit von

Wochen oder Monaten auf Stunden oder Tage reduzieren, je nachdem, was wir herstellen.«

Ich sah zu Navan. Das war mir neu. Als ich das letzte Mal mit Brisha über den Zeitrahmen geredet hatte, hatte sie von Wochen gesprochen. Dies war definitiv eine Neuigkeit, die auch die Rebellen noch nicht kannten, da war ich mir ganz sicher. Wenn diese Technologie jetzt eingesetzt wurde, änderte das die Spielregeln völlig. Ein Alchemist konnte ein neues Elixier in Rekordzeit austesten und war möglicherweise schneller erfolgreich. Nicht nur das, sondern mir wurde auch klar, dass das Elixier so in sehr kurzer Zeit in Massen hergestellt werden konnte.

Von der Raummitte aus sah ich, wie sich Yorreks sehnige Muskeln anspannten, wo sie gerade noch schlaff gewesen waren. Seine geröteten Augen waren zwar immer noch nebelig und unfokussiert, aber er schien langsam wieder etwas klarer im Kopf zu werden.

»Die Wirkung des Serums lässt nach«, sagte Angie und sprach damit aus, was ich dachte.

»Noch eine Frage«, sagte Navan schnell, stellte sich dichter vor Yorrek und packte seine Schultern. »Weißt du, woher die neuen Blutproben kommen?«

Der Alchemist sah ihn ausdruckslos an. Sein Mund stand offen und seine Stirn war in Falten gelegt.

Dann verpasste er Navan eine schwungvolle, harte Kopfnuss. Navan taumelte und versuchte, Yorrek zu packen, doch dem gelang es, auszuweichen. Erst jetzt bemerkte ich, dass wir vergessen hatten, ihn zu fesseln, so wie es unser Plan gewesen war. Wir hatten uns von der Wirkung des Hypnoseserums in einer falschen Sicherheit wiegen lassen und geglaubt, dass das Serum genug war, um Yorrek unter Kontrolle zu halten. Aber nun flaute es in seinem Körper ab, Yorrek stürzte zur Tür, riss sie mit seiner vysanthinischen Stärke und Geschwindigkeit auf und rannte in den Gang hinaus. Zurück zur Party.

KAPITEL VIERZEHN

»Wir dürfen ihn nicht entkommen lassen!«, keuchte ich.

Navan rannte Yorrek sofort nach und spreizte seine Flügel. Er schwebte über das Geländer und landete im Erdgeschoss, wo Yorrek sich bereits durch die Menge der Gäste drängte. Ich sah zu Angie, die rasch wieder die Kappe auf die Spritze mit dem Elysium schob, die sie hervorgeholt hatte, und sie in ihrem Kleid versteckte. Dann rannten wir beide los, so schnell es uns unsere Kleider erlaubten. Als wir die Treppe hinabrasten, zog ich hastig meine Absatzschuhe aus und nahm sie in die Hand. Wenn ich doch nur ständig Flügel hätte!

Navan hatte den Alchemisten inzwischen beinahe eingeholt, obwohl er seine Flügel wieder hatte einklappen müssen, um keinen der umstehenden Gäste damit zu schlagen. Schon jetzt sahen die Leute ihn verächtlich an, weil er sich durch die Reihen drängte. Aber Navans Blick war unbeirrt auf seine Beute gerichtet, die dank der Nachwirkungen des Hypnoseserums langsamer geworden war.

Yorrek blieb auf der anderen Seite der Empfangshalle stehen und versuchte, wieder zu Atem zu kommen, aber wenige Sekunden später rannte er auch schon weiter auf den Bogengang zu, der in den Garten führte. Navan war kurz davor, ihn einzuholen, aber er schaffte es nicht. Wenn Yorrek nach draußen gelangte und jemandem erzählte, was geschehen war, waren wir geliefert.

Angie und ich kamen an der Treppe an, die in den Garten hinabführte, als Navan gegen Yorrek prallte und ihn hinter einer Reihe von Büschen zu Boden warf. Doch Yorrek öffnete ein Röhrchen, das er aus dem Nichts hervorgezaubert zu haben schien, und schleuderte seinen Inhalt in Navans Gesicht. Navan wich zurück und die eigenartige Flüssigkeit landete mit einem lauten Zischen auf dem Kiesweg hinter ihm. Sofort stieg Rauch auf. Entsetzt überlegte ich, was dieses Zeug wohl mit Navan angerichtet hätte. Kleine Spritzer, die auf Navans Anzug gelandet waren, brannten ihm Löcher in den Stoff.

Der Alchemist nutzte Navans Überraschung aus, rappelte sich auf und rannte weiter. Yorrek stürzte zur nächststehenden Eisskulptur, Navan dicht hinter ihm, und riss sie mit einem wilden Ruck um, sodass das ganze Ding über Navans Kopf zusammenbrach. Er konnte zwar noch einen Teil der Statur zur Seite stoßen, aber der Rest traf seinen Schädel und seine Schultern so schwer, dass seine Knie unter der Last nachgaben.

Die Partygäste blieben stehen und sahen entsetzt auf die Szene. Sie schlugen die Hände vor den Mund und versuchten, herauszufinden, was hier vor sich ging. War es ein Familienstreit? Ein Eifersuchtsdrama? Hatte es etwas mit Geld zu tun? Ich hörte alle möglichen Vermutungen, aber meine Gedanken waren anderswo.

Hin- und hergerissen sah ich von Navan zu Yorrek. Natürlich wollte ich mich vergewissern, dass es meinem Freund gutging, aber ich wusste, dass es im Augenblick Wichtigeres zu erledigen gab. Was auch immer geschah – Yorrek durfte auf keinen Fall den Ehrentisch, an dem Königin Brisha saß, erreichen. Noch sah der Alchemist auf seinen Angreifer hinab und nahm sich einen Moment, um zu Atem zu kommen.

Ich nutzte die Gelegenheit, schoss den geschützten Weg in Richtung Tanzfläche entlang, rannte dann auf einem schmalen Weg zwischen zwei Heckenreihen weiter und wartete an dessen Ende, weil ich wusste, dass Yorrek einen dieser beiden Wege nehmen würde. Hoffentlich blieb er nach seinem Spektakel mit der Eisfigur nicht auf dem Hauptweg, sondern wählte den Weg, auf dem er die Königin am schnellsten erreichen würde.

Einen Augenblick später hörte ich das unverwechselbare

Geräusch von eiligen Fußschritten auf dem Kies. In wenigen Sekunden würde Yorrek bei mir angekommen sein.

Ich holte tief Luft, sprang aus meinem Versteck und stürzte mich auf Yorreks Beine. Das war ein Aksavdo-Griff, den ich im Training gelernt hatte, obwohl ich damit gegen meine Mitauszubildenden nie erfolgreich gewesen war. Nun erkannte ich, dass er zusammen mit dem Überraschungsmoment wohl doch effektiv war.

Yorrek stolperte und fiel mit einem dumpfen Laut zu Boden. Nun setzte ich einen weiteren Aksavdo-Griff ein, riss Yorreks Arme auf seinen Rücken und dann nach oben bis hinter seinen Kopf. Er wehrte sich heftig, aber ich saß auf seiner Hüfte und machte ihn so unbeweglich.

Zum Glück hatte ich ihn an einer Stelle zu Fall gebracht, die von Hecken verdeckt wurde. Hier waren wir vor Blicken geschützt. Yorrek versuchte zu schreien, aber ich drückte sein Gesicht so sehr zu Boden, dass er nur ein ersticktes Röcheln herausbrachte.

Ich wirbelte herum und sah, dass Navan und Angie auf mich zugerannt kamen. *Gott sei Dank.* Ich hatte Yorrek zwar für den Augenblick unter Kontrolle, aber mir war klar, dass seine Ausdauer größer war als meine, und meine Kräfte schwanden bereits.

»Gute Arbeit!«, hauchte Angie. Navan kniete sich neben Yorrek und drehte seinen Kopf, um seinen Hals freizulegen.

»Spritz ihm sofort das Serum!«, sagte er.

Angie nickte, zog die Spritze aus ihrem Kleid hervor, zog die Kappe mit den Zähnen ab und injizierte dem Alchemisten das Serum in den Hals, bevor dieser sich wehren konnte.

Eine kurze Weile lang zappelte Yorrek weiter, während das Serum sich in seinem Körper ausbreitete, aber schließlich entspannten sich seine Muskeln und sein Körper wurde schlaff, als die Wirkung des Elysiums einsetzte. Trotzdem wollte ich ihn nicht loslassen, weil ich fürchtete, dass er uns wieder austricksen könnte.

»Du kannst von ihm herunterklettern«, sagte Navan und streckte mir seine Hand hin, um mir aufzuhelfen.

Langsam stand ich auf und stellte einen Fuß auf Yorreks Rücken. Als er immer noch still liegen blieb, entspannte ich mich und trat ein paar Schritte beiseite.

»Das war knapp«, hauchte Angie, schob die Kappe wieder auf die leere Spritze und vergrub sie unter dem Laub der Hecken, wo sie niemand finden würde.

Als sich uns weitere Fußschritte näherten, wirbelte ich herum. Es war Lauren, deren lilafarbenes Kleid im Dämmerlicht glitzerte. Sie runzelte erschrocken die Stirn.

»Wachen! Sie kommen hierher!«, keuchte sie außer Atem. »Sie haben die Eisskulptur gesehen und wollen der Sache auf den Grund gehen!«

Navan sah zu mir. »Riley, du, Lauren und Angie müsst die Wachen ablenken, während ich Yorrek fortschaffe. Wir können nicht riskieren, dass sie ihn so sehen. Ich muss ihn durch eine Hecke ziehen. Geht und verschafft mir etwas Zeit!«

Angie, Lauren und ich stürmten durch den engen Gang zurück und kicherten laut, als wir auf den Hauptweg einbogen, der sich durch den Garten schlängelte. Ich hielt mir die Rippen und lachte über einen imaginären Witz, den Lauren gerade erzählt hatte, während Angie sich ebenfalls vor Lachen krümmte und sich an Laurens Arm festhielt. Wir waren einfach nur drei normale Mädchen, die sich auf einer Gartenparty vergnügten.

Erst als wir aufblickten, verschwand die Heiterkeit aus unseren Gesichtern. Pandora und zwei andere Wachen, ein Mann und eine Frau, standen vor uns. Keiner von ihnen schien von unserem Anblick erheitert zu sein, aber das machte uns nur noch hysterischer und dieses Mal lachten wir wirklich.

»Wie schön, dass du dich für den Anlass herausgeputzt hast«, sagte Angie scherzend. Pandora trug ihre übliche komplette schwarze Militärkluft und hatte die Haare genauso streng wie immer zusammengebunden.

Sie runzelte die Stirn. »Was geht da hinten vor sich?«, fragte sie spitz und deutete auf den dunklen Pfad hinter uns, auf dem sich Navan und Yorrek befanden.

Zu meinem Erstaunen war es Lauren, die als Erste antwortete. »Ich bin mit einem besonders attraktiven jungen Mann zusammengestoßen. Er sagte, er wäre ein Soldat, aber dann stellte sich heraus, dass er einer der Kellner war«, begann sie zu erklären. »Na, auf jeden Fall sagte er mir, dass er mir etwas zeigen wollte, was ich bestimmt noch nie gesehen hätte, also bin ich ihm gefolgt, weil ich dachte, dass es vielleicht ein Diamantbaum, eine glühende Kröte oder etwas anderes Unglaubliches sein könnte. Aber bevor ich mich versah, packte er sein Du-weißt-schon-was aus. Darauf habe ich ihm eine Ohrfeige verpasst und meine Freundinnen sind mir zu Hilfe geeilt! Wir haben ihm eine ordentliche Lektion verpasst, aber es geht ihm gut. Ich denke, dass er wieder auf den Beinen ist und wahrscheinlich schon einem anderen armen Mädchen nachstellt. Schade, dass er so ein riesiger Mistkerl war, aber andererseits sind die hübschen Männer das immer, nicht wahr?« Sie krümmte sich vor Lachen und Angie und ich stimmten schnell ein.

»Wie sah er aus?«, fragte Pandora mit unleserlicher Miene. Ich hatte keine Ahnung, ob sie Lauren glaubte oder nicht.

Lauren zuckte mit den Schultern. »Hm, groß, attraktiv, graue Haut, wie ein Kaltblut eben.«

Pandora war von Anfang an ungehalten gewesen, aber nun schien ihre Geduld ganz am Ende zu sein. Zu unserem Glück lenkte Bashriks unerwartetes Auftauchen sie ab und sie sah in sein besorgtes Gesicht.

»Ist alles in Ordnung?«, fragte er uns drei mit geweiteten Augen.

Lauren nickte. »Ich hatte nur eine kleine Begegnung mit

einem undisziplinierten Kellner. Wir haben Pandora gerade erzählt, was passiert ist. Ich glaube, dass wir mit unserem Lärm etwas Aufruhr verursacht haben«, sagte sie entschuldigend.

Bashrik runzelte die Stirn und versuchte offensichtlich, zu verstehen, was hier vor sich ging. Aber Pandora stand vor uns, sodass wir es ihm schlecht erklären konnten. »Aber es geht euch gut?«, fragte er noch einmal. Dabei sah er Angie an, die nickte und verhalten lächelte.

»Was macht ihr alle hier?«, fragte Königin Brisha und brachte uns alle sofort zum Schweigen. Sie war Bashrik wohl gefolgt, weil sie sich gefragt hatte, wohin er ging, und sah nun nicht allzu erfreut darüber aus, uns alle hier zusammen stehen zu sehen. Es war zu schade, dass ihre Gegenwart die Blicke aller Partygäste auf uns zog.

Bashrik wandte sich strahlend zu ihr um. »Königin Brisha, erinnert Ihr Euch an die Frau, von der ich gesprochen habe? Die Frau, neben der die Sterne verblassen? Die Frau mit mehr Licht in ihrem Herzen als tausend glühende Sonnen? Die Frau, in deren Augen sich das ganze Universum verbirgt?«, fragte er und mein Herz schlug auf einmal schneller.

Was zum Teufel hatte er vor? Würde er die Königin etwa hier, vor den Augen aller, küssen? Es sah ganz danach aus. Ich wusste nicht, ob ich ihn aufhalten sollte oder nicht, und sah erschrocken zur Königin, die Bashrik mit ihrem Blick anhimmelte.

»Ja, ich erinnere mich, Bashrik«, hauchte sie.

»Nun, ich habe den ganzen Abend auf den richtigen Augenblick gewartet, um ihr meine Gefühle zu offenbaren«, sagte Bashrik und sprach nun lauter, damit alle ihn hören konnten. »Ich habe überall nach ihr gesucht, konnte sie aber in der Menge nicht finden. Ich wusste nicht, wo sie ist, aber nun habe ich sie gefunden und werde sie nie wieder gehen lassen! Die Liebe ist etwas Kostbares und muss selbst an den fremdesten Orten behütet werden!«, rief er, wirbelte herum und nahm Angie in seine Arme.

Mir fiel die Kinnlade herunter. Angie sah ihn an, als ob ihm plötzlich ein zweiter Kopf gewachsen wäre, aber sie wich nicht zurück, als Bashrik sich zu ihr vorbeugte und sie leidenschaftlich küsste. Stattdessen schlang sie ihre Arme um seinen Hals, erwiderte seinen Kuss und brachte die versammelte Gesellschaft zum Verstummen.

Ich löste meinen Blick von den beiden und sah in Königin Brishas Augen, wie eine Welt für sie zerbrach. Sofort fühlte ich mich furchtbar. Bashrik liebte sie zwar nicht und die Königin hatte sich tatsächlich ein wenig in ihre Gefühle hineingesteigert, aber sie so zu demütigen, schien mir trotzdem nicht richtig. Am liebsten hätte ich sie in den Arm genommen, aber sie war die Königin. Wie tröstete man die Regentin einer Nation?

Ihr Blick schoss zu mir und ich wusste, warum. Ich hatte ihr gesagt, dass Bashrik in niemanden verliebt war, und obwohl ich nicht wusste, ob das, was Bashrik gerade gesagt hatte, stimmte, und ob sein Kuss echt war – schließlich suchte er schon seit einer Weile nach einer Form, die Annäherungsversuche der Königin abzuwehren – wusste ich, wie es für die Königin aussehen musste. Selbst auf mich wirkte der Kuss echt.

»Ich wusste es nicht, Eure Hoheit«, flüsterte ich, als ich mich neben sie stellte.

»Wenigstens hat er mich davor bewahrt, mich zu blamieren«, zischte sie und ich hörte den unausgesprochenen Zusatz: *Im Gegensatz zu dir.*

»Eure Hoheit, bitte glaubt mir, dass ich nichts davon wusste«, wiederholte ich, aber sie hatte mir bereits den Rücken zugewandt und ging zu ihrem einsamen Thron am anderen Ende des Gartens zu.

Für sie schien die Party vorbei zu sein.

Als Navan die Gartentreppe mit ausgebreiteten Flügeln hinunterpolterte, blieb sie stehen. Er flog planlos und taumelte von einer Seite zu anderen, einen benommenen Ausdruck im Gesicht. Ich hatte ihn schon einmal so gesehen, als er starke Schmerzmittel genommen hatte. Das schien mir inzwischen eine Ewigkeit her zu sein. Navan landete schwankend und machte eine Verbeugung, als ob er eine Turnerin wäre, die einen perfekten Abgang geleistet hatte.

»Was habe ich verpasst?«, fragte er und spielte glucksend den Betrunkenen.

Königin Brisha warf ihm einen bitteren Blick zu, aber Navan schien wild entschlossen zu sein, sie zum Lachen zu bringen, wofür ich ihm dankbar war. Egal, wie sehr die Königin versucht hatte, Bashrik einzuwickeln – sie verdiente es doch, zu lächeln und sich nicht wie eine Idiotin zu fühlen, weil sie Bashrik angebetet hatte. Ich nickte Bashrik und Angie zu, die immer noch knutschend vor uns standen.

»Bashrik, lass sie sofort los! Wer weiß, was du dir einfängst!«, scherzte Navan und stupste Bashrik taumelnd an. Als das nicht funktionierte, versuchte er, die beiden voneinander loszureißen, aber sein Bruder verpasste ihm eine Kopfnuss. »Ich glaube, sie sind aneinander festgeklebt.« Ein lauter Schluckauf folgte. »Vielleicht sollten wir etwas besorgen, um die beiden voneinander loszueisen, bevor sie noch ersticken!«

Ein schwaches Lächeln huschte über Königin Brishas Mundwinkel.

»Wo wir gerade von Kleber sprechen, Eure Hoheit, bitte nehmt meine aufrichtige Entschuldigung an. Ich wollte meine Flugkünste vorführen und habe dabei wohl ein paar Dinge umgeworfen. Eine Eisskulptur, eine schicke Vase, ein paar Kerzenleuchter ... Aber wer achtet schon auf so was? Hauptsache, wir vergnügen uns, nicht wahr?«, brabbelte er und sackte vor der Königin auf die Knie. »Bitte sagt, dass Ihr mir vergebt, Eure Hoheit. Sagt, dass Ihr mir nicht den Kopf abschlagen werdet! Sagt mir, dass ich den morgigen Sonnenaufgang noch erleben werde!«, flehte er und bekam zwischendurch immer wieder Schluckauf.

Königin Brisha kicherte und tätschelte Navan den

Hinterkopf, so als ob er ein unartiges Kind wäre. »Ich vergebe dir, Navan. Die Kopfschmerzen, die du morgen haben wirst, sind wahrscheinlich Strafe genug«, sagte sie gütig und wandte sich dann mir zu. »Vielleicht solltest du ihn ins Bett bringen?«, schlug sie vor und ihre Feindseligkeit war verschwunden. Ich sah immer noch Schmerz in ihren Augen und ihr gebrochenes Herz würde wohl nicht allzu schnell heilen, aber sie war eine starke Frau. Sie würde darüber hinwegkommen, hoffte ich. Es musste doch hier jemanden geben, der sich ihrer als würdig erwies.

Ich nickte. »Natürlich, Eure Hoheit.«

Damit nahm ich Navans Arm und tat so, als ob ich ihm auf die Beine helfen würde. Er stützte sich auf mich, als ich ihn in den Palast zurückführte. Er grinste immer noch wie ein Idiot, sein Blick war benebelt und seine Flügel wippten schlaff auf seinem Rücken. Ich musste zugeben, dass er ein sehr überzeugender Betrunkener war.

»Du leuchtest wie ein heller Stern«, raunte er und bedeckte mich mit Küssen.

Ich prustete. »Komm, ich bringe dich ins Bett.«

»Ja, bitte!«, rief er.

Als ich einen Blick über meine Schulter zu den anderen warf, sah ich, dass Pandora mir immer noch nachsah. In ihrem Blick lagen Zweifel, aber sie machte keine Anstalten, uns zu folgen. Das war das Seltsame an ihr: Egal, welche Lügen wir erzählten oder wobei sie uns erwischte, sie unternahm nie etwas dagegen und verpetzte uns nie bei Königin Brisha, und das, obwohl sie deren engste Beraterin war. Ich hätte damit gerechnet, dass Pandora uns verhörte oder uns zur Rede stellte, aber sie tat es nicht. Sie ließ alles durchgehen und das allein machte sie verdächtig.

KAPITEL FÜNFZEHN

Als ich Navan in den Palast zurückbrachte, wurde mir auf einmal klar, dass wir eine einzigartige Chance hatten, und ich konnte nicht fassen, dass ich nicht früher darauf gekommen war. Andererseits hatten wir uns darauf konzentriert, wie wir Yorrek die Informationen abpressten. Der nächste Schritt bestand nun darin, diese Informationen Orion zu schicken, aber darüber hatten wir erst nachdenken wollen, wenn wir soweit waren. Doch nun schien die perfekte Gelegenheit genau vor uns zu liegen.

»Wir müssen zum Kontrollraum gelangen«, flüsterte ich Navan zu, der immer noch den Betrunkenen spielte.

Er runzelte die Stirn und wurde einen Augenblick lang ernst. »Jetzt?«

»Es sollten nicht viele Wachen dort sein. Sie haben reduzierte Teams, weil sich alle auf der Party aufhalten«, erklärte ich eilig. Ich dachte immer noch an das Notizbuch, das Yorrek erwähnt hatte und das im Besitz der Königin war, aber das würde warten müssen. Wir wollten Orion ja nicht alles auf einmal verraten. Wenn wir das taten, welchen Nutzen hätten wir dann noch für ihn?

Navan lächelte. »Ich liebe deinen Verstand«, murmelte er und küsste mich leidenschaftlich. Einen Moment lang fragte ich mich, ob er vielleicht tatsächlich betrunken war.

»Das können wir später machen«, flüsterte ich und schob ihn etwas von mir.

Navan ließ mich los und nahm seufzend meine Hand. »Wenn ich Orion nicht schon hassen würde, dann würde ich es jetzt tun, weil er uns selbst von der anderen Seite des Universums aus einen romantischen Augenblick ruiniert.«

Wir eilten durch die verworrenen Palastgänge und suchten nach einer Tür, die uns in den Untergrundkontrollbunker der Königin bringen würde. Der geheime Eingang im obersten Stock, den Pandora so beeindruckend eingetreten hatte, war bereits wieder verschlossen worden. Wenn wir ihn erneut öffneten, dann würde das nicht unbemerkt bleiben. Die Königin würde es erfahren und das konnten wir nicht riskieren – nicht, nachdem wir unsere Hälse gerade so knapp aus der Schlinge gezogen hatten. Vielleicht hatte Pandora noch nichts Verdächtiges gemeldet, aber ein Loch in der Wand eines Palastflurs konnte wahrscheinlich selbst sie nicht mehr ignorieren. Nein, wir befanden uns sowieso schon auf dünnem Eis, was die Königin betraf, also mussten wir vorsichtig vorgehen.

Da kam mir eine Idee. Der Palastflügel, in dem sich die alte Galerie und die Artefakte der früheren Herrscher befanden, war verlassen. Niemand ging dorthin. Selbst wenn wir dort eine Tür eintreten mussten, konnten wir sie mit etwas zustellen und niemand würde es bemerken. Die Wachen würden auf ihren Routinerundgängen nicht genau genug nachsehen.

»Der alte Flügel, bei der Galerie«, hauchte ich. »Wir sollten dort nach Eingängen zum Bunker suchen.«

»Gute Idee«, antwortete Navan, als wir um die Ecke bogen und die Haupthalle des Palasts betraten. Dort standen Wächter, die uns aber kaum Beachtung schenkten. Sie gingen wohl davon aus, dass wir zum Fahrstuhl zu unserem Zimmer unterwegs waren. Inzwischen waren unsere Gesichter im Palast bekannt genug und wir konnten uns relativ frei bewegen.

Wir huschten in einen der Seitengänge, außerhalb der Sichtweite der Gärtner. Kurz darauf betraten wir die staubigen Flure des verlassenen Flügels. Es war zu schade, dass hier alles zerfiel, denn der Bau musste sehr schön gewesen sein, aber ich verstand, warum er der Königin nicht gefiel. An den Wänden hingen Gemälde der vereinten königlichen Familie. Von zwei Schwestern, die die Nation zerrissen, war hier nichts zu sehen.

»Dort«, sagte Navan und deutete auf eine kahle Wand

an Ende des langen Ganges. Die Art, wie die Wand gestrichen war, war definitiv seltsam und passte irgendwie nicht zum Rest.

Ich schlich vorwärts und folgte Navan zu der kahlen Stelle. Mein Blick fiel auf die Galerie in der Nähe, wo durch einen Türspalt verhüllte Statuen und bedeckte Gemälde zu sehen waren. Beim Anblick der gruseligen Schatten lief mir ein kalter Schauer den Nacken hinab. Beinahe rechnete ich damit, dass eine dieser Gestalten sich regen und uns angreifen würde.

Navan klopfte leise gegen die kahle Wand und es klang merkwürdig hohl, was unseren Verdacht bestätigte: Hinter der Vertäfelung versteckte sich etwas. Nachdem er einen nervösen Blick nach hinten geworfen hatte, drehte sich Navan wieder um und trat fest gegen die Wand. Durch das riesige Loch, das sich geöffnet hatte, sahen wir eine Tür. Navans Armmuskeln spannten sich, als er den Rest der Verkleidung abriss und dann die Tür auftrat. Hinter ihr führte eine Wendeltreppe in eine unbekannte Dunkelheit hinab.

»Dann wollen wir mal hoffen, dass sie uns an den richtigen Ort führt«, sagte Navan.

»Wohin sollte sie sonst führen?«, fragte ich. Ich griff nach der goldenen Quaste, die einen blutroten Samtvorhang zurückhielt, und der Vorhang verdeckte nun das Loch, das Navan gerissen hatte. Ob der Vorhang ein Überbleibsel aus der Zeit war, in der die Tür verputzt worden war, wusste ich nicht, aber er war auf jeden Fall maßgeschneidert, um genau diesen Wandbereich zu verdecken.

Wir glitten hinter den Vorhang und stiegen die Wendeltreppe hinab. Nur eine fahle Notbeleuchtung schuf ein wenig Licht. Das Metallgerüst der Treppe bebte unter unseren Schritten und die Stufen wurden immer rostiger. Kleine Steine knirschten unter unseren Schuhen.

»Wie genau sollen wir Orion die Informationen schicken?«, flüsterte ich, um das Schweigen zu unterbrechen.

Navan sah weiter nach vorn, während er antwortete. »Ich habe noch etwas von dem Hypnoseserum und dem Elysium übrig. So können wir die Geheimdienstler davon überzeugen, über eine entfernte Wellenlänge eine Nachricht an Orion zu schicken. Du erinnerst dich an das schwarze Gerät in meiner Hütte?«

»Ja, aber das hat doch nicht funktioniert?«

»Die Diskette hat nicht funktioniert. Der Sender hätte es sehr wohl getan. Auf jeden Fall sollte es hier so etwas Ähnliches geben, worüber man eine vom Hauptsystem getrennte Nachricht schicken kann«, fuhr er fort. »Die Königin benutzt diese Geräte wahrscheinlich für ihre Spione im Süden. Wir brauchen nur einen Geheimdienstler, der eines der Geräte benutzt, um eine Nachricht an einen Weltraumsatelliten zu schicken und damit Orion zu erreichen.«

»Warum über einen Satelliten?«, fragte ich und verstand kein Wort von dem, was er sagte.

»Wenn wir es direkt zur Erde schicken, dann weiß der

Sender, wohin die Nachricht geschickt wurde. Wenn wir sie aber über einen Satelliten schicken, dann kann die Nachricht auch nur bis zu diesem Satelliten zurückverfolgt werden«, erklärte er. »Wenn im System also eine Anomalie festgestellt wird, dann kann niemand nachvollziehen, wohin die Nachricht geschickt wurde.«

»Kann der Inhalt der Nachricht gelesen werden?«, fragte ich und wurde mit jedem Augenblick ängstlicher.

Er schüttelte den Kopf. »Ich werde den Geheimdienstler dazu bringen, den Inhalt der Nachricht zu löschen, sobald sie geschickt wurde und wir eine Antwort erhalten haben.«

»Wenn wir die Nachricht schicken, wie können wir dann sicherstellen, dass meinen Eltern nichts passieren wird?«, fragte ich. Es schmerzte mich, zu wissen, dass ich nichts für die Menschen tun konnte, die die Kaltblüter in Sibirien immer noch ihres Blutes wegen töteten. Aber für andere Menschen konnte ich sehr wohl etwas unternehmen.

»Wir werden eine Verbindung per Satellit herstellen und ihn bitten, die Abmachung zu bestätigen. Wenn wir mit seiner Antwort zufrieden sind, werden wir ihm in einer separaten Nachricht die Informationen schicken. Wenn uns seine Antwort nicht gefällt, dann werden wir uns etwas anderes einfallen lassen«, sagte er mit einem besorgten Unterton.

Am Ende der Treppe angekommen hob Navan einen Finger an die Lippen und ich blieb lautlos stehen. Der Kontrollraum hinter der Tür sah ziemlich verlassen aus. Es liefen ein paar Wachen umher, aber sie schienen nicht sehr aufmerksam zu sein. Zwei von ihnen unterhielten sich im Gang.

»Wir brauchen ihre Kleidung«, flüsterte ich und deutete auf mein Ballkleid und Navans Anzug. So würden wir sicher auffallen.

»Ich habe eine bessere Idee. Warte hier«, sagte Navan, bevor er durch die Tür huschte. Ich spähte durch den Spalt und sah, wie er sich von hinten an die beiden Wachen heranschlich. Er ballte die Fäuste und schlug den beiden kräftig gegen die Kehle. Die Köpfe der Männer sackten nach hinten und ihre Augen wurden weiß. Dann knickten ihre Knie unter ihnen weg und sie fielen zu Boden. Diese spezielle Aksavdo-Technik hatte ich noch nie gesehen, aber sie war auf jeden Fall sehr beeindruckend. Navan sah sich schnell um, öffnete den Männern die Münder und schüttete ihnen etwas von dem Serum hinein. Mit Daumen und Zeigefinger strich er über die Hälse, damit sie das Serum schluckten, ohne daran zu ersticken. Ich wusste nicht, welches Serum er ihnen verabreicht hatte.

Ihre Körper waren reglos und ihr Blick wurde nebelig, als die Wirkung des Serums einsetzte. Navan lehnte die beiden sitzend gegen die Tür, damit es so aussah, als ob sie eingeschlafen wären. Dann huschte er durch den Kontrollraum zu den Hütten im hinteren Bereich des Bunkers. Etwa fünf Minuten später tauchte er wieder auf. Auf seinem Rückweg sprach ihn eine Wachfrau an, aber was auch immer er ihr antwortete, sie schien es ihm zu glauben, und er ging kurz darauf weiter.

Dann schob er die Wachen beiseite und kam wieder in den kleinen Zwischenraum, in dem ich mich befand, zog zwei schwarze Kampfanzüge unter seinem Jackett hervor und reichte mir einen davon.

»Was hast du zu dem Mädchen gesagt?«, fragte ich, während ich mich aus meinem Abendkleid schälte und die Militärkleidung anzog.

Navan grinste. »Ich habe ihr gesagt, dass mein Freund etwas vergessen hat und die Wachen mir gesagt haben, dass ich es einfach abholen könnte«, sagte er, schloss den Reißverschluss des Oberteils und zog sich die Metallspitze der Kappe über den Kopf. Ich tat es ihm nach, um so überzeugend wie möglich auszusehen.

Sobald wir fertig waren, schlichen wir wieder nach drinnen und gingen zu den Arbeitstischen hinüber. Ein paar Geheimdienstler waren im Dienst, aber Navan ging zielstrebig zum hinteren Teil des Raums, wo eine Person etwas entfernt von den anderen an einem Schreibtisch saß, der von den anderen Tischen aus kaum zu sehen war. Das Kaltblut sah überrascht auf, als wir uns näherten.

»Kann ich helfen?«, fragte er unsicher und mit gerunzelter Stirn.

Bevor er noch etwas sagen konnte, schüttete Navan ihm das Serum in den Mund und presste ihm mit der Hand die Lippen zusammen. Der Geheimdienstler hatte nur zwei

Optionen: schlucken oder ersticken. Zu unserem Glück entschied er sich dafür, das Serum zu schlucken, und wir hörten, wie sich sein Adamsapfel bewegte. Trotzdem hielt Navan dem Mann weiter den Mund zu, bis das Serum seine Wirkung entfaltet hatte. Wir konnten nicht riskieren, dass er aufschrie. Als seine Augen glasig und seine Schultern schlaff wurden und sein Gesicht einen dümmlichen Ausdruck annahm, setzten wir uns beide neben den armen Mann und taten so, als ob wir konzentriert daran arbeiteten, auf den Monitoren nach Gianne zu suchen. Das Hypnoseserum wirkte und machte den Mann gefügig.

Während Navan dem Nachrichtenoffizier erklärte, was er tun sollte, dachte ich an die Rebellen und daran, wie alle von der Idee des Unsterblichkeitselixiers besessen zu sein schienen. Es machte mich wütend, dass wir Orion Informationen weiterleiten mussten, nach allem, was er uns angetan hatte. Ich hatte immer noch Narben an der Stelle an meinem Hals, an der er mir das Gerät eingepflanzt hatte, und Galos Tod verfolgte mich auch noch, obwohl ich mich bemühte, meine Trauer um ihn so gut wie möglich zu unterdrücken, weil ich sonst nicht mehr funktionsfähig wäre.

»Ich wünschte, wir könnten die Bemühungen der Rebellen, das Unsterblichkeitselixier herzustellen, irgendwie sabotieren«, brummte ich finster. »Ich meine, es muss doch einen Weg geben, das zu tun und uns aus ihrer Kontrolle zu befreien. Ich hasse es, dass sie jeden unserer Schritte bestimmen.«

Navan seufzte. »Ich weiß. Ich habe in letzter Zeit auch viel darüber nachgedacht.«

Ich sah dem hypnotisierten Geheimdienstler bei der Arbeit zu. Seine Finger glitten über den durchsichtigen Bildschirm auf dem Tisch und suchten nach der Verbindung zu einer geheimen Frequenz. Die ganze Lage hatte nur einen Vorteil: Die beiden Königinnen waren so damit beschäftigt, gegeneinander zu kämpfen, dass keine von ihnen etwas von der Erde erfahren hatte. Ich wüsste nicht, was passieren würde, wenn dieser Krieg sich auf eine dritte Partei ausweitete. Nicht, solange wir noch mitten in dieser Geschichte steckten und meine Spezies in Gefahr schwebte.

»Vielleicht können wir einen Weg finden, die Rebellen nach Vysanthe zurückzulocken«, sagte ich verzweifelt. »Wenn sie herkommen, ohne etwas von ihrer Station auf der Erde zu verraten, dann könnten alle hier diesen Konflikt unter sich klären. Wir könnten dafür sorgen, dass Gianne und Brisha auf die Ankunft der Rebellen vorbereitet sind, während wir Orion davon überzeugen, dass sein Angriff völlig überraschend kommt. Dann ... könnten sie sich vielleicht einfach alle gegenseitig zerstören?«

»Die Rebellen werden nicht herkommen, solange sie das Unsterblichkeitsserum nicht haben«, sagte Navan düster.

»Was ist, wenn wir ihnen erzählen, dass das Elixier nur hier hergestellt werden kann? Dass es eine bestimmte Zutat oder irgendetwas gibt, was nur auf vysanthinischem Boden zu bekommen ist?«, sagte ich, obwohl ich wusste, dass meine Idee weit hergeholt war.

Navan schüttelte den Kopf. »Sie würden uns dazu zwingen, die Zutat zu suchen und sie ihnen irgendwie zukommen zu lassen. Solange sie kein funktionierendes Elixier haben, werden sie nicht nach Vysanthe zurückkommen. Da bin ich mir ganz sicher«, sagte er und ich sah, dass er auch schon alle möglichen Szenarien durchgesponnen hatte. Aber dann blitzten seine Augen plötzlich auf und er richtete sich etwas in seinem Stuhl auf. »Es sei denn ... Wenn wir einen Weg finden könnten, um die Wirkung des Elixiers zu unterbinden, dann könnten wir die Rebellen zerstören, sobald sie auf Vysanthe ankommen.«

»Was meinst du damit?«, fragte ich stirnrunzelnd.

Doch einen Augenblick später machte er wieder ein finsteres Gesicht. »Nein, das hilft uns auch nicht weiter. Ohne zu wissen, wie das Unsterblichkeitselixier funktioniert, können wir auch kein Gegenmittel entwickeln«, brummte er und warf verärgert den Kopf in den Nacken. »«

Eine tiefe Stimme erklang hinter uns.

»Wer hat euch erlaubt, hier zu sein?«, fragte ein Wachmann und fletschte seine spitzen Reißzähne. Mein Herz schlug mir auf einmal bis zum Hals. Ich sah zu Navan, aber er deutete unauffällig auf seine Tasche, um mir zu verstehen zu geben, dass er kein Serum mehr hatte, abgesehen von dem Elysium, das wir brauchen würden, um die Erinnerungen des Mannes zwischen uns zu löschen.

»Wir haben eine Erlaubnis«, antwortete Navan schlicht.

Panik durchfuhr mich, als der Mann nähertrat. Wenn er uns nicht in Ruhe ließ, würden wir ihn umbringen müssen, um den Kontrollraum unbemerkt verlassen zu können. Aber damit würden wir nur noch mehr Aufmerksamkeit auf uns lenken, so wie es uns bei Königin Gianne und Kalvin passiert war.

Jemand würde seine Leiche mit Sicherheit finden oder ihn als vermisst melden und dann steckten wir in ernsthaften Schwierigkeiten.

»Wer hat euch diese Erlaubnis gegeben?«, fragte der Wachmann ernst.

»Ich«, hallte nun eine Stimme durch den Raum und wir alle wirbelten überrascht herum.

Pandora ging an den anderen Arbeitsstationen vorbei, wobei ihre Stiefel auf dem harten Boden laut widerhallten. Ihr Blick war kühl und eindringlich. »Sie stehen unter meiner Verantwortung, Bartok. Ich hätte dir früher Bescheid sagen sollen, aber ich hatte ein paar Probleme auf der Party zu lösen. Tut mir leid.«

Der Wachmann verbeugte sich hektisch. Pandoras Auftauchen hatte ihn nervös gemacht. »Sie brauchen sich nicht zu entschuldigen, Ma'am. Ich hätte nicht an Ihren Gästen zweifeln dürfen«, murmelte er und suchte dann eilig das Weite.

Ich sah Pandora misstrauisch an, während sie darauf wartete, dass Bartok verschwand. Ihre Schultern waren angespannt und ihr Blick auf ihm war wie der eines Raubtiers auf seiner Beute. Was machte sie hier? Und, was noch wichtiger war, warum half sie uns? Sie wusste doch sicher, dass wir irgendetwas im Schilde führten, wenn wir hier in gestohlenen Uniformen saßen, während alle anderen auf der Party waren.

»So«, sagte Pandora und drehte sich mit einem wissenden Lächeln langsam zu uns. »Wie geht es Chief Orion?«

KAPITEL SECHZEHN

»Ich weiß nicht, was du meinst«, antwortete Navan, hatte unser verdutztes Schweigen aber einen Moment zu lange andauern lassen. »Wir haben nur versucht, uns Videoaufnahmen von Giannes Angriff auf das Labor anzusehen, um zu sehen, wie wir das neue Labor gegen eine mögliche ähnliche Attacke stärken können«, erklärte er und es verschlug mir die Sprache, wie er so schnell darauf gekommen war. Ich war noch völlig perplex, weil Pandora Orion erwähnt hatte.

Sie lächelte kühl. »Entspann dich, du brauchst mich nicht anzulügen«, sagte sie und spähte über Navans Schulter auf den Bildschirm, an dem der hypnotisierte Geheimdienstler sich immer noch zu schaffen machte. »Orion und ich sind ... Lass es mich so ausdrücken: Wir sind eng miteinander bekannt. Ich hatte schon draußen im Garten das

Gefühl, dass ihr Informationen sammelt, aber ich musste vor den anderen Wachen den Schein wahren. Ihr seid verschwunden, bevor ich unter vier Augen mit euch sprechen konnte.«

Nun starrte ich sie an. Wie konnte sie auf Orions Seite stehen? Sie war doch die engste Beraterin der Königin! Versuchte sie etwa einen doppelten Bluff, um uns dazu zu bringen, ihr etwas zu verraten, weshalb sie uns dann verhaften konnte? Ich wusste es nicht. Ihre Miene war undurchdringlich. Wie hatte sie es überhaupt geschafft, an Königin Brishas Hof eine solche Stellung zu erlangen, ohne Verdacht zu erwecken? Mir schossen tausend Fragen durch den Kopf, aber Pandora sprach weiter, bevor ich auch nur eine davon stellen konnte.

»Ich hätte eure Informationen gern selbst an Orion geschickt, weil ich weiß, dass er auf Nachricht von euch wartet. Ihr brauchtet ganz bestimmt nicht dieses ganze Theater hier veranstalten, arme, wehrlose Nachrichtendienstler zu hypnotisieren und andere Wachen k.o. zu schlagen«, murmelte sie und warf einen Blick über ihre Schulter. »Ihr zwei zieht viel zu viel Aufmerksamkeit auf euch.«

»Wenn du wirklich wolltest, dass die Dinge auf deine Art erledigt werden, dann hättest du dich früher zu erkennen geben sollen«, sagte Navan defensiv und musterte sie aufmerksam. Ich spürte, dass wir beide nun nicht mehr wussten, was wir von ihr halten sollten – sie hatte uns völlig unvorbereitet getroffen.

Pandora schüttelte den Kopf und ihr lilafarbener Pony flog hin und her, wobei die goldenen Schmuckstücke in ihrem Haar klimperten. »Sagt ihm, er soll damit aufhören, was er da tut, und alles aus dem System löschen. Ich werde mein eigenes Gerät benutzen, um eine Verbindung mit Orion herzustellen. Das hier ist viel zu riskant.«

Zwischen Navan und Pandora breitete sich eisiges Schweigen aus und die beiden starrten sich wortlos an.

»Ich schlage vor, dass ihr es sofort tut, bevor die Wirkung des Serums verfliegt. Ich weiß, dass ihr keine Reserven mehr habt«, sagte Pandora mit einem leichten Grinsen.

Navan regte sich einen weiteren Augenblick lang nicht, bevor er schließlich nachgab. Er wandte sich zu dem Geheimdienstler und wies ihn an, alle Aufzeichnungen seiner Suche aus dem System zu löschen. Der Mann nickte und machte sich an die Arbeit. Seine Finger huschten über den Bildschirm. Seine Augen waren immer noch ausdruckslos und seine Schultern schlaff.

Ich beäugte Pandora neugierig und mir wurde immer unwohler. Ich dachte an all die Male, in denen ich mir sicher gewesen war, beobachtet zu werden ... Nun wusste ich, warum. Pandora hatte uns tatsächlich die ganze Zeit über im Auge behalten. Es ergab jetzt auch einen Sinn, warum sie so nachsichtig gewesen war, wenn wir uns verdächtig verhalten hatten. Als sie uns dabei ertappt hatte, wie wir uns durch den verlassenen Flügel des Palasts davonschleichen wollten, hatte sie uns den Schlüssel gegeben, weil sie wollte, dass wir den Palast verließen. Vielleicht hatte sie nicht gewusst, wohin wir unterwegs waren, aber sie hatte sicher vermutet, dass es Teil unserer Mission für Orion war. Deshalb hatte Königin Brisha auch nie etwas davon erfahren. Es war alles nur eine Scharade gewesen. Wenigstens hatte Pandora das Gespräch nicht mitangehört, das Navan und ich kurz vor ihrem Auftauchen geführt hatten, dachte ich erleichtert.

»Wenn du auf seiner Seite stehst, wieso bringt Orion uns dazu, diese Arbeiten für ihn zu erledigen? Warum fordert er uns auf, Informationen über das Elixier zu beschaffen, wenn er doch dich hat?«, fragte ich, weil das einfach keinen Sinn ergab.

Sie seufzte, als ob ich blöd wäre. »Glaubst du wirklich, dass ich die wichtigste Beraterin der Königin geworden wäre, wenn ich umherschleichen, Unterlagen stehlen und wichtige Mitarbeiter ausfragen würde? Ich bin zwar Orions Auge innerhalb von Brishas Hofstaat, aber ich kann es mir nicht erlauben, als Verräterin erwischt zu werden. Ich bin auf eine Art und Weise wichtig für ihn, wie ihr es nicht seid«, sagte sie mit vor Stolz schwellender Brust. »Ich bin hier, um die Bewegungen der Königin zu melden, ihre Schwächen, Truppen und Erkundungen – alles, was den Rebellen im heraufziehenden Krieg helfen kann. Eure Aufgabe ist es, die Dinge zu erledigen, die ich nicht tun kann, ohne mich in Schwierigkeiten zu bringen«, fügte sie mit einer abschätzigen Handbewegung hinzu.

»Die Königin hätte dir doch sicher die Informationen

über das Elixier anvertraut, wenn du ihr so nahestehst«, sagte ich misstrauisch.

Aber Pandora sah mich nur arrogant an. »Sie behält diese Informationen für sich, ganz egal, wie ich es angehe«, sagte sie bitter. »Ich habe auch versucht, die Alchemisten zu fragen, aber sie sind sehr diskret, selbst mir gegenüber. Diese Idioten haben Angst, ihren Job zu verlieren, wenn sie jemandem auch nur ein Sterbenswörtchen verraten. Nun erzählt mir, was euch Yorrek über das Elixier gesagt hat.«

»Wir haben genug Informationen, um Orion zufriedenzustellen, und das ist alles, was du wissen musst«, sagte Navan.

»Es ist nicht nötig, so geheimnisvoll zu tun, Navan. Wir stehen doch alle auf derselben Seite, schon vergessen?«, rügte Pandora ihn stirnrunzelnd. »Ich schätze, dass Yorrek nichts von einem Buch erwähnt hat, als ihr ihn befragt habt?«

Ich versuchte, eine undurchschaubare Miene zu machen. »Er sagte, dass die Königin eine Sammlung hat, aber er hat kein bestimmtes Buch erwähnt. Hätte er das tun sollen?«

Sie zuckte mit den Schultern. »Es gibt seit Langem das Gerücht, dass sie eines von Yorreks Notizbüchern, das angeblich alle gescheiterten Versuche und Beinaheerfolge des Elixiers beschreibt, irgendwo aufbewahrt«, erklärte sie und kniff verärgert die Augen zusammen. »Ich weiß nicht, ob das stimmt, weil ich selbst kein Wort aus Yorrek herausbekommen habe, aber ich dachte mir, dass er bei euch vielleicht gesprächiger gewesen sein könnte. Wenn ihr etwas darüber hört, dann wäre Orion sicher hoch erfreut.«

In ihrer Stimme lag eine unüberhörbare Warnung, aber ich wollte ihren Verdacht nicht bestätigen – nicht, wenn wir dieses Notizbuch zuerst in die Finger bekommen konnten. Vielleicht war es genau das, was wir brauchten, um ein Gegenelixier zu entwickeln.

»Sicher wäre er das, aber Yorrek hat nichts davon erwähnt«, sagte ich überzeugt. »Lauren verbringt ihre ganze Zeit in der Bibliothek und ist dabei noch nicht auf ein *geheimes* Notizbuch gestoßen«, sagte ich mit einem sarkastischen Unterton.

Pandora sah uns nachdenklich an. »Hm. Nun gut.«

Der Nachrichtendienstler wandte sich von seinem Bildschirm zu Navan. »Die Aufgabe ist erledigt«, sagte er monoton. Ohne zu zögern griff Navan in seine Tasche und legte dem Mann den Kopf in den Nacken, um ihm das Elysium zu verabreichen. Wenige Minuten später verlor er das Bewusstsein.

»Wenn ihr jetzt hier fertig seid, folgt mir«, sagte Pandora. Wir standen auf und ließen den Mann auf seinem Stuhl den Rest seiner Schicht verschlafen.

Dann folgten wir Pandora dieselbe Treppe hinauf, über die wir nach unten gelangt waren, und gingen an den Wachen vorbei, die immer noch an die Tür gelehnt schliefen. Einer von ihnen war zur Seite gerutscht und Pandora richtete ihn wieder auf. Im dunklen Treppenhaus hob ich mein schönes Abendkleid und meine Absatzschuhe hoch, strich mit den Händen über das feine Material und dachte daran, dass ich wahrscheinlich nie wieder die Gelegenheit dazu bekommen würde, dieses Kleid anzuziehen.

Nach zehn Minuten hatten wir die Öffnung in der Wand erreicht, vor der der rote Vorhang hing. Im Vergleich zu meinen beiden Kaltblutbegleitern fühlte ich mich völlig außer Form und blieb schnaufend stehen, um Luft zu holen, bevor ich ihnen in den staubigen Gang des verlassenen Palastflügels folgte.

»Ihr habt es geschafft, eine makellose Wand zu ruinieren«, sagte Pandora und sah Navan anklagend an. »Das meine ich damit, dass ihr zu viel Aufmerksamkeit auf euch zieht.«

»Niemand kommt hier entlang«, sagte Navan frostig und seine Mundwinkel zuckten.

»Aber wenn es doch jemand tut und das hier sieht, dann wird er sofort Verdacht schöpfen. Ich werde mich gleich morgen darum kümmern. Noch eine Aufgabe auf meiner endlosen Liste«, fügte sie mit finsterem Blick hinzu, machte auf dem Absatz kehrt, und eilte durch die gespenstische Galerie.

Sie blieb nicht eher stehen, bis wir wieder an der kühlen Nachtluft waren, umgeben von knorrigen alten Baumstämmen und verwildertem Gras im längst vergessenen Garten. Sie hatte uns an dem Abend, als wir zum Kunstmarkt gegangen waren, an dieselbe Stelle gebracht. Ich dachte immer noch wehmütig an den eigenartigen Marktplatz mit seinen funkelnden Lichterketten und der heiteren Musik zurück. Unbewusst hob ich meine Hand ans Herz und tastete nach dem Stein, der dort leuchtete.

»Deshalb bist du also im verlassenen Palastflügel umhergeschlichen?«, sinnierte Navan.

»Nicht ganz«, sagte Pandora, hob ab und flog in die Schatten der umliegenden Berge. Dort landete sie auf einem verborgenen Felsvorsprung. Navan hob mich hoch, flog ihr nach und landete neben ihr. Pandora zog ein Kommunikationsgerät hervor und drückte auf einen Knopf an seiner Seite, bis das Gerät rot leuchtete.

»Ich könnte dasselbe über euch sagen. Ihr seid zusammen in dunklen Palastecken umhergeschlichen, obwohl ihr wahrscheinlich einfach nur knutschen oder etwas ähnlich Ekelerregendes tun wolltet«, fauchte sie und konzentrierte sich wieder auf das Gerät.

»Nein, wir haben die Hypnosefrucht für Yorrek besorgt«, platzte ich hervor, genervt von ihrer herablassenden Art.

»Immer mit der Ruhe!«, spottete Pandora. »Du brauchst nicht beleidigt zu sein. Ich verstehe das Bedürfnis nach körperlicher Nähe. Glaub mir, ich verstehe es sehr gut«, raunte sie und legte die Stirn in Falten. Frust lag in ihrer Stimme und mein Magen verkrampfte sich. Sie hatte bereits angedeutet, dass Orion und sie ... sich nahestanden ... *Ist er vielleicht ihr Liebhaber?* Die Vorstellung, dass die beiden in irgendeiner Weise intim miteinander waren, bereitete mir Übelkeit.

Eine tiefe Stimme war auf der anderen Seite der Leitung zu hören. »Pandora? Ich habe nicht damit gerechnet, heute von dir zu hören.«

Es machte mich nervös, diese Stimme wieder zu hören. Nach allem, was Orion getan hatte, hätte ich am liebsten durch die Leitung gegriffen und ihn erwürgt.

»Ich habe ein paar besondere Gäste bei mir, mein Schatz«, säuselte Pandora. »Riley und Navan. Sie haben dir etwas zu sagen.«

Ein kühles Lachen hallte durch das Gerät. »So, ich höre also endlich von euch? Und ich dachte schon, dass ich anfangen muss, der netten Jean und dem guten alten Roger die Finger abzuschneiden.«

Mir gefror das Blut in den Adern. Woher kannte er ihre Namen? Wenn er wusste, wer sie waren, dann bluffte er definitiv nicht. Wut stieg in mir auf. Wie konnte er es wagen, auch nur über sie zu sprechen? Wie konnte er es wagen, mich zu bedrohen? Aber bevor ich etwas erwidern konnte, spürte ich, wie Navan seine Hand um meine Taille legte und mich beruhigte, bevor ich etwas sagen konnte, was ich später vielleicht bereute.

»Ehe wir dir überhaupt etwas erzählen, müssen wir wissen, dass Rileys Eltern in Sicherheit sind und dass du deinen Teil der Abmachung erfüllen wirst, wenn wir dir die

Informationen geben«, sagte Navan und hielt mich immer noch umschlungen.

Einen Augenblick lang hörten wir nichts außer Funkknistern.

»Deine Eltern sind in Sicherheit, Riley. Vorerst«, sagte Orion schließlich. »Ich bin ein Mann, der sein Wort hält, und ich werde ihnen kein Haar krümmen, solange ihr mir weiter Informationen liefert.«

Bei seinen Worten verließ mich der Mut. Ich hatte geahnt, dass Orion das tun würde. Er hatte ein Mittel, um uns immer mehr abzuverlangen. Er würde uns nicht eher in Ruhe lassen, bis er nicht auch das letzte Bisschen an Informationen hatte, das er wollte. Oder vielleicht würde es ihm einfach nie reichen und wir wären gezwungen, für ihn zu arbeiten, bis wir starben – oder bis er starb.

»In einem Monat erwarte ich weitere Informationen«, sagte Orion. »Aber jetzt könnt ihr mir erst einmal erzählen, was ihr bislang herausgefunden habt«, drängte er und es folgte ein Piepen. Er nahm das Gespräch auf.

Navan seufzte und gab die Informationen weiter, die Yorrek uns gegeben hatte. Er beschrieb, wie das Elixier hergestellt wurde, und nannte die meisten der erforderlichen Zutaten. Dabei fiel mir auf, dass er ein oder zwei Zutaten ausließ, aber ich wusste nicht, ob er es absichtlich tat oder nicht. Er erwähnte ebenfalls nichts vom Notizbuch und dem Gerät, das Brisha hatte entwickeln lassen und das die Alchemie und die Synthese beschleunigte. Ich war froh darüber, weil ich wusste, dass diese Angaben für die Rebellen nützlich gewesen wären. Andererseits hatten wir keine Garantie dafür, dass Pandora nicht bereits von dieser neuen Maschine wusste. Wenn sie Orion bereits davon erzählt hatte und er das Elixier mischte, dann steckte das ganze Universum in Schwierigkeiten.

»Interessant«, murmelte Orion. »Ihr werdet die nächsten Informationen an Pandora weitergeben. Sie wird dafür sorgen, dass ich sie erhalte. Geht kein Risiko ein und verratet mich nicht. Ihr kennt die Konsequenzen, falls ihr es doch tun solltet«, warnte er uns. »Bis morgen, meine Kriegerkönigin«, fügte er leise, nur für Pandora bestimmt, hinzu und ich zuckte zusammen.

»Bis morgen, meine Supernova«, hauchte Pandora und ihre Augen glitzerten, wie ich es noch nie gesehen hatte. Dann wurde die Verbindung unterbrochen.

»Süße Spitznamen«, brummte ich.

Sie wirbelte herum und warf mir einen vernichtenden Blick zu. »Du kommst dir vielleicht mutig vor, aber du hast keine Ahnung von dem Band, das wahre Liebende miteinander vereint. Das hier ist eine Falschheit«, sagte sie und deutete auf Navan und mich. »Es ist eine Fantasieliebe, die niemals bestehen kann. Eure Welten liegen in entgegengesetzten Winkeln des Universums; ihr seid nicht dazu bestimmt, zusammen zu sein. Ich bezweifle, dass ihr überhaupt wisst, was Liebe ist«, fauchte sie und ihre Worte stachen wie Nadeln in mein Herz.

Navan legte seinen Arm enger um meine Taille, so als ob er sagen wollte: *Hör nicht auf sie, sie irrt sich,* und ich entspannte mich langsam.

Pandoras Blick wurde wieder eisig. »Vergesst nicht, dass ich euch beobachte. Wenn ihr irgendetwas Dummes tut – falls es euch eines Morgens in den Sinn kommt, die Helden zu spielen und der Königin von meiner wahren Loyalität zu erzählen – dann werde ich Orion darüber informieren und er wird dafür sorgen, dass deine Liebsten den qualvollsten Tod erleiden, den man sich vorstellen kann.« Sie grinste und jeglicher Respekt, den ich einmal für sie empfunden hatte, verpuffte. »So, und nun ab ins Bett. Die Königin hat ein paar aufregende Neuigkeiten für euch und ihr solltet ausgeruht sein, wenn ihr sie hört. Glaubt mir, ihr werdet vor Begeisterung tot umfallen.«

Sie lachte leise vor sich hin, hob ab und verschwand aus dem verfallenen Garten, während wir mit einer finsteren Vorahnung zurückblieben.

KAPITEL SIEBZEHN

Niedergeschlagen kehrten wir zu unserer Wohnung zurück, vor der Angie, Lauren und Bashrik im Gang saßen. Sie sahen auf, als sich unsere Fahrstuhltür öffnete, und sprangen sofort auf. Sie trugen immer noch ihre Partykleidung und sahen überrascht aus, uns in schwarzen Militäruniformen, mit unserer Abendkleidung über dem Arm, zu sehen.

»Wo wart ihr?«, rief Lauen besorgt.

Ich sah schuldbewusst zu Navan. »Da alle durch die Party abgelenkt waren, haben wir die Gelegenheit genutzt, um in den Kontrollraum zu gehen. Von dort wollten wir die Infos an Orion schicken«, erklärte ich. Ich hatte ein schlechtes Gewissen dabei, sie anlügen zu müssen.

»Lasst uns nach drinnen gehen, dann erzählen wir euch den Rest«, sagte Navan und schloss unsere Zimmertür auf.

Als meine Freunde zum Sitzbereich gingen, fiel mir auf, dass Bashrik sich so weit wie möglich von Angie entfernt setzte und die beiden es um jeden Preis mieden, einander anzusehen. Ich musste grinsen, weil ich wusste, dass immer noch Spannung zwischen ihnen knisterte. Wenn sie es doch nur zugeben würden.

»Das war ein ziemliches Desaster«, sagte Angie, rückte sich ihr Kleid zurecht und sah unbehaglich in dem eng geschnürten Oberteil aus.

Ich lächelte schwach. »Beinahe, aber nicht ganz. Wir haben Yorrek das Elysium verabreicht und niemand hat etwas mitbekommen, richtig?«, fragte ich und sah Angies besorgten Blick. Navan und ich hatten nicht mehr sicherstellen können, ob das Serum bei Yorrek auch tatsächlich gewirkt hatte, weil wir uns mit Orion beschäftigt hatten. Aber die drei waren ja auch ohne Navan und mich in der Lage, mit einem widerspenstigen Alchemisten fertigzuwerden.

»Er lag zwar bewusstlos in der Hecke, als ich ihn zurückgelassen habe, aber das bedeutet nicht unbedingt, dass das Serum gewirkt hat. Habt ihr ihn noch einmal gesehen, nachdem wir gegangen sind?«, fragte Navan.

Bashrik nickte und räusperte sich. »Er ist ein paar Minuten nach eurem Abgang aufgetaucht, aber er war ziemlich orientierungslos. Ich denke, dass das Elysium gewirkt hat, aber es ist schwer zu sagen. Auf jeden Fall ist er nicht Petzen gegangen«, sagte er schulterzuckend.

Lauren hob eine Hand, um sich zu Wort zu melden. »Nach dem Durcheinander mit den Wachen und der Königin und eurem Verschwinden ist Yorrek durch die Hecken zu Brishas Tisch gegangen. Ich bin in der Nähe geblieben, für den Fall, dass er doch etwas ausspuckt, aber ich habe nur gehört, wie die Königin ihn gefragt hat, ob es ihm gutgehe, weil er etwas verwirrt wirkte. Er hat dann etwas davon gebrabbelt, dass er nach Hause gehen müsste«, sagte sie mit ernster Miene, »und kurz darauf ist er gegangen.«

»Das ist gut, oder? Seine Erinnerungen wurden gelöscht und er ist nach Hause gegangen. Niemand ist zu Schaden gekommen«, sagte ich erleichtert.

Doch Lauren schüttelte den Kopf. »Das einzige Problem ist meiner Meinung nach, dass er eher perplex als verwirrt aussah, so als ob er darüber grübelte, was mit ihm passiert ist. So, als ob er das fehlende Puzzleteil suchte, sich aber nicht daran erinnern konnte, wo er es zurückgelassen hatte. Es würde mich nicht überraschen, wenn er spürt, dass etwas Ungewöhnliches passiert ist, schließlich ist er ein Alchemist. Wir können nur hoffen, dass er nicht herausfindet, was genau mit ihm geschehen ist.« Sie seufzte nervös.

»Kann Elysium im Blut nachgewiesen werden?«, fragte ich und blickte zu Bashrik und Navan.

Die beiden sahen einander unsicher an. »Das kommt darauf an, wie schnell die Blutprobe entnommen wird. Wenn die Person nicht sehr schnell ist, verschwindet das

Mittel in etwa einer Viertelstunde aus dem Blut«, sagte Navan und ich hoffte, dass Yorrek es nicht fertiggebracht hatte, sich in dieser Zeit eine Blutprobe zu entnehmen. Er war zwar ein komischer Kauz, aber ich bezweifelte, dass er ein Blutentnahmekit bei sich trug. Wenn er es jedoch geschafft hätte und Elysium in seinem Blut fand, dann steckten wir in ernsten Schwierigkeiten.

»Aber du gehst davon aus, dass das Elysium funktioniert hat?«, wiederholte ich und sah in die Runde. Ich brauchte einfach eine Bestätigung, sonst würde ich vor Sorge, dass wir entdeckt werden könnten, kein Auge mehr zumachen.

»Ja, das würde ich sagen«, nickte Lauren. »Er stand zu sehr neben sich, als dass es nicht funktioniert hätte. Außerdem hätte er es der Königin auf der Stelle gesagt, wenn er einen Verdacht gehabt hätte.«

»Also war es beinahe ein ziemliches Desaster, aber wir sind nochmal davongekommen«, sagte Angie. »Ich finde, darauf sollten wir anstoßen.« Sie stand auf und ging in die Küche.

Kurz darauf hörten wir es klappern und sie kehrte mit einer Flasche mit demselben sprudelnden Zeug, das wir vor der Party getrunken hatten, zurück. In der anderen Hand hielt sie zwei Röhrchen für die Kaltblüter und drei Sektgläser für uns. Sie stellte die Gläser auf dem Tisch ab und füllte sie. Die Flüssigkeit schäumte und drohte, überzulaufen. Sobald unsere Gläser gefüllt waren, reichte sie sie Lauren und mir und nahm ihr eigenes Glas hoch.

Dann verkündete sie mit einem gezwungenen Lächeln: »Auf eine halb erfolgreiche Mission.«

»Und auf einen weiteren Monat geliehener Zeit«, fügte ich hinzu, als wir alle mit Angie anstießen. Ich sah die anderen an, aber niemand schien in Feierlaune zu sein.

Die drei, die nicht mit uns im Kontrollraum gewesen waren, sahen mich neugierig an. Mit einem Seufzen erklärte ich ihnen, was dort unten passiert war und wohin Pandora uns gebracht hatte. Ich erzählte ihnen, dass Orion uns dankbar für die Informationen war und meine Eltern erst einmal in Ruhe lassen würde, aber ich musste ihnen auch erzählen, dass er nun noch mehr Informationen als Gegenleistung von uns erwartete. Aber niemand war wirklich davon überrascht.

Was die drei aber doch erstaunte, war Pandoras Geheimnis und ihre wahre Loyalität. Sobald ich ihnen von ihr erzählt hatte, schnappten die anderen ungläubig nach Luft, und als ich ihnen erzählte, wer ihr Geliebter war, schnappten sie gleich noch einmal nach Sauerstoff.

Selbst mir fiel es immer noch schwer, es zu glauben.

»Orion und Pandora?«, hauchte Lauren, das Gesicht starr vor Schreck.

»Sie sind … ein Paar?«, fragte Angie und schüttelte sich.

Ich lachte. »Ich weiß. Es ist schwer, sich Pandora mit jemandem vorzustellen. Sie ist nicht gerade der kuschelige Typ.«

»Na und? Jeder hat ein Recht darauf, zu lieben und

geliebt zu werden«, warf Bashrik unerwartet ein und wurde sofort rot. »Es ist auch nicht komischer als du und Navan. Genau genommen ist ihre Beziehung sogar weniger eigenartig als eure.«

Navan grinste. »Das trifft wahrscheinlich auch auf dich und Angie zu, hm?«

»Ja, genau, was ist eigentlich mit euch beiden?«, fragte ich und dachte an den dramatischen Kuss im Garten zurück, bei dem Bashrik Angie in die Luft gehoben hatte. Ihre Befangenheit war immer noch spürbar. »Angie vor den Augen der Königin zu küssen war ja nicht wirklich Teil des Plans, oder? Ich hoffe, du hattest einen guten Grund, das zu tun, weil Brisha stocksauer ist.« Wenn Bashrik Angie geküsst hatte, weil er tatsächlich etwas für sie empfand, dann wäre das in Ordnung, aber wenn es nicht so war, dann wollte ich wissen, was zum Teufel er sich dabei gedacht hatte, die Königin so furchtbar zu beleidigen.

Bashrik senkte den Blick und fuhr sich nervös durch die kurzen Haare. »Es war vielleicht nicht Teil unseres ursprünglichen Plans, aber in dem Augenblick machte es Sinn. So haben wir zwei Fliegen mit einer Klappe geschlagen. Ich bin Brisha los und wir haben eine perfekte Ablenkung geschaffen. Das ist alles«, sagte er schroff und die Sehnen an seinem Hals zuckten.

Da ich wusste, was Angie in Wirklichkeit für Bashrik empfand, warf ich einen schnellen Blick zu ihr. Ihre Enttäuschung entging mir nicht, obwohl sie eine Sekunde später wieder verschwunden war und sie ein tapferes Gesicht machte.

»Es ist so, wie Bashrik es sagt. Es war in dieser Situation die beste Entscheidung«, sagte sie ein wenig zu laut. »Ich habe einfach mitgemacht, damit es echt aussieht. Obwohl eine kleine Vorwarnung nett gewesen wäre«, bemerkte sie spitz.

»Es ist ja nicht so, als ob ich das sorgfältig geplant hätte. Ich wusste bis eine Minute vorher auch nicht, dass es passieren würde«, erwiderte Bashrik und wich ihrem Blick aus.

»Tja, nun, ich hatte kein Mundwasser in der Nähe. Dank dir habe ich mir jetzt vielleicht irgendeine seltene Sorte von vysanthinischen Bazillen eingefangen«, seufzte sie melodramatisch. »Du musst ein Mädchen vorwarnen, wenn du sie küssen willst, vor allem wenn du ein Außerirdischer bist, der sich nur von Blut ernährt. Und es war ganz bestimmt nicht nötig, mir deine Zunge in den Hals zu stecken. Eine Sache ist es, eine überzeugende Show zu liefern, aber das ging definitiv einen Schritt zu weit. Ich habe immer noch diesen komischen metallischen Geschmack im Mund«, brummte sie. Mit jedem Wort wurde Bashrik röter.

»Hör zu, können wir das einfach vergessen? Der Trick hat funktioniert und das ist alles, worauf es ankommt«, sagte er leise und mit zugeschnürter Kehle. Ich hätte am liebsten die Köpfe der beiden zusammengeschlagen. Es war offensichtlich, dass sie sich mochten, aber trotzdem verbargen sie es, weil sie sich schämten. Angie überspielte ihr Unbehagen wie üblich mit frechem Humor und Bashrik zog sich in sein Schneckenhaus zurück. Die beiden waren einfach zu nichts zu gebrauchen.

»Ja, jetzt müssen wir uns nur noch darüber Sorgen machen, wie sich Königin Brisha für diese Demütigung rächen wird«, sagte ich seufzend und dachte wieder an unsere komplizierte Lage. Sie war die Königin und es gefiel ihr sicher nicht, zum Narren gehalten zu werden, vor allem nicht von dem Mann, in den sie verliebt war. Ich konnte mir vorstellen, wie weh es ihr getan haben musste, mitanzusehen, wie Bashrik vor ihren Augen eine andere Frau küsste. Ich hätte das auch nicht gut verkraftet, aber ich war jemand ohne Macht. Es war unvorhersehbar, wie eine Frau wie Brisha Vergeltung suchen würde.

Bashrik sah mit leerem Blick auf und es war klar, dass er keinen Schaden hatte anrichten wollen. Er hatte sich von der Situation mitreißen lassen und das getan, was er für das Beste hielt ... und noch etwas mehr. Aber er war kein schlechter Kerl. Er hatte nicht beabsichtigt, die Königin zu kränken.

»Mir blieb keine andere Wahl. Sie musste aufhören, von mir besessen zu sein, und wir brauchten außerdem eine Ablenkung. Wenn meine Taten Konsequenzen haben, dann werde ich mit ihnen fertigwerden«, sagte er stur. »Ich nehme jede Bestrafung auf mich, die sie sich ausdenken kann.«

Ein angespanntes Schweigen breitete sich aus und wir

dachten wieder an Brisha und ihre mögliche Rache. Abgesehen davon, dass Bashrik sie verraten hatte, war sie zweifellos auch auf mich wütend. Immerhin hatte ich ihr gesagt, dass Bashrik an niemandem interessiert war. Ich hatte ihr falsche Hoffnungen gemacht. Sie hatte mir vertraut und ich hatte sie im Stich gelassen. Wahrscheinlich würde ich ihre Gunst nicht so einfach wiedergewinnen können.

KAPITEL ACHTZEHN

Nach unserer Begegnung in dem verlassenen Palastflügel waren zwei Wochen vergangen, in denen wir nicht viel mit Pandora zu tun gehabt hatten. Trotz Orions Drohung und dem Wissen, dass seine Geliebte uns ständig beobachtete, verlief unser Leben unerwartet normal. Navan und ich trainierten, Lauren arbeitete sich weiter durch die königliche Bibliothek und Angie und Bashrik tänzelten wieder umeinander herum und taten so, als ob sie sich nie geküsst hätten.

Schon bald fragte ich mich, ob Pandora einfach nur mit uns gespielt hatte. Hatte sie uns bedroht, damit wir uns nicht in Sicherheit fühlten, sondern ständig nervös waren und mit dem Schlimmsten rechneten? Aber obwohl nichts passierte, konnte ich mich tatsächlich nicht entspannen und rechnete damit, jederzeit schlechte Neuigkeiten zu erhalten.

Das Einzige, was sich in Nordvysanthe geändert hatte, war die Geschwindigkeit, mit der das neue Alchemielabor gebaut wurde. Die Königin hatte mir mein Vergehen halbwegs verziehen und glaubte mir, dass ich nichts von Bashriks Zuneigung zu Angie gewusst hatte, aber ihm gegenüber war sie nicht so nachsichtig. Bashrik war bei der Königin in Ungnade gefallen und sie forderte von ihm, das Labor schneller fertigzustellen, als sie es ursprünglich vereinbart hatten. Ihre Drohung beinhaltete das Übliche, dass sie ihn entweder an die Polareiskappen verbannen, als Verräter zu ihrer Schwester zurückschicken, oder einem hungrigen Rudel von Frostzähnen zum Fraß vorwerfen würde, aber ich glaubte nicht, dass sie wirklich etwas davon wahrmachen könnte. Sie war einfach nur in ihrem Stolz gekränkt worden und ihr Herz war gebrochen.

Ich wusste auch, dass Bashrik wirklich ein schlechtes Gewissen hatte und nun versuchte, es damit wiedergutzumachen, dass er das Labor so schnell wie möglich fertigstellte. Das Gebäude wuchs jeden Tag und sollte schon in wenigen Tag soweit fertig sein, dass die Alchemisten ihre Arbeit wieder aufnehmen konnten.

»Wenigstens wirst du nicht in den Süden zurückgeschickt«, zog Navan Bashrik auf, als wir auf der Baustelle standen und zusahen, wie die letzten Arbeiten erledigt wurden. Der Bau war wohl der beeindruckendste, den ich je gesehen hatte. Die Wände schimmerten, als ob sie aus Flüssigkeit bestünden, und die scharfen Umrisse des Dachs glänzten in der vysanthinischen Sonne. Es sah aus, als hätte jemand den Ozean auf die Seite gestellt, und die erstarrten Wellen stießen an das Dach, während das Wasser darunter ruhig dalag.

Bashrik zog eine Grimasse. »Ich bin immer noch nicht überzeugt, dass sie mich nicht aus Trotz bestrafen wird. Ich werde den Bau beenden und dann ändert sie hoffentlich ihre Meinung«, brummte er und hielt sich eine Hand vor die Stirn, als er sah, wie ein Glaser ein fehlendes Fenster in die Seitenwand einsetzte.

Ich wartete darauf, dass Angie eine spitze Bemerkung auf seine Kosten machte, aber sie schwieg. So verhielten sie sich schon seit der Gartenparty; sie zickten einander nicht mehr an, zogen sich nicht mehr gegenseitig auf, sondern standen einfach nur schüchtern nebeneinander und mieden jeglichen Blickkontakt.

»Jemand ist verliebt«, flüsterte ich Lauren zu, die neben mir stand.

Lauren verdrehte die Augen. »Sie läuft völlig benommen durch die Wohnung. Ich wünschte, sie würden sich einfach wieder küssen. Diese Anspannung macht mich ganz unbehaglich.«

Ich unterdrückte ein Kichern, als Angie mich scharf ansah und rot wurde.

»Worüber tuschelt ihr?«, fragte sie und kniff die Augen zusammen.

Ich bemühte mich, ernst auszusehen. »Ich habe Lauren

nur gesagt, dass wir lieber gehen sollten. Sonst kommen wir noch zu spät zum Training.«

»Und ich habe noch einen ganzen Stapel Bücher durchzusehen, bevor der Tag vorbei ist«, sagte Lauren, machte sich aber keine Mühe, ihr Lächeln zu verbergen.

»Du und Bashrik tut, was immer ihr für diesen herrlichen, sonnigen Morgen geplant habt, und wir sehen euch dann später beim Essen«, sagte ich und genoss den verschämten Blick, den meine Worte bei beiden auslösten. Bashrik sah überall hin außer zu Angie, während diese knallrot wurde.

Navan grinste und klopfte seinem Bruder auf die Schulter. »Tu nichts, was ich nicht auch tun würde«, sagte er und küsste mich dann, so als ob er seine Aussage noch einmal bildlich unterstreichen wollte.

Ich hakte mich bei Navan ein und wir gingen in Richtung des Trainingszentrums davon. Lauren begleitete uns bis zum Palast, verabschiedete sich heiter von uns und ging nach drinnen.

Es war seit Langem der erste Morgen, an dem ich mich gut fühlte. In den vergangenen Wochen war meine Ausdauer besser geworden und ich erholte mich schneller vom Training. Inzwischen hatte ich kaum noch Schmerzen oder Schwellungen und wenn ich sie doch einmal hatte, dann nur, weil ich einen besonders brutalen Schlag abbekommen hatte. Aber die tägliche Anstrengung machte mir nichts mehr aus und es fühlte sich einfach großartig an, dass ich das von mir sagen konnte.

Ich hatte meine Flugfähigkeiten sowohl mit meinen Flügeln als auch in den Schiffen verbessert und konnte mich nun in den Nahkampfsimulationen verteidigen. Aber ich wünschte mir, dass meine Flügel dauerhafter wären. Ich hatte das Ende des zweiten Fläschchens fast erreicht – mir blieb noch ein Viertel übrig, nachdem ich alles strikt für das Training rationiert hatte – aber ich hoffte, dass ich um einen Nachschub bitten konnte, wenn mir das Serum ausging.

Navan hielt sich während des Trainings zurück, nachdem ich ihn darum gebeten hatte, aber er konnte sich immer noch nicht ganz heraushalten, wenn wir große Kampfszenarien durchspielten. Ich sah, wie er um Ruinen herumkroch, mich im Auge behielt und glaubte, dass ich gar nicht bemerkte, was er tat. Normalerweise endete es damit, dass er in der Simulation umgebracht wurde, aber ich wurde langsam besser darin, ihn zu verteidigen und in solchen Situationen zu beschützen. Ich war nicht länger die mickrige Kryptonierin, die nur ihre Messer hatte.

Ich war stark und in der Lage, innerhalb weniger Sekunden mehrere Gegner mit meinen fliegenden Messern auszuschalten und sie wieder zurückzuholen, ohne dabei meine eigenen Leute in Gefahr zu bringen.

Ich bewies mich in einer feindlichen Umgebung und auch die anderen Auszubildenden konnten das nicht leugnen. Vor zwei Tagen hatte Iskra mir die Hand ausgestreckt, um mir nach einem besonders langen und heftigen Boxkampf aufzuhelfen. Gestern hatte mir dann ein Typ namens Orval nach einem Flugkampf auf die Schulter geklopft und gesagt, wie großartig ich gewesen sei. Sein Schulterklopfen hatte dazu geführt, dass ich beinahe auf die Nase gefallen wäre, aber die Geste war dennoch eine willkommene Abwechslung gewesen.

Ich wusste nicht, warum sie netter zu mir waren, und dieser Umschwung machte mich beinahe misstrauisch, aber er schien mir aufrichtig zu sein. Ich hatte eher damit gerechnet, dass es mir die anderen übel nahmen, wenn ich Erfolg hatte, aber ich hatte ihnen gezeigt, dass ich fest entschlossen war, ein Teil dieses Teams zu werden. Einer der Ausbilder hatte mir sogar zugenickt, als er davon gesprochen hatte, dass eine Einheit immer nur so stark wie ihr schwächstes Glied war, und die anderen hatten zustimmend genickt.

»Du scheinst heute sehr viel zu lächeln«, sagte Navan und legte seinen Arm um meine Schultern.

Mein Grinsen wurde noch breiter. »Heute ist ein guter Tag, findest du nicht auch?«, fragte ich und schlang meinen Arm um seine Taille. Unsere Beziehung hatte auf körperlicher Ebene immer noch keine Fortschritte gemacht. Der Augenblick war einfach noch nicht gekommen, aber ich war mir sicher, dass der richtige Moment sich schon noch ergeben würde. Er schien keine Eile zu haben, auch wenn wir unsere Abende leidenschaftlich ineinander verschlungen verbrachten. Mir reichte das und ihm schien es erst einmal auch zu reichen.

»Es fühlt sich wie ein guter Tag an«, nickte Navan und sah in die Sonne hinauf.

Immer noch gutgelaunt gingen wir ins Trainingszentrum und nahmen getrennt voneinander unsere Positionen mit unseren Sparringpartnern ein. Ich übte wieder mit Iskra, während Navan gegen ein massiges Kaltblut kämpfte, an dessen Namen ich mich nie erinnern konnte. Er klang so ähnlich wie Seth, aber es war sicher kein so irdischer Name.

Das Morgentraining war anstrengend und Iskra forderte mich mit jeder Bewegung. Aber trotzdem konnte ich nicht aufhören, zu lächeln. Dank des Trainings fühlte ich mich stärker und dafür lohnte es sich jedes Mal, dass ich zu Boden geworfen wurde. Ich lernte aus meinen Fehlern und prägte mir Iskras Körpersprache ein, um nicht zweimal auf den gleichen Trick hereinzufallen. Darüber hinaus lernte ich, Kaltblüter allgemein besser einschätzen zu können. Wenn sie ermatteten, passierte etwas Eigenartiges. Ihre Adern verdunkelten sich alle paar Sekunden und leuchteten, wahrscheinlich, weil sie das Blut schneller zum Herzen pumpten, aber es war auf jeden Fall ein sicheres Anzeichen dafür, dass ihre Kräfte nachließen, und ich hatte gelernt, das auszunutzen.

Iskras Adern taten genau das, als sie sich nun auf mich stürzte. Ich dachte schnell nach, wich einer ihrer Lieblingsattacken aus und stemmte stattdessen meinen Fuß auf die

Rückseite ihrer Beine. Begeistert sah ich, wie sie zu Boden ging.

»Gut gekontert!«, sagte sie, als ich ihr aufhalf, und sah mich beeindruckt an. »Du wirst wirklich gut, Riley. Langsam muss ich mich vor dir in Acht nehmen.« Sie lachte und wischte sich den Schweiß von der Stirn.

»So langsam werde ich besser«, sagte ich schüchtern. Adrenalin rauschte noch immer durch meine Adern. Ich hatte das Gefühl, als ob ich mich für die menschliche Rasse anstrengte, obwohl mich hier alle als Kryptonierin kannten. Dies war meine Gelegenheit, zu beweisen, dass wir keine mickrigen Unterlegenen waren, sondern eine raufllustige, trotzige Spezies, die sehr wohl einen anständigen Kampf bieten konnte.

Wir wollten gerade eine weitere Runde starten, als plötzlich alle Köpfe zur Tür des Trainingsraums schossen. Die Tür wurde aufgerissen und Pandora und die Königin kamen begleitet von einer Handvoll Wachen herein. Es sah Brisha nicht ähnlich, mit großem Gefolge aufzutauchen, und ich bekam Angst. Hatten wir einen Fehler begangen? Hatte Pandora uns verraten? Ich sah, wie sie sich nach mir umsah und dann kühl lächelte.

»Versammelt euch, Soldaten. Ich habe gute Nachrichten für euch«, rief Königin Brisha und blieb in der Mitte des Raums stehen. Wir gehorchten und stellten uns im Kreis um sie herum auf.

Ich suchte nach Navan und stellte mich neben ihn,

während wir darauf warteten, was die Königin zu sagen hatte. Etwas an ihrem Auftreten machte mir Sorgen, obwohl sie gesagt hatte, dass sie uns gute Nachrichten überbrachte.

»Ich habe eine Mission für euch«, sagte die Königin und streckte stolz das Kinn vor. »Ich habe euer Geschwader ausgewählt, weil ihr die besten meiner Auszubildenden seid. Aber da ihr nicht alle auf die Mission gehen könnt, habe ich die Besten von euch ausgewählt. Diese Entscheidung ist mir nicht leichtgefallen, aber ich weiß, dass ihr mich nicht enttäuschen werdet, wenn die Zeit gekommen ist. Nach Abschluss der Mission werden diejenigen, die an ihr beteiligt waren, ihren Abschluss verfrüht feiern können und ihr Emblem erhalten«, sagte sie feierlich. Dies musste die Mission sein, auf die Pandora angespielt hatte – die düstere Vorahnung, mit der sie uns zurückgelassen hatte.

»Eine ausgewählte Gruppe wird einen Gegenangriff auf Königin Gianne unternehmen«, sagte Pandora, nachdem die Königin ihr zugenickt hatte, um das Wort zu ergreifen. »Ihr werdet euch in den Süden einschleichen und Sprengstoff in und rings um ihr berühmtes Observatorium platzieren. Dadurch werden wir fast das gesamte Überwachungssystem lahmlegen und ihr klarmachen, dass wir es ernst meinen. Sie wird verletzlich sein und wir zeigen ihr, dass wir es nicht einfach so hinnehmen, dass sie das Friedensabkommen verletzt hat. Sie darf nicht glauben, dass sie uns angreifen kann und das keine Konsequenzen hat. Es ist genug Zeit vergangen und wir sind gutmütig genug gewesen. Jetzt ist die

Zeit für Taten gekommen!«, dröhnte sie. Die anderen Soldaten jubelten, grölten und trommelten sich mit den Fäusten in einem eigenartigen Rhythmus auf die Brust. Nur Navan und ich blieben still.

»Königin Brisha, ich muss protestieren!«, rief Navan über den Lärm hinweg. Die anderen verstummten und ich sah ihn erstaunt an. »Dies ist kein Gegenangriff; es ist ein Terrorakt, Eure Hoheit. Unschuldige Zivilisten besuchen diesen Ort täglich – Arbeiter, Touristen und andere. Wenn Ihr das Observatorium angreift, werden Tausende sterben. Ich flehe Euch an, noch einmal darüber nachzudenken. Schließlich waren es nicht diese Leute, die Euch angegriffen haben, Eure Hoheit, sondern es war Eure Schwester!«

»Es ist ein Gegenangriff«, erwiderte die Königin knapp, »und so ist der Krieg nun einmal. Menschen sterben, Navan. Du bist ein Soldat, der dazu berufen ist, seine Arbeit zu machen. Ich schlage vor, dass du deinen moralischen Kompass überprüfst, was den Feind angeht. Vergiss nicht, auf wessen Seite du stehst«, sagte sie finster. Es hatte sie offensichtlich verärgert, vor ihren Truppen kritisiert zu werden. Außerdem hatte ich das Gefühl, dass sie sich nicht von einem weiteren Idrax beschämen lassen würde.

Ich war mir sicher, dass daher ihr Sinneswandel rührte. Bevor Bashrik sie verschmäht hatte, hatte sie sich darauf konzentriert, seine Zuneigung zu gewinnen. Doch nun war er kein Thema mehr, ihr Herz war gebrochen und ihr Verlangen nach Rache war wieder aufgeblüht. Ich fluchte leise, weil ich wusste, dass wir das vielleicht hätten verhindern können, wenn Bashrik mitgespielt und Brisha geküsst hätte. Andererseits – welche moralischen Prinzipien hatte ich, wenn ich bereit war, einen Mann als Köder zu benutzen und dabei die Gefühle meiner Freundin zu verletzen? Wir hatten mit dem Rücken zur Wand gestanden, aber ich hatte sicher nicht erwartet, dass daraus ein Terrorakt hervorging.

»Warum nicht das Alchemielabor Eurer Schwester oder eine Militärstation, Eure Hoheit? Das wäre doch sicher ein direkterer Vergeltungsschlag«, beharrte Navan. Ich nickte, weil ich vermutete, dass an diesen Orten weniger Zivilisten sterben würden.

»Ich brauche meine Entscheidungen nicht vor dir zu rechtfertigen, Navan Idrax«, sagte Königin Brisha. »Ich habe das Observatorium ausgewählt, weil ihr das nicht nur wehtun wird, sondern auch, weil der Ort abgelegen ist, sodass sich meine Soldaten leichter unbemerkt hinein- und wieder fortschleichen können.«

Navan verzog das Gesicht. »Weniger Wachen und mehr Zivilisten, wollt Ihr wohl sagen?«

»Ich werde dich einsperren lassen, wenn du mir noch einmal widersprichst!«, zischte Königin Brisha und ihre Augen funkelten vor Zorn. Nach allem, was mit Bashrik passiert war, hatte ich ganz vergessen, wie angsteinflößend und wütend sie sein konnte. »Du stehst auf meiner Liste, um an dieser Mission teilzunehmen, Navan, und das wirst du tun, oder ich werde dich züchtigen lassen. Du bist mein

Soldat, aber wenn du das nicht länger sein möchtest, dann habe ich keine weitere Verwendung für dich. Triff deine Entscheidung, Idrax«, schimpfte sie.

Mein Herz raste und eine angespannte Stille breitete sich zwischen den beiden aus. Alle anderen sahen sie gebannt an. Ich packte Navans Arm und hoffte, ihn etwas zu Sinnen bringen zu können. Dieser Angriff war etwas Schreckliches, aber dagegen zu protestieren, würde Brisha nicht abhalten, und ich wollte nicht, dass sie Navan umbrachte.

»Steht Riley auch auf Eurer Liste, Eure Hoheit?«, fragte er leise. Die Spannung war fast unerträglich.

Königin Brisha lächelte bitter. »Nein, das tut sie nicht. Ich würde sie nicht in Gefahr bringen«, sagte sie und ihr Blick wurde etwas weicher, als sie zu mir schaute.

»Dann werde ich tun, was Ihr von mir verlangt, Eure Hoheit«, sagte Navan leise. »Meine Loyalität gehört Euch. Ich bin ein Soldat und werde meine Pflicht erfüllen.«

»Gut«, sagte Königin Brisha. »Diejenigen, die auf meiner Liste stehen, werden bald nähere Informationen zu ihrem Einsatz erhalten. Euer Training ist für heute beendet. Geht nach Hause, macht euch frisch und wartet auf eure Benachrichtigung. Haltet euch bereit. Dies ist eine der wichtigsten Missionen, die ihr je unternehmen werdet, und ihr tut es in meinem Namen. Ich danke euch allen für eure Dienste«, sagte sie feierlich, bevor sie aus dem Raum rauschte, ihr Gefolge im Schlepptau.

Navan und ich sahen einander an und wussten nicht, was wir sagen sollten.

Nachdem wir unsere Trainingsuniformen ausgezogen, uns umgezogen und unsere Waffen verstaut hatten, gingen wir zu unserer Wohnung zurück. Keiner von uns sagte auf dem Weg dorthin etwas. Navan hielt meine Hand, aber uns fehlten die Worte. Obwohl es so schien, als ob Pandora beschäftigt war, nachdem die Königin ihren Antrieb wiedergefunden hatte, wussten wir nicht, wer uns belauschen konnte, und so sprachen wir erst, als wir wieder in der Sicherheit unserer Wohnung waren.

»Ich will nicht, dass du gehst«, sagte ich, sobald wir die Tür geschlossen hatten. »Es ist zu gefährlich. Du wirst sterben und das könnte ich nicht verkraften.« Mir stiegen Tränen in die Augen und ich umklammerte Navans Hände, ängstlich, sie loszulassen.

Er strich mir eine Haarsträhne hinters Ohr. »Ich komme schon klar, Riley. Ich verspreche dir, dass ich zurückkomme und dass alles gut wird.«

Doch ich schüttelte den Kopf. »Ich werde hier sitzen und ganz krank vor Angst sein, bis du wieder durch diese Tür kommst«, murmelte ich und schlang meine Arme um Navans Hals. Er zog mich an sich und sah mich mit seinen schiefergrauen Augen an.

»Ich mache mir Sorgen um die armen Zivilisten«, sagte er mit traurigem Blick. »Es muss doch einen Weg geben, wie wir die Opferzahlen reduzieren können.«

»Darüber können wir morgen nachdenken«, sagte ich. »Jetzt möchte ich mir so viel wie möglich von dir in meine Erinnerung einprägen, damit ich etwas habe, an das ich denken kann, während du fort bist«, sagte ich, nahm sein Gesicht in meine Hände und streckte mich, um ihn zu küssen. Es war ein verzweifelter, drängender Kuss. Ein Abschiedskuss.

Seine Hände glitten über meinen Rücken, während seine Zunge meinen Mund erforschte. Mit seinen Fingerspitzen fuhr er über meine Haut und ich erschauderte, als er mir mein T-Shirt auszog und es auf den Boden warf. Seine Küsse bedeckten meinen Hals, mein Schlüsselbein und wanderten weiter nach unten. Ich umklammerte Navan fester, presste ihn an mich und wollte so viel wie möglich von ihm spüren, für den Fall, dass ich ihn nie mehr wiedersehen würde.

Er hob mich hoch und ich schlang meine Beine um seine Hüfte, während er mich zum Sofa trug und mich dort auf den weichen Kissen ablegte. Neben uns knisterte der Kamin. Ich zog an Navans Shirt und riss es ihm praktisch vom Leib. Es fiel zu Boden und nun rieb sich seine Haut an meiner.

Wir wollten uns beide gerade gegenseitig die Hosenknöpfe öffnen, als ein Klopfen an der Tür durch das Zimmer hallte und uns erstarren ließ. Wir wussten nicht, wer es war, aber wir wollten sicher nicht noch einmal in einer so peinlichen Situation gesehen werden, und so suchten wir unsere Sachen zusammen und zogen sie uns hastig über.

Halbwegs angezogen ging Navan zur Tür und öffnete sie vorsichtig, während ich hinter ihm auftauchte, um zu sehen, wer die womöglich beste Nacht meines Lebens unterbrochen hatte. Zu meinem Entsetzen stand Königin Brisha mit finsterer Miene im Gang.

»Ich habe noch eine Neuigkeit für euch«, sagte sie und beäugte uns neugierig. Wir waren immer noch etwas außer Atem und Navans Haar war verwuschelt.

»Was können wir für Euch tun, Eure Hoheit?«, fragte ich, bemüht, nicht zu keuchen.

»Es geht um die Mission«, sagte sie. »Ich habe meine Meinung geändert.«

»Ihr habt Eure Meinung geändert, Eure Hoheit?« Mir wurde vor Erleichterung ganz schwindelig bei der Vorstellung, dass Navan nicht gehen müsste – dass er nicht kämpfen müsste.

»Ich habe beschlossen, dass du auch auf die Mission gehen wirst«, sagte Königin Brisha und zerstörte damit meine Illusion.

Navan öffnete den Mund, um ihr zu widersprechen, aber die Königin kam ihm zuvor. »Wenn du auch nur ein Wort gegen meine Entscheidung sagst, dann werde ich euch beide in den entferntesten Winkel dieses Planeten verbannen.«

»Ich stelle Eure Autorität nicht infrage, Eure Hoheit. Aber ... warum? Warum tut Ihr das?«, fragte Navan völlig überrascht.

Die Königin sah eifersüchtig zwischen uns beiden hin und her. »Das ist deine Schuld, Navan. Ich möchte, dass du das weißt. Sie wäre in Sicherheit gewesen, wenn du nicht den Mund zum falschen Zeitpunkt aufgemacht hättest«, fauchte sie und sah ihn verächtlich an. »Ich erwarte, dass ihr beide da seid, wenn der Rest der Truppe aufbricht. Wenn ihr nicht da seid, werde ich euch jagen und euch beide vernichten.«

Es trieb mir beinahe die Tränen in die Augen, Königin Brisha so zu sehen. Wo unsere Liebe sie einst inspiriert hatte, hatte sie sie nun verbittert gemacht. Als sie sich umdrehte und zum Fahrstuhl ging, spürte ich, wie sich mir der Magen vor Reue umdrehte. Ich wünschte mir so sehr, ihr gesagt zu haben, dass Bashrik ihre Gefühle nicht erwiderte. Dann hätte ich ihr diesen Schmerz erspart und sie hätte kein Verlangen danach gespürt, uns leiden zu lassen.

Das alles war weder Bashriks Schuld noch ihre. Es war meine Schuld. Ich hatte ihr das Herz gebrochen, weil ich ihr nicht die Wahrheit gesagt hatte, und ich wusste, was für verrückte Dinge Leute tun konnten, wenn sie ein gebrochenes Herz hatten. Ich wünschte, ich könnte es wieder zusammenkleben, aber das war die schwerste Aufgabe im ganzen Universum. Ein gebrochenes Herz würde nie wieder ganz verheilen.

KAPITEL NEUNZEHN

Die Nachricht erreichte uns im Morgengrauen über eine holografische Botschaft, die in unserem Zimmer aufleuchtete. Ich war bereits wach, weil ich nach Brishas unerwartetem Besuch nicht schlafen konnte. Nach ihrer Neuigkeit waren weder Navan noch ich in der Stimmung dazu gewesen, dort weiterzumachen, wo sie uns unterbrochen hatte, und so nahmen wir einander einfach nur in die Arme und hatten Schwierigkeiten damit, einzuschlafen. Irgendwann hatte ich es aufgegeben und nur in Navans Armen dagelegen und seine Nähe genossen, solange ich es noch konnte. Ich war zwar im Training besser geworden, aber ich war nicht einmal annähernd bereit für eine echte Mission. Wenn es zu einem Zusammenstoß kam, konnte ich nur hoffen, dass ich mithalten konnte – und Navan nicht umbrachte.

Der Nachricht nach sollten wir uns in einer Stunde im hinteren Bereich des Palasts an dem Tunneleingang treffen, durch den wir Brishas Königinnenreich zum ersten Mal betreten hatten. Es hieß, dass wir unter unseren Militäranzügen Alltagskleidung tragen sollten, der Grund wurde aber nicht erklärt. Damit war die Nachricht zu Ende und überließ mich meinem eigenen Gedankenchaos.

Ich hatte mich so sehr an diesen Teil von Vysanthe gewöhnt, dass ich es seltsam fand, wieder in den Süden zurückzukehren – ganz abgesehen davon, dass die Umstände unserer Rückkehr alles andere als großartig waren. Ich konnte nur daran denken, dass Zivilisten unseretwegen das Leben verlieren würden. Das war es nicht, wofür ich dem Militär beigetreten war. Ich wollte niemanden töten. Ich wollte nicht, dass jemand meinetwegen starb.

Die ganze Nacht über fragte ich mich, ob es einen Weg gab, die Leute zu retten, aber mir war nichts eingefallen. Die Aufgabe schien für eine oder zwei Personen zu groß zu sein, ohne dass wir Verdacht erregten. Aber in der aktuellen Lage konnten wir es uns nicht erlauben, Brisha oder Pandora – vor allem Pandora – in die Quere zu kommen, weil sie uns sicher bestrafen würden. Pandora schien aus irgendeinem Grund völlig hinter Brishas Entscheidung zu stehen, was bedeutete, dass auch Orion es tat.

»Möchtest du etwas essen?«, fragte Navan erschöpft und ging in die Küche. Ich wusste, dass er auch nicht viel geschlafen hatte.

Ich schüttelte den Kopf. »Ich habe keinen Hunger«, sagte ich leise.

»Du solltest dich stärken. Du wirst es brauchen. Wir wissen nicht, wann du wieder die Gelegenheit dazu bekommst, etwas zu essen«, sagte er, schälte etwas Obst und legte es in eine Schale. Er selbst nahm ein Röhrchen und trank es in einem Zug aus, bevor er mir die Obstschale reichte.

Ich nahm sie ihm ab und zog eine Grimasse. Mein Magen schmerzte, mein Mund war ausgetrocknet und meine Augen gerötet. Das Letzte, worauf ich Lust hatte, war, mir Frühstück hineinzuzwängen, aber ich sah ein, dass er recht hatte. Widerstrebend kaute ich langsam und schluckte das süße Obst herunter, bevor sich mein Körper dagegen wehren konnte.

Nach dem Frühstück schlüpfte ich in meine Militäruniform. Darunter trug ich meine Alltagskleidung. Ich schnürte mir die Kampfstiefel zu, band meine Haare zu einem straffen Pferdeschwanz zusammen und spritzte mir kaltes Wasser ins Gesicht. Im Spiegel sah ich Navan hinter mir in der Badezimmertür stehen. Er sah besorgt aus.

»Wusstest du, dass Vampire angeblich kein Spiegelbild haben«, sagte ich, um die Stimmung etwas aufzuheitern. »In allen Erzählungen seid ihr in Spiegeln nicht sichtbar. Ich habe genug Dracula-Versionen gesehen, um das genau zu wissen.«

Die Spur eines Lächelns huschte über seine Mundwinkel. »Eure Vampirgeschichten haben viele Fehler«, sagte er. »Ihnen zufolge sind wir schon unsterblich und ein Holzpfahl ins Herz ist das Einzige, was uns töten kann, nicht wahr?«

»So ist es«, antwortete ich, ging zu ihm und ballte meine Hand zur Faust, so als ob ich einen Pfahl hielte. Ich hob ihn an sein Herz und er schlang seine Arme um mich. Als mein unsichtbarer Pfahl ihn traf, verzog er das Gesicht, aber wir konnten nicht darüber lachen, sondern mussten beide an das denken, was vor uns lag. Vielleicht drohte kein Holzpfahl Navans Herz zu durchbohren, aber Navan war sterblich und damit verletzlich. Genauso wie ich.

Ich streckte mich zu ihm, küsste ihn auf die Lippen und wünschte mir, dass die Zeit stehenbleiben würde. Ich sehnte mich nach dem Vortag oder dem Tag davor, als wir uns in unserer falschen Seifenblase sicher gefühlt hatten. Ich wollte das hier nicht. Der Augenblick der Taten war gekommen und ich wünschte mir, dass es anders wäre.

»Wir sollten gehen«, raunte Navan.

Ich sah zur Tür an der Wohnzimmerwand. Wie war eine Stunde so schnell vergangen? Panik begann, mir durch die Adern zu rauschen, und ich nahm sein Gesicht in meine Hände und küsste ihn hingebungsvoll. Er erwiderte meinen Kuss mit einer verzweifelten Leidenschaft, doch als er seine Lippen von meinen löste, wusste ich, dass der Zeitpunkt gekommen war. Wir konnten es nicht länger hinausschieben.

»Navan, kannst du mir etwas versprechen?«, fragte ich, während ich meine Wurfmesser feststeckte und das Röhrchen, das zu einem Viertel voll war, und das letzte volle Röhrchen mit Flügelserum in meine Tasche packte, wo sie aneinander klirrten.

Er sah mich neugierig an. »Was?«

»Versprich mir, dass du nicht den Helden spielen wirst«, bat ich. »Versprich mir, dass du dich nicht meinetwegen in Gefahr bringen wirst, okay? Wenn dir meinetwegen etwas zustößt, könnte ich mir das nie verzeihen.«

Er lächelte. »Ich werde es versuchen«, sagte er, aber ich glaubte ihm nicht. Es lag nicht in seiner Natur, einfach dazustehen und nichts zu tun, wenn ich in Schwierigkeiten steckte. Dennoch hatte ich ihn darum bitten müssen, wenn es auch nur dafür nutzte, meine eigenen Ängste etwas zu lindern. »Wirst du mir auch etwas versprechen?«, fragte er und hängte sich zwei Schwerter über den Rücken.

»Das kommt darauf an«, sagte ich leise, weil ich wusste, dass ich ihm nichts versprechen konnte, was ich nicht einzuhalten bereit war.

»Versprich mir, dass du mich während der Mission nicht aus den Augen lassen wirst«, sagte er mit ernstem Gesicht.

»Ich werde es versuchen.«

»Ich meine es ernst, Riley. Lass mich nicht aus den Augen«, warnte er ohne jeden Humor in der Stimme.

Seufzend nickte ich. »Ich werde mein Bestes tun, um nicht von deiner Seite zu weichen, es sei denn, dass mich etwas von dir fortzerrt.« Das war das einzige Versprechen, das ich ihm geben konnte, weil ich keine Ahnung hatte, was uns im Observatorium erwartete. Bei unserem letzten Besuch waren nicht viele Wachen dort gewesen, aber das bedeutete nicht, dass die Sicherheitsvorkehrungen nach Giannes Attacke nicht verstärkt worden waren. Vielleicht rechneten sie mit einem Gegenangriff.

Gemeinsam verließen wir die Wohnung und gingen zum Tunneleingang. Mit jedem Schritt wurde ich nervöser. Im Erdgeschoss erstarrte ich, als mir plötzlich klar wurde, dass ich mich gar nicht von Angie und Lauren verabschiedet hatte. Alles war so schnell geschehen und ich war so verwirrt gewesen, dass ich ihnen gar nicht erzählt hatte, dass ich ebenfalls auf die Mission ging oder wann ich zurückkehrte. Wenn ich starb, würden sie nie erfahren, was mit mir geschehen war. Natürlich würde ihnen sicher jemand erzählen, was passiert war, aber sie würden sich fragen, warum ich gegangen war, ohne mich von ihnen zu verabschieden. Ich wollte zwar nicht auf die kleine Stimme in meinem Hinterkopf hören, die mir sagte, dass dies vielleicht meine letzte Gelegenheit war, die beiden zu sehen, aber ich konnte sie nicht ignorieren.

»Ich muss mich von Angie und Lauren verabschieden«, sagte ich verzweifelt und trat vom Palasteingang zurück.

»Dazu ist keine Zeit«, sagte Navan und wollte mich zurückhalten. »Wenn wir zu spät kommen oder nicht auftauchen, dann weißt du, was mit uns passieren wird. Du hast gehört, welchen Plan die Königin dann für uns hat. Glaubst du denn, dass ihre Rache nicht auch deine Freundinnen treffen wird?«, fragte Navan traurig.

»Aber ich muss ihnen sagen, wohin ich gehe. Sie werden es mir nicht vergeben, wenn ich es nicht tue«, sagte ich, zwischen Kopf und Herz hin- und hergerissen.

»Sie werden es verstehen, Riley. Komm, wir müssen gehen«, sagte Navan und zog stärker an meinem Arm, bis mir nichts anderes übrigblieb, als ihm nachzustolpern. Ich warf einen Blick über meine Schulter und dachte an meine Freundinnen, als er seinen Arm um meine Schultern legte, um mich zu trösten. Er drückte mich fest an sich und führte mich aus dem Palast in den strömenden Regen hinaus. Jeder eisige Tropfen, der auf meiner Haut landete, brannte, aber ich hob das Gesicht trotzdem, um mich von dem kalten Wasser beruhigen zu lassen.

Wir gingen bis zu dem Tunneleingang, an dem eine Gruppe von Soldaten bereits wartete. Die meisten von ihnen erkannte ich als meine Mitauszubildenden, aber es waren auch zwei unbekannte Gesichter dabei. Sie sahen älter aus, ihre Haut war grauer und ihre Augen waren finster, was darauf hindeutete, dass sie die Schrecken des Krieges bereits selbst erlebt hatten. Auch Pandora war da, nur Königin Brisha war nirgends zu sehen.

»Navan, Riley, wie schön, dass ihr uns mit eurer Anwesenheit beehrt«, sagte Pandora spitz, als wir uns näherten. »Und noch dazu pünktlich, drei Minuten vor der Zeit. Ich hoffe, dass ihr nicht so knapp dran seid, wenn es darum geht,

Sprengstoff zu zünden«, spottete sie und die Truppe kicherte.

Navan sah zu ihr auf. »Entschuldigung, Pandora, aber jetzt sind wir ja hier und darauf kommt es doch wohl an, oder nicht?«, fragte er eisig.

»So ist es«, sagte Pandora leise, bevor sie sich an die Gruppe wandte. »Bitte nehmt euch jeder einen Gürtel und schnallt ihn euch eng um die Taille«, sagte sie und verteilte Gürtel, an deren Ende kleine schwarze Kugeln hingen. Dies war vermutlich der Sprengstoff, dachte ich mir, als ich meinen Gürtel in Empfang nahm und ihn mir über meinen Messergürtel direkt über meinen Hüften schnallte.

»Drückt nicht eher auf diesen Knopf, als dass ihr Anweisung dazu bekommt, es sei denn, ihr möchtet euch selbst vom Himmel schießen«, warnte Pandora uns und deutete auf einen kleinen blauen Knopf an der Seite der schwarzen Kugeln.

Ein paar Dummköpfe in unserer Gruppe kicherten und taten so, als ob sie auf den blauen Knopf drücken wollten, sehr zum Ärgernis von Pandora, die ihnen einen drohenden Blick zuwarf. Die Kaltblüter hörten sofort auf und sahen beschämt zu Boden.

Pandora räusperte sich. »Wir werden in feindliches Gebiet fliegen. Schiffe werden zu verdächtig sein, weshalb ihr alle auf eure eigene Körperstärke und Ausdauer angewiesen seid. Verschwendet eure Energie nicht auf Geschwindigkeit. Durchhaltevermögen ist es, was wir heute auf dem Hinweg brauchen werden«, sagte sie. »Ihr alle werdet auf Kommandant Korbin hören, der euer ranghöchster Offizier auf der Mission sein wird«, erklärte sie und deutete auf eines der düsteren, älteren Kaltblüter. Seine dunklen Haare waren von grauen Strähnen durchzogen, an den Seiten kurzgeschoren und unter den verbleibenden Stoppeln waren gezackte Tattoos sichtbar. Seine Augen waren blassblau und sein Gesicht breit und ernst. Sein Anblick allein machte mich schon nervös. Das war nicht der Typ von Mann, dem ich allein in einer dunklen Gasse begegnen wollte.

Korbin nickte und dabei dehnte sich eine lange, silbrige Narbe an seinem Hals, die sich über sein Gesicht bis zu seiner Augenbraue zog. »In die Luft, sofort!«, schrie er und erschrak mich. Die anderen Auszubildenden spreizten die Flügel, hoben ab und im Wind war das ledrige Flattern ihrer Flügel zu hören.

Ich tastete in meiner Tasche nach dem Flügelserum, zog schnell den Pfropfen ab und trank den Rest des zweiten Fläschchens aus. Nun blieb mir nur noch eines. Wenn es alle wäre, würde ich um Nachschub bitten. Navan schob seine Hände unter meine Achseln und hob mich mit sich in die Luft, damit ich nicht allein zurückblieb. Ich wurde rot und fühlte mich gedemütigt, weil ich vor den Augen meiner Mitsoldaten getragen werden musste. Aber das war mir immer noch lieber, als zurückzubleiben und die Gruppe vielleicht nicht mehr einholen zu können.

Navan drückte mich fest an seine Brust, während ich vor Schmerz das Gesicht verzog und das Serum jeden meiner Muskeln quälte. Ich biss die Zähne zusammen, weil ich meine Schwäche vor den anderen nicht zeigen wollte. Dann spürte ich das Rasierklingengefühl, als sich die Flügel unter meinen Schulterblättern hervorbohrten, sich hinter meinem Rücken ausstreckten und sich über einen Luftzug erhoben.

»Alles in Ordnung?«, fragte Navan.

»Man sollte meinen, dass es mit der Zeit einfacher würde«, keuchte ich.

Navan ließ mich los und ich flog selbstständig neben der Gruppe her. Er flog mit gleichmäßigem Flügelschlag neben mir und meine Flügel kopierten seinen fast mechanischen Rhythmus, während wir an der zerklüfteten Bergkette entlangflogen, aufstiegen und uns den kalten Wind um die Ohren fahren ließen. Zehn Minuten später flogen wir auf der anderen Seite herab und flogen über die Stelle, an der unser Schnapper immer noch stand, vergessen auf der geheimen Lichtung vor dem Tunneleingang. Es war eigenartig, die Maschine dort zu sehen, verlassen, vor allem jetzt, wo wir uns wieder in das Gebiet vorwagten, aus dem der Schnapper gekommen war.

Angst ließ meinen Magen verkrampfen, aber ich konzentrierte mich darauf, nach vorn zu schauen, und sah die beeindruckende Formation der Soldaten, die vor uns flogen. An den Seiten sah ich das Glitzern von Nordvysanthes gefrorenen Seen und den zackigen Horizont der weit entfernten

Bergketten. Im strömenden Regen sah alles etwas finster aus, hatte aber dennoch eine gewisse Schönheit.

Eine raue Schönheit, dachte ich und erinnerte mich an Lazars Worte und daran, was wohl mit ihm geschehen war. So wütend ich auch auf ihn war, weil er das Ortungsgerät in meinem Hals gelassen hatte, fragte ich mich doch, ob es ihm gut ging. Er hatte Navan und mir immerhin geholfen, Königin Giannes Soldaten zu entkommen.

In der Ferne tauchte die schimmernde Grenze zwischen den beiden Nationen vor uns auf. Es war, wie das seidige Glänzen eines Spinnennetzes für einen Augenblick im Sonnenschein zu sehen. Als wir näher flogen, hörte ich jedoch ein lautes Summen und die Energie knisterte, weil sie unsere Nähe spürte. Wie wir die Grenze überqueren sollten, ohne bemerkt oder verletzt zu werden, war mir unklar. In dem Schnapper hatten wir es geschafft, aber selbst das war ein ziemlich holpriges Unterfangen gewesen. Ohne jeden Schutzschild zwischen uns und dem Kraftfeld hatte ich Angst, dass wir explodieren könnten.

Korbin machte ein paar Meter vor dem ersten Grenzstreifen Halt und deutete uns, uns hinter einem Felsvorsprung in den Bergen zu verstecken. Wir taten es und sahen ihm zu, wie er etwas aus seinem Rucksack zog, den er zwischen seinen Flügeln trug. Ich blinzelte, um etwas zu erkennen, und sah, dass er ein großes, seltsames, netzartiges Gebilde in den Händen hielt.

Er näherte sich der knisternden Barriere mit dem viereckigen Stoff, der zum Leben erwachte, als er ihn gegen das Energiefeld legte. Eine kleine Explosion war zu hören und sofort schoss mein Blick auf die Südseite der Grenze. Ich rechnete jeden Augenblick damit, dass Schiffe auftauchten. Doch als sie es nicht taten, sah ich wieder auf das Viereck und verstand plötzlich, wozu es diente.

Es funktionierte wie ein Kreislaufunterbrecher, so wie ich es mir vorstellte, durch den ein Fenster in der Grenze geöffnet wurde, durch das wir hindurchschlüpfen konnten, ohne den Alarm der Grenzkontrolle auszulösen. Das war eine geniale Lösung und etwas, was wir mit den vysanthinischen Schiffen definitiv nicht geschafft hätten.

»Los!«, zischte Korbin und winkte den Ersten von uns durch die Öffnung.

Ich blieb bis zum Schluss und nur Navan folgte noch hinter mir. Als ich mich durch das Fenster schieben wollte, stieß mich Korbin rau zwischen die Schulterblätter, die mir ohnehin schon wehtaten. Der Schmerz stach bis in meine Brust und ich wirbelte finster zu ihm herum. Er hatte keinen der anderen geschubst. Er erwiderte meinen Blick genauso finster und gab mir zu verstehen, dass er mich hier genauso wenig haben wollte, wie ich mir wünschte, hier zu sein.

Navan war wütend darüber, was Korbin getan hatte, aber ich brachte ihn mit einem warnenden Blick zum Schweigen. Es würde mir nicht helfen, wenn er jetzt einen Streit vom Zaun brach. Das würde uns nur in Schwierigkeiten bringen. Ich hatte mich daran gewöhnt, dass die Kaltblüter auf mich herabsahen, und solange Korbin nicht versuchte, mich zusammen mit dem Observatorium in die Luft zu jagen, konnte ich mit seinem herablassenden Verhalten fertigwerden.

Als ich unversehrt auf der anderen Seite ankam, plagte mich eine ganz andere Frage. Was war der wirkliche Grund dafür, dass Königin Brisha ihre Meinung mich betreffend geändert hatte? Warum hatte sie beschlossen, mich auf diese Mission zu schicken? Ein kalter Schauer lief mir den Rücken hinab, als ich daran zu zweifeln begann, dass nur ihr gebrochenes Herz daran schuld war. Je länger ich darüber nachdachte, desto klarer wurde mir, dass Navan alles tun würde, was Brisha von ihm verlangte, um mich zurückzuholen, wenn mir etwas zustieß. Er wäre sogar zu weiteren Angriffen gegen unschuldige Zivilisten bereit.

Dies war Brishas Art, ihre Macht über ihn auszuüben. Sie würde ihn für das, was sein Bruder getan hatte, leiden lassen. Jetzt verstand ich es. Es war ihr wichtig, dass er sich ihrem Willen beugte und keinen Zweifel an seiner Loyalität ließ. Er kannte den Süden und wenn ich bedachte, wer sein Vater war, dann war Navan ein wertvolles Element, aber eben nur dann, wenn er ihren Befehlen folgte.

Ich wusste, dass er alles tun würde, um mich zu retten. Und sie wusste das zweifellos auch.

KAPITEL ZWANZIG

Ich behielt meine ängstlichen Gedanken für mich, während wir weiter durch Südvysanthe flogen. Nachdem wir die Grenze überquert hatten, waren wir sofort nach links abgebogen und hatten uns im Schatten der Berge gehalten, um eine weniger bereiste Strecke nach Regium zu nehmen. Ich vermisste den vertrauten Anblick der Kampfgruben, obwohl sie wirklich kein sehr angenehmes Wahrzeichen waren, aber sie hätten mir eine Orientierung gegeben. Doch nun fühlte ich mich verloren. Alles unter uns sah gleich aus und die Landschaft rauschte in ihrer flachen Feindseligkeit unverändert unter uns vorbei, bis ich mich fragte, ob Korbin überhaupt wusste, wohin wir flogen.

Ein ausgedehntes Plateau erstreckte sich in der Ferne, sobald wir aus dem Schutz der Berge herausgeflogen waren. Unter uns lag immer noch unfruchtbares Ödland. Der

Boden war vereist und aufgesprungen und glitzerte vom Permafrost. Hin und wieder sah ich einen knorrigen Baum, dessen skelettförmige Arme sich wie betend in den Himmel erstreckten und der schon längst keine Blätter mehr hatte. Es gab auch vereinzelte Siedlungen in der flachen Landschaft, um die wir aber einen weiten Boden machten, damit niemand unser Soldatengeschwader sah und Alarm schlug.

Eine Stunde später tauchten die zerklüfteten Gipfel, die Regium umgaben, in der Ferne auf. Ihre verschneiten Spitzen glänzten im grellen Sonnenlicht und sahen wie glänzende Speerspitzen aus, die die Leute in ihrer Mitte beschützten. Statt auf die Stadt zuzufliegen, führte Korbin uns über eine benachbarte Bergkette, bevor er an einem Vorsprung über einem schwarzen See Halt machte. Die schäumenden Wellen prallten gegen die glatten Klippen, die uns umgaben.

Ich atmete tief durch, sah in das aufgewühlte Wasser hinab und erkannte den Ort sofort wieder. Mein Kopf flog nach oben und ich spürte Panik in mir aufsteigen, als ich direkt über uns den kristallinen Rand des Observatoriums sah.

»Die Hälfte von euch wird zum Observatorium hinaufklettern und Sprengsätze an der Unterseite des Gebäudes und an den tragenden Pfeilern anbringen«, erklärte Korbin leise. »So sollte die Kristallstruktur in sich selbst zusammenbrechen, aber wir wollen möglichst großen Schaden anrichten. Deshalb wird die andere Hälfte von euch in das

Gebäude gehen und sich als Bürger verkleiden. Platziert die Sprengsätze, wo immer ihr könnt, aber sorgt dafür, dass sie gut versteckt sind. Wenn wir entdeckt werden, dann werden wir das hier nur schwer überleben. Habt ihr verstanden?«

Alle nickten, obwohl ich am liebsten wieder in die Luft abgehoben und davongeflogen wäre, bis ich so weit wie möglich von hier entfernt war. Ich sah Navan an und erkannte an seinem grimmigen Ausdruck, dass es ihm genauso ging. Aber uns blieb keine andere Wahl. Wenn wir Königin Brisha verrieten, würden unsere Freunde darunter leiden. Und wenn Brisha sauer war, dann war wahrscheinlich auch Orion sauer, dass wir unsere guten Beziehungen zu ihr ruinierten. Wenn wir Brisha nicht verrieten, dann würden unschuldige Südvysanthiner leiden. Es war eine schreckliche Situation, wie wir es auch drehten und wendeten.

»Ihr zwei bleibt dem Observatorium fern und haltet Abstand«, sagte Korbin und sah zu Navan und mir. »Ihr seid hier selbst in Zivilistenkleidung zu leicht zu erkennen.«

Ich war mir nicht sicher, ob das eine gute oder eine schlechte Nachricht war, aber wenigstens würde ich niemandem in die Augen schauen müssen, während ich Sprengstoff versteckte, der viele verletzen würde. Machte es das besser? Für mich vielleicht schon, aber nicht für diejenigen, die ihr Leben verlieren würden.

»Verstanden, Kommandant Korbin«, antwortete Navan, während ich kein Wort herausbrachte.

»Der Sprengstoff ist selbstklebend. Ihr braucht ihn nur auf eine Oberfläche zu legen und dann einmal auf den blauen Knopf zu drücken. Damit wird er befestigt«, fuhr Korbin fort und sah in die Runde. »Dann müsst ihr den blauen Knopf ein zweites Mal drücken, um den Zünder zu programmieren. Sobald ihr das getan habt, leuchtet ein Licht auf. Das bedeutet, dass der Sprengstoff aktiviert ist und nach einer bestimmten Zeit explodieren wird. Die Zeit ist bei jedem Sprengstoff schon eingestellt. Sobald das Licht leuchtet, habt ihr eine Stunde, um wieder nach draußen zu kommen. Fragen?«

Alle schüttelten den Kopf, obwohl ich einige ängstliche Gesichter sah. Es tröstete mich ein wenig, dass keiner begeistert schien, diese Aufgabe erledigen zu müssen. Aber trotzdem widersprach niemand, niemand forderte, die Aktion abzubrechen und ich wusste, dass es auch keiner tun würde.

»Gut, dann los!«, sagte Korbin und teilte zwei Gruppen ein. »Zivilisten, fliegt zum Haupteingang, damit es so aussieht, als ob ihr aus der Stadt kommt. Außenteam, haltet euch versteckt!« Damit scheuchte er unsere Gruppe zur Seite der Klippen, während die andere Gruppe aus ihren Militäranzügen schlüpfte und in Alltagskleidung auftauchte.

Unsere Gruppe war kleiner als die andere, aber ich spürte die Erleichterung meiner Gefährten, als wir langsam nach oben flogen. Es war sicher einfacher, wenn man dem Feind nicht in die Augen schauen musste. Mich selbst tröstete das zwar nicht, aber ich verstand, dass es die anderen wenigstens etwas beruhigte.

Ein paar Soldaten schwebten an der Unterseite des Observatoriums, dessen Stahlfundament knapp aus dem Wasser ragte. Ich verzog das Gesicht, als sie den Sprengstoff von ihren Gürteln lösten, ihn an den Oberflächen befestigten und dann zweimal auf den Knopf drückten, wie Korbin es erklärt hatte.

»Sollen wir nach oben fliegen?«, fragte Navan und nahm meine Hand.

Ich nickte elend.

Wir kletterten über den Rand der Klippen und krochen durch das Gras, bis wir die Außenwand des Observatoriums erreicht hatten. Durch die Glaswände sah ich drinnen Leute umherlaufen. Es waren Hunderte, wenn nicht sogar Tausende. In der gegenüberliegenden Ecke sah ich Kaltblutkinder, die die Gesichter gegen die Glasscheiben pressten, auf das schäumende Wasser des schwarzen Sees hinaussahen, Grimassen schnitten und zum Horizont zeigten. Das war einfach alles nicht richtig. Gianne hatte ihre Schwester angegriffen und dabei waren Personen umgekommen, aber das machte die Vergeltung nicht gerecht. Brisha war doch angeblich die Bessere von beiden. Diejenige, für die ich einstehen konnte. Aber in diesem Augenblick war es definitiv nicht so.

»Sie werden alle sterben«, hauchte ich und mir stiegen Tränen in die Augen. »Dort sind Kinder, Navan!«

»Es sind so viele«, hauchte er und starrte völlig benommen und entsetzt auf das Gebäude. »Ich … Ich dachte nicht, dass es so viele wären.«

»Es muss doch etwas geben, was wir tun können«, drängte ich.

Er ballte die Hände zu Fäusten. »Ich will sie retten, Riley. Ich will sie alle retten. Aber wie sollen wir das anstellen? Du weißt, was auf dem Spiel steht. Sie wusste, dass wir zusehen müssen, auch wenn wir nicht aktiv teilnehmen. Sie bestraft uns«, sagte er durch zusammengebissene Zähne und seine Augen funkelten hasserfüllt.

Genau in diesem Augenblick fiel mein Blick auf ein bekanntes Gesicht in der Menge und ich schlug mir entsetzt eine Hand vor den Mund. Seraphina, Navans Verlobte, ging zu dem Ausgang, der zu den Gärten führte, in die Nähe der Stelle, an der wir uns versteckt hielten. Der Garten war eine Art wilde Ausstellung mit knorrigen Bäumen und spärlichen Büschen, aber in der Mitte gab es eine Aussichtsplattform, von der aus man die beste Sicht auf den See hatte. Dort peitschte der Wind zwar heftig und im Augenblick war niemand dort, aber Seraphina ging zielstrebig darauf zu.

Ich musste einfach etwas unternehmen und sie warnen. Seraphina hatte mir das Leben gerettet, indem sie Lazar von dem Chip in meinem Hals erzählt hatte. Ich war es ihr schuldig, ihr diesen Gefallen zurückzuzahlen. Außerdem stand ja nicht nur ihr Leben auf dem Spiel. Sie zu sehen erinnerte mich daran, dass dies alles echte

Personen waren, die ein Leben, eine Familie und Träume hatten. Wenn der Sprengstoff hochging, dann klebte auch an meinen Händen Blut, weil ich nichts dagegen unternommen hatte.

Ich konnte es einfach nicht länger ertragen.

Bevor Navan mich zurückhalten konnte, sprang ich auf und rannte zur Aussichtsplattform. Hinter einem Baumstamm suchte ich Deckung und wartete auf Seraphina. Ich sah Navans entsetztes Gesicht auf der anderen Seite, aber er rührte sich nicht von der Stelle, weil er sich wahrscheinlich fragte, was zum Teufel ich tat. Ehrlich gesagt wusste ich es selbst nicht. Ich wusste nur, dass ich etwas unternehmen musste.

Seraphina tauchte einen Augenblick später mit gesenktem Kopf und nachdenklichem Gesicht auf.

»Seraphina«, flüsterte ich hinter dem Stamm und sah, wie Navan die Kinnlade herunterfiel.

Sie sah auf und blickte sich ängstlich um. »Wer ist da?«, fragte sie und ihr Blick huschte durch den Garten.

Navan duckte sich, bevor sie ihn sehen konnte, und ich steckte meinen Kopf hinter dem Baum hervor.

»Ich bin es, Riley«, zischte ich.

Nun sah sie entsetzt aus. »Was tust du hier? Wenn dich jemand hier findet, werden sie dich gefangen nehmen und … Ich will gar nicht daran denken, was sie dann mit dir tun werden«, sagte sie eindringlich, bemühte sich aber, kein Aufsehen zu erregen, und blickte auf den Horizont hinaus.

»Du bist in Gefahr, Seraphina«, sagte ich, weil ich wusste, dass mir die Zeit davonlief.

Sie runzelte die Stirn. »Was meinst du damit?«

»Hör mir gut zu«, sagte ich und hielt Ausschau nach meinen Mitauszubildenden bei den Klippen. »Das Observatorium wird in weniger als einer Stunde explodieren. Der Sprengstoff ist bereits platziert und programmiert worden. Du musst mir helfen, indem du diesen Ort evakuierst, ohne dass jemand von dem Sprengstoff oder von den Soldaten, die ihn platziert haben, erfährt«, fuhr ich fort und hoffte, dass sie keinen Panikanfall bekam und zu schreien begann. Aber zu meiner Erleichterung blieb sie ruhig und runzelte die Stirn.

»Ist das ein Angriff von Königin Brisha?«, fragte Seraphina.

»Es ist ein Vergeltungsschlag dafür, dass Gianne Brishas Alchemielabor zerstört hat«, sagte ich und spürte die Verantwortung schwer auf meinen Schultern lasten.

Einen Augenblick lang sagte Serpahina nichts, sondern blickte in die Weite. Ich hatte Angst, dass sie uns verraten oder irgendwie Alarm schlagen könnte, und ich würde es ihr noch nicht einmal verdenken, weil das wahrscheinlich der einfachste Weg war, ein Gebäude solcher Ausmaße schnell zu evakuieren. Doch dann sah sie zu mir.

»Ich werde mir etwas einfallen lassen, Riley«, versprach sie. »Wenn jemand von diesem Gegenangriff erfährt, dann wird tatsächlich ein Krieg zwischen den beiden Schwestern ausbrechen. Wir müssen die Explosion wie einen Unfall aussehen lassen. Sie suchen beide nach einem Grund, um das Friedensabkommen zu brechen, aber das dürfen wir nicht zulassen.«

»Du bist ... nicht auf Giannes Seite?«, fragte ich neugierig.

Sie schüttelte feierlich den Kopf und ihr weiches Haar glänzte im Sonnenlicht. »Ich wünsche mir Frieden in ganz Vysanthe, so wie es war, bevor die Schwestern das Land geteilt haben. Ich halte zu keiner der beiden Königinnen. Wenn es nach mir ginge, dann gäbe es überhaupt keine Königin, sondern eine wahre Demokratie, vom Volk und für das Volk. Aber da das in naher Zukunft wohl kaum geschehen wird, bin ich schon damit glücklich, ein Blutvergießen zu vermeiden«, sagte sie entschlossen, obwohl ich Angst in ihren Augen sah. »Bist du dir sicher, dass es keinen Weg gibt, die Explosion an sich zu stoppen? Selbst wenn wir einen Vorwand erfinden, wird Gianne eine Einmischung vermuten. Außerdem ist das Gebäude wunderschön. Es wäre schrecklich, es ins Wasser stürzen zu sehen.«

»Wenn die Explosion nicht stattfindet, dann wird Brisha wissen, dass Navan und ich etwas damit zu tun hatten«, erklärte ich und wünschte mir, dass ich ihr etwas anderes antworten könnte. »Sie zweifelt schon jetzt an uns und hat uns davor gewarnt, dass sie uns bestrafen wird, wenn wir auf dumme Gedanken kommen. Nicht nur uns, sondern auch unsere Freunde.«

Seraphina verzog das Gesicht und sah mich mitfühlend an. »Wen hat sie?«

»Zwei meiner Freundinnen und Bashrik«, antwortete ich und Seraphina riss erschrocken die Augen auf.

»Dann müssen wir versuchen, alle zu beschützen«, sagte Seraphina nach einer kurzen, angespannten Pause. »Wenn wir die Leute hier retten können, ohne dass das einen Alarm auslöst, der andere in Gefahr bringt, dann müssen wir es tun. Wenn ich es verhindern kann, dann darf kein einziger Blutstropfen vergossen werden«, sagte sie trotzig.

Ich lächelte und wünschte mir, dass mehr Kaltblüter so wären wie sie. Im Gegensatz zu Navan schien Seraphina das Gute im Herzen von Vysanthe noch zu sehen. Es gab noch Gutes auf dieser Welt, wenn man die Augen nicht davor verschloss und ein Land nicht aussaugte wie ein Hund einen mageren Knochen. Seraphina erschien mir in ihrer Anmut und Diplomatie königlicher als Gianne und Brisha zusammen. Wo die beiden Krieg suchten, strebte sie nach Frieden.

»Danke, Seraphina«, flüsterte ich.

»Ist Navan bei dir?«, fragte sie und sah sich um.

»Er versteckt sich in der Nähe«, antwortete ich, obwohl ich ihn aus den Augen verloren hatte, seit er sich panisch geduckt hatte.

Seraphina lächelte trocken. »Es ist schon seltsam, dass ihr zwei hierherkommt, wo ich jeden Tag in der Hoffnung hierherkomme, Neuigkeiten über Navan zu erfahren. Ich spähe den Sicherheitsbeamten über die Schulter und hoffe, einen Hinweis darauf zu finden, wohin er verschwunden ist, und nun seid ihr hier.« Sie lächelte.

»Warum suchst du nach ihm?«, fragte ich, aber nicht verärgert.

»Königin Gianne hat verkündet, dass sie bereit ist, ihm zu vergeben, wenn er zurückkehrt. Ich wollte es ihm sagen, damit er ohne Angst vor Rache nach Hause kommen kann«, sagte sie traurig.

Ich runzelte verwirrt die Stirn. »Warum sollte die Königin das tun? Sie war ziemlich verärgert, als wir sie zum letzten Mal gesehen haben«, sagte ich und dachte daran, wie sie versucht hatte, uns vom Himmel zu schießen.

»Es liegt an seinem Vater. Jareth hat Gianne erzählt, dass Navan gezwungen wurde, für die Rebellen zu arbeiten, und er hat sich für seinen Charakter verbürgt. Königin Gianne scheint ihrem engsten Berater wirklich zu vertrauen, denn es geschieht nicht jeden Tag, dass sie einem Verräter ihre Vergebung anbietet«, sagte Seraphina, aber ich merkte, dass sie mir etwas vorenthielt. In ihren Augen lag eine Traurigkeit, die keinen Sinn ergab. Niemand war aufgrund von Navans Verrat gestorben, soweit ich wusste – was war es also, was sie so bedrückte?

»Aber dir macht doch noch etwas Sorgen?«, fragte ich.

Sie lächelte, aber ihre Augen blieben traurig. »Nein, es ist nichts.«

»Doch, ich sehe dir an, dass da noch etwas anderes ist«,

drängte ich. Ich wollte wissen, was eine Frau wie sie so verzweifelt machen konnte.

Seraphina seufzte und wappnete sich. »Königin Gianne hat auch beschlossen, dass ich in zwei Monaten mit ihrem Berater, Aurelius verheiratet werde, wenn Navan nicht vorher zurückkommt.«

Mir wurde flau im Magen, als ich an das gebeugte alte Skelett dachte, das Gianne überall hin folgte. Ich erinnerte mich an den eifersüchtigen Blick in seinen geröteten Augen, als er mit Navan über Seraphina gesprochen hatte. Ich hatte damals schon den Verdacht geschöpft, warum Aurelius so neidisch auf Navan war, aber ich hatte ihn nie bestätigen können, doch nun ergab natürlich alles Sinn. All diese Zeit über hatte Aurelius nur Augen für Seraphina gehabt und sie für sich haben wollen. Und wenn Navan nicht zurückkam, dann würde er sie auch bekommen.

Als ich verstand, was das bedeutete, wurde mir übel, aber ich wusste nicht, ob ich damit leben konnte, dass eine andere Frau es ertragen musste, wie eine Trophäe herumgereicht zu werden, vor allem nicht eine so großartige Frau wie Seraphina. Sobald diese Mission abgeschlossen und das Gebäude evakuiert war, stand ich vor einer schwierigen Entscheidung.

Aber im Augenblick waren andere Leben wichtiger als mein eigenes.

KAPITEL EINUNDZWANZIG

»Die Zeit läuft«, sagte ich und versuchte, meine Gedanken zu Navan und Seraphina zu verdrängen. »Wir müssen diese Leute von hier fortschaffen, bevor es zu spät ist. Wie können wir sie evakuieren, ohne Panik auszulösen?«

Seraphina grinste. »Ich habe die perfekte Idee«, hauchte sie. »Mach dir keine Sorgen. Du solltest zurückgehen, bevor jemand dein Verschwinden bemerkt. Überlass die Evakuierung mir«, beharrte sie. Normalerweise hätte ich einem Kaltblut, das ich kaum kannte, wohl nicht vertraut, aber Seraphina hatte sich bislang so ehrlich verhalten, dass ich nicht an ihr zweifelte.

»Danke«, hauchte ich. Natürlich hatte ich es eilig, zu Kommandant Korbin und den anderen zurückzuschleichen. Als ich einen Blick durch die Glaswand des Observatoriums nach drinnen warf, sah ich noch zwei meiner Gefährten, aber der Rest hatte sich verstreut und seine Arbeit erledigt. Die Tatsache, dass niemand anderes hier entlanggekommen war, brachte mich auf die Idee, dass auch die Außenfläche bereits vorbereitet war und Navan und mir nun diese Gebäudeseite blieb.

Also wandte ich Seraphina den Rücken zu, kroch hinter den Baum und machte mich bereit, wieder zur Klippe zurückzueilen, wo Navan sich versteckte.

Doch dann rief mir Seraphina noch etwas nach. »Kannst du mir einen Gefallen tun, Riley?«, fragte sie.

Ich erstarrte und drehte mich zu ihr um. »Was ... Was soll ich tun?«, fragte ich stirnrunzelnd.

Sie sah mich mit ihrem hübschen Gesicht verlegen an. »Ich frage wirklich nicht gern, aber ... könntest du Navan vielleicht dazu überreden, wieder in den Süden zurückzukehren, wenn das möglich ist?«, fragte sie, ohne mir dabei in die Augen zu sehen.

Der Sinn ihrer Worte versetzte mir einen Stich in der Seele. Ich konnte nicht fassen, dass sie mich tatsächlich darum gebeten hatte, wenn ich bedachte, was das für Navan und mich bedeutete. Sie wusste doch, welche Konsequenzen das für uns hätte. Natürlich tat sie mir leid, weil sie zu dieser Verlobung mit Aurelius gezwungen worden war, aber so offen darum zu bitten, dass Navan zurückkehrte – ich wusste einfach nicht, was ich davon halten sollte. Es hinterließ einen bitteren Nachgeschmack in meinem Mund und ein Durcheinander in meinem Kopf.

»Wenn wir das hier überstehen, werde ich sehen, was ich tun kann«, versprach ich. Im Augenblick war das alles, was ich ihr sagen konnte.

»Das bedeutet mir sehr viel, Riley, wirklich«, sagte sie, sah nun zu mir auf und lächelte mich traurig an.

Warum muss sie es mir so schwer machen, sie zu hassen?, fragte ich mich.

Es wäre einfacher gewesen, wenn ich sie hätte ansehen und hassen können. Aber das konnte ich nicht. Sie war freundlich und gütig und hatte einen scharfen Verstand. Außerdem war ich ihr in diesem Augenblick unglaublich dankbar. Sie würde die Zivilisten aus dem Gebäude bringen, ohne Navans oder mein Leben zu riskieren. Ich allein hätte das nicht bewerkstelligen können und ich vertraute Seraphina.

»Ich mache mich lieber auf den Weg«, sagte ich und schlich durch den Garten zurück. Ich war schon fast auf der anderen Seite angekommen, als sie noch einmal nach mir rief.

»Da ist noch etwas«, sagte sie, die Hand schon auf der Türklinke, die wieder nach drinnen führte, und ich drehte mich ängstlich um und fragte, was sie noch von mir verlangen würde. »Ich habe gehört, dass Königin Gianne eine neue Waffe im unterirdischen Hangar baut, den du, glaube ich, kennst. Wenn ihr die Gelegenheit bekommt, könntet ihr euch dort vielleicht umsehen«, schlug sie vor, schlang sich den Mantel enger um und betrat wieder das warme Observatorium, wo sie aus meinem Blickfeld verschwand.

Ich atmete erleichtert auf, dass sie keine weitere Bitte geäußert hatte, die Navan betraf. Dann drehte ich mich um und erwartete, ihn hinter den Hecken zu finden, aber er war nirgends zu sehen. Verwirrt legte ich mich flach auf den Bauch, kroch zum Klippenrand zurück und dachte darüber nach, was Seraphina gerade gesagt hatte. Eine Waffe? Was für eine Art von Waffe? Ein Teil von mir wünschte sich, dass sie gar nichts davon erwähnt hätte, weil ich wusste, dass wir ihrem Hinweis nachgehen mussten, bevor wir zurückkehrten. Auf gar keinen Fall konnten wir etwas so Großes einfach ignorieren. Navan wäre sicher meiner Meinung, wenn ich ihn fand.

Bevor ich wieder die Klippen hinabklettern konnte, hörte ich Geräusche vom Gebäude herkommen. Ich riss den Kopf herum und spähte zur Kristalloberfläche des Observatoriums, das die Menge in geordneten Reihen verließ. Niemand rannte, niemand schrie, aber alle bedeckten sich die Köpfe mit Stoff. Ich lächelte, als ich sah, dass die High-Tech-Sprinkler im Inneren Wasser versprühten und an den Scheiben dicke Rinnsale herabliefen. Lichter blinkten zur Warnung an den Wänden und die riesigen Bildschirme, die normalerweise Nachrichten aus Südvysanthe ausstrahlten, blinkten gegen die Feuchtigkeit an.

Ein paar Angestellte liefen umher und tippten auf Schaltflächen, um das Wasser zu stoppen, aber nichts schien zu funktionieren. Was auch immer Seraphina getan hatte – die Sprinkler konnten nicht abgestellt werden. Es schien sogar nur noch schlimmer zu werden. Die Angestellten hielten sich die Hände über die Augen, als der Regen stärker wurde und wie ein Monsun von den Decken herabprasselte. Das Wasser stieg langsam. Die größte Schaltfläche knisterte und schlug Funken, sodass die Angestellten aufgaben, weil sie einen Kurzschluss fürchteten, und ebenfalls zum Ausgang liefen. Nun, da die Schaltflächen nicht mehr funktionierten und das Wasser herabprasselte, hatte es keinen Sinn, dass sie länger blieben.

Das war schlicht, aber perfekt.

Ich war dankbar für Seraphinas schnelle, geschickte Arbeit und presste mich wieder auf den Boden. Dann robbte ich zum Rand und breitete meine Flügel aus. Navan wartete unten auf mich, unruhig mit den Flügeln flatternd, und sah mich besorgt an.

»Warum bist du einfach so davongerannt?«, zischte er und zog mich zu sich herunter.

»Dafür ist jetzt keine Zeit«, antwortete ich schnell.

Meine Gedanken wanderten wieder zu den Funken zurück, die aus der Schaltfläche gesprungen waren. Vielleicht würde die Explosion ja als ein elektrischer Kurzschluss interpretiert werden. An diese Hoffnung klammerte ich mich, während ich Navans Hand nahm und ihn auf die andere Seite der Klippe zog, wo Kommandant Korbin und die anderen auf uns warteten.

»Was ist los?«, fragte Navan und ich hatte Mühe, ihn neben mir herzuziehen.

Ich stockte und seufzte aufgebracht. »Seraphina hat es geschafft. Es ist ihr gelungen, die Zivilisten aus dem Gebäude zu schaffen, ohne dass jemand Verdacht schöpft. Einfach genial!«, sagte ich und nahm wieder seine Hand. »Aber jetzt müssen wir einen kleinen Abstecher machen. Seraphina hat etwas davon gehört, was Königin Gianne im unterirdischen Hangar baut, und ich denke, dass wir uns das ansehen sollten, bevor wir wieder in den Norden zurückfliegen. Vielleicht ist es genau das, womit wir bei Königin Brisha Pluspunkte machen können«, sagte ich mit einem Zwinkern und übersprang den Teil, in dem er dauerhaft in den Süden zurückkehren sollte. Diese Unterhaltung konnte noch etwas warten.

Er runzelte die Stirn. »Was baut sie?«

»Genau das müssen wir herausfinden«, sagte ich und zog ihn weiter. Dieses Mal wehrte er sich nicht, sondern ließ sich von mir in den Schatten der rutschigen Felsen ziehen. Ich wartete einen Augenblick lang in der Dunkelheit und sah zu dem Vorsprung, auf dem der Kommandant uns abgesetzt hatte. Von hier aus sah ich, wie er einen unserer Kollegen anschrie, der erfolglos versuchte, eine Bombe zu befestigen, die aber nicht haften wollte.

Es war jetzt oder nie. Wir mussten losfliegen, bevor er

merkte, dass wir verschwunden waren. Dicht an den Schatten entlanggleitend flogen wir in Richtung des unterirdischen Hangars.

Mein Gedächtnis war ein wenig verschwommen, was die Stadt anging, aber Navan übernahm die Führung, als ich den Weg nicht mehr kannte. Unterwegs nahm ich einen kleinen Schluck vom Flügelserum, damit der Effekt nicht nachließ. Wir hielten uns so lange wie möglich im Schatten und überflogen Randgebiete. Auf dem Weg konnte ich Navan davon überzeugen, seinen Sprengstoff abzuschnallen und wir ließen beide Gürtel in einen tiefen See aus geschmolzenem Eis in einem Berg fallen. Ich wollte den Sprengstoff nicht mehr an mir haben, jetzt wo wir die Evakuierung geschafft hatten, und Navan schien es genauso zu gehen.

»Lag der Hangar wirklich so weit draußen?«, fragte ich unsicher und folgte Navan über den letzten Rand von Regium.

»Der Hangar befindet sich absichtlich außerhalb der Stadt«, sagte er und setzte zur Landung auf einer unscheinbaren gefrorenen Wiese an. Meine Füße berührten schon bald den harten Boden.

Ich sah mich um und erkannte den Felsen, die sich vor uns erhob, irgendwie wieder. Andererseits sahen die meisten Felsen hier ziemlich gleich aus. Ich drehte meinen Kopf nach links und rechts, so als ob die Erinnerung dann zurückkäme. Navan sah mich fragend an.

»Was machst du da?«, fragte er belustigt.

»Ich versuche herauszufinden, wo der Hangar liegt«, sagte ich.

Er lachte. »Hier entlang«, sagte er und deutete auf einen Teil des Hanges.

»Du bist zwar gut in Form, aber ich bezweifle, dass selbst du Felsen durchbrechen kannst«, brummte ich und eilte ihm nach. Wohin auch immer er ging, er schien fest entschlossen zu sein.

Als wir der Stelle näher kamen, auf die er gedeutet hatte, sagte ich nichts mehr. Im Felsen klaffte tatsächlich eine Spalte, in der zwei Personen bequem nebeneinanderstehen konnten, aber sie war von der Natur mit jeder Menge Reben und Brombeersträuchern getarnt worden, die die Öffnung verbargen.

»Dies ist aber nicht der Weg, den wir genommen haben, als wir zum ersten Mal nach Vysanthe gekommen sind«, sagte ich verwirrt. Ich fragte mich insgeheim, ob Navan sich vielleicht irgendwo den Kopf angeschlagen hatte, als ich nicht bei ihm gewesen war.

Er lächelte und sah mich wissend an. »Das stimmt, aber ich kenne diesen Ort von früher sehr gut. Meine Brüder und ich sind hier immer umhergeschlichen, haben den Ingenieuren zugesehen und alles über die Erkundungsschiffe gelernt, die aus diesem Hangar aufgebrochen sind. Deshalb wollte ich Entdecker werden. Deshalb und weil ich unbedingt aus Vysanthe herauskommen wollte.« Ein Lächeln huschte über seine Lippen. »Mit den Jahren habe ich ein paar versteckte Schätze gefunden, Orte, an denen es keine Wachen gibt. Dies ist ein alter Belüftungsschacht, auch wenn er in letzter Zeit nicht gut zu funktionieren scheint«, sagte er und lachte. Dann schob er die verworrenen Wurzeln und heruntergefallenen Steine beiseite, die die Öffnung so gut verdeckten.

»Moment mal, wir werden uns durch eine enge Lücke in einen riesigen Berg schleichen?«, fragte ich und hob ungläubig die Augenbrauen, weil ich fürchtete, dass alles über uns einstürzen könnte, sobald wir auch nur einen Fuß in diesen Schacht setzten.

»Es gibt einen richtigen Belüftungsschacht. Es ist nicht nur kahler Felsen«, sagte Navan, als er die Reben fortriss und seine Spuren vom Boden verwischte. Dieser Ort wäre nicht lange sicher, wenn jemand kam und den Haufen abgerissener Ranken entdeckte.

Immer noch unsicher, was die Sicherheit dieses Weges anging, folgte ich Navan und hielt seine Hand fest, als er in die Dunkelheit schritt. Mit meiner freien Hand tastete ich mich an den Wänden ab und erschauderte jedes Mal, wenn kleine Steine abbröckelten und der Boden unter meinen Füßen knirschte. Aber nach einem Moment wurde der Boden fester und auch die Schatten wurden etwas heller. Wie Navan es gesagt hatte, wich der Fels um uns bald einem sicheren, eckigen Tunnel aus reinem Blech. Unsere Schritte hallten beim Gehen. Der Tunnel war hoch genug, dass ich mit nur leicht eingezogenen Schultern laufen konnte, aber Navan musste sich ziemlich kleinmachen.

»Hat Seraphina sonst noch etwas gesagt?«, fragte er, während wir weitergingen.

Ich überlegte, ihm von ihrer Bitte zu erzählen, aber ich brachte kein Wort heraus. Es war, als ob mein Herz mir den Hals verschloss, meine Worte einsperrte und sie unausgesprochen ließ. Ich musste es ihm erzählen, aber dies war nicht der richtige Zeitpunkt. Ich musste selbst erst einmal verarbeiten, was Seraphina mir gesagt hatte.

»Sie hat gesagt, dass sie sich um die Evakuierung kümmern würde und dass Königin Gianne irgendeine Waffe baut«, antwortete ich mit einem schlechten Gewissen, weil ich ihm nichts von ihrer Bitte erzählte. Je länger ich darüber nachdachte, desto besser konnte ich mich in ihre Lage hineinversetzen. Sie wollte mich nicht verletzen, sondern hatte Angst um ihr eigenes Glück. Wenn ich gezwungen wäre, einen Mann wie Aurelius zu heiraten, würde ich wahrscheinlich auch verzweifelt nach einem Ausweg suchen.

Navans Kopf wirbelte zu mir herum. »Vorhin hast du nicht gesagt, dass es sich um eine Waffe handelt!«, zischte er.

»Habe ich das nicht?«, murmelte ich und dachte, dass ich es wohl hätte tun sollen. »Ich dachte, dass das klar wäre. Ich meine, was soll sie denn sonst bauen, nachdem sie das wertvollste Gebäude ihrer Schwester zerstört hat? Sie rechnet sicher mit einem Racheangriff und bereitet sich vermutlich darauf vor.«

»Du musst mir so etwas wirklich sagen, Riley«, seufzte er.

»Missverständnis-Riley«, murmelte ich und zuckte mit den Schultern. »Tut mir leid.«

Er sah mich schief an und ging weiter. Zehn Minuten später perlte mir der Schweiß von der Stirn, weil der Belüftungsschacht überraschend stickig war, und wir kamen endlich am Ende des Ganges an. Vor uns befand sich ein Gitter, durch das man auf den unterirdischen Hangar blicken konnte, an dem wir an jenem schicksalhaften Tag angekommen waren. Traurig dachte ich an Kalvin und den Rest des Teams, von dem wir nicht wussten, was mit ihnen geschehen war. Kalvin war bis zum Ende loyal geblieben und hatte uns die Chance gegeben, zu überleben, indem er sein eigenes Leben geopfert hatte. Und doch waren wir hier, in der Höhle des Löwen, und setzten unser Leben erneut aufs Spiel. Wenn er uns jetzt sehen könnte, würde er sicher die Augen verdrehen oder eine spitze Bemerkung über Navans Unfähigkeit machen.

Ich quetschte mich neben Navan und wir knieten uns auf den Boden. Was wir sahen, erschrak mich bis in Mark.

In der riesigen Höhle lag eine Flotte brandneuer Schiffe, die wie glatte Kieselsteine in einem Flussbett glänzten. Eines von ihnen hatte seine Motorhaube geöffnet und wir sahen die Getriebe dieses strahlend neuen Schiffs. Ein Ingenieur bastelte daran herum und machte nebenbei Aufzeichnungen von seiner Arbeit.

Ein leises Röcheln entfuhr Navan. »Nein ... Das kann nicht sein«, hauchte er.

»Was?«, fragte ich mit ausgetrocknetem Mund. Maschinenbau war zwar meine Stärke, aber sie deckte keine außerirdische Technologie ab. Ich hatte keine Ahnung, was ich da sah, aber Navans panisches Gesicht erschrak mich.

»Sie hat es herausgefunden«, hauchte er. »Da – das ist der Motor, den sie für Fernreisen im Weltraum braucht. Ich würde ihn überall wiedererkennen.« Er starrte auf das offene Schiff und seine Metallinnereien, die unheilverkündend schimmerten.

Ich schnappte entsetzt nach Luft, als ich noch etwas anderes im hinteren Teil des Hangars entdeckte. Inmitten der vielen neuen Schiffe sah es aus wie ein Haufen Altmetall. Aber an einer Seite der abmontierten Panele stand das Wort Asterope.

Niedergeschlagen verstand ich, was geschehen war. Gianne hatte die Asterope benutzt, um herauszufinden, wie sie tiefer in den Weltraum vordringen konnte.

Wenn das, was Navan sagte, stimmte, dann war der Motor sehr verändert worden. Ein Ingenieur musste an der Asterope gearbeitet haben und dabei waren ihm Abweichungen aufgefallen, die er dann an die Königin gemeldet hatte. Durch verschiedene Versuche hatten sie herausgefunden, was diese Abweichungen bedeuteten, indem sie die

Technik ihrer eigenen Schiffe um dieses Element erweiterten. Indem sie sich diesen technischen Fortschritt erschlossen hatten, hatten sie das ungenutzte Potenzial ihrer eigenen Flotte erkannt und so hatte Gianne beschlossen, eine ganz neue Flotte bauen zu lassen.

Wenn dem so war, dann war es nur eine Frage der Zeit, bevor Gianne die Erde entdeckte. Sie war sicher irgendwo auf der Asterope als Ziel gespeichert. Wenn sie noch nicht verstand, wie wichtig mein kleiner und scheinbar schwacher Planet war, dann würde sie es schon bald tun, und dieser Gedanke verknotete mir vor Angst den Magen. Warum musste gerade Menschenblut das Blut sein, was funktionierte? Lag es an unserer Position im Universum, praktisch am anderen Ende von Vysanthe? Ich hatte keine Ahnung, aber es machte mich trotzdem wütend.

»Wir müssen das sofort an Brisha melden«, sagte ich bitter und kniff zornig die Augen zusammen.

Navan nickte. »Wir müssen das hier unterbrechen, bevor die Flotte ganz funktionstüchtig ist.«

Ich sah ihn an. »Ist sie es denn noch nicht?«

»Dem Anschein nach nicht. Sie müssen noch ein paar Probleme lösen, aber das werden sie schon sehr bald tun. Brisha muss einschreiten, sonst sind wir alle verloren. Mit dieser Anzahl von Schiffen ist nicht einzuschätzen, wozu Gianne in der Lage ist. Mit dieser Armada könnte sie das ganze Universum einnehmen«, sagte er durch zusammengebissene Zähne.

»Dann dürfen wir keine Zeit verlieren«, flüsterte ich und nahm seine Hand. Wir eilten durch den Belüftungsschacht zurück und rannten in die unfreundliche vysanthinische Landschaft hinaus.

Ich dachte an den Sprengstoff, den wir abgeworfen hatten und der nun im eisigen Wasser vor sich hin knisterte, und seufzte. Vielleicht hätten wir diese Schiffe so beschädigen können. Aber im Hangar wimmelte es nur so von Kaltblütern. Wir hätten es nie geschafft, ohne entdeckt zu werden.

Nun mussten wir so schnell wie möglich nach Nordvysanthe zurückkehren. Wir durften keinen Augenblick länger hier vergeuden. Seraphina und ihre Hochzeit würden warten müssen. Es standen wichtigere Dinge auf dem Spiel ... das ganze Universum zum Beispiel.

KAPITEL ZWEIUNDZWANZIG

»Sollen wir direkt zur Grenze fliegen oder zu den anderen zurückkehren?«, fragte ich, weil ich daran dachte, dass die Soldaten inzwischen wahrscheinlich den restlichen Sprengstoff deponiert hatten. Sie würden hoffentlich nicht erfahren, was die Störung der Sprinkler verursacht hatte, aber sie müssten sich für den Fall beeilen, dass die Sicherheitskräfte irgendeine verdächtige Aktivität bemerkten. Die Bomben würden trotz allem hochgehen, ob sich nun Leute im Gebäude aufhielten oder nicht.

»Wir müssen zu den anderen zurückkehren«, sagte Navan ernst. »Wenn wir nicht bald dort auftauchen, wird Kommandant Korbin denken, dass wir desertiert sind. Wir können ihm sagen, dass wir etwas entdeckt haben, was für Brisha sehr wichtig ist«, fügte er hinzu und breitete die

Flügel aus. Ich tat das Gleiche und hob ab. Navan schwebte neben mir.

Der Wind schlug uns ins Gesicht, während wir uns von der Bergkette, die Regium umgab, entfernten. Ich sah zurück auf die Zwillingsstatuen, die den Stadteingang bewachten – das alte Königspaar, von dem mir Navan auf unserer Tour bei unserem letzten Aufenthalt hier erzählt hatte. Sie waren wirklich beeindruckend, wie sie über der Siedlung und den Bergen thronten und alles im Blick behielten. Ich fragte mich, wie Vysanthe wohl damals gewesen war, bevor die Schwestern den Planeten zerteilt hatten. War es ein besserer Ort gewesen? Alle Könige und Königinnen hatten ihre Schwächen, aber ich fragte mich, welches Vysanthe das Volk wohl vorzog, das frühere oder das heutige.

Dieses Mal machten wir keinen Umweg über das trockene Ödland, das die Nachbarbezirke von Regium umgab, denn uns blieb keine Zeit mehr, um vorsichtig zu sein. Nicht, wenn wir zu den anderen Soldaten stoßen wollten, bevor Korbin unsere lange Abwesenheit auffiel.

Als wir uns der Stadt mit ihren schönen Häusern an einem glänzenden Fluss näherten und die Bäume langsam saftiger aussahen, hörte ich ein Geräusch hinter uns. Es klang fast wie ein Drache, der im Wind flatterte.

Ich drehte mich ruckartig um und sah eine Gestalt hinter einer dichten Baumkrone verschwinden. Aber Wolken zogen über den Himmel und schoben sich vor die Sonne, sodass ich mir unsicher war. Erst, als sich das unangenehme Gefühl auch nach einer Weile nicht abstellte, wusste ich, dass mir mein Verstand nichts vorgaukelte.

»Ich glaube, dass wir verfolgt werden«, flüsterte ich Navan zu und flog dichter neben ihn.

Er runzelte die Stirn und blickte unauffällig über seine Schulter. »Ich kann niemanden sehen«, sagte er, sah aber nicht überzeugt aus.

Mein Puls beschleunigte sich, als ich an unsere nervenaufreibende Reise von Alaska nach New York dachte. »Wer auch immer es ist; er ist sehr gut darin, sich zu verstecken.«

Wir überquerten den eisigen Fluss, Navan nahm meine Hand und zog mich nach links, fort von dem direkten Weg, der uns zum Observatorium zurückführte. Wir nutzten den Schatten der naheliegenden Bäume, um uns dahinter zu verstecken, und spähten dann durch die Lücken im Blätterdach, um zu sehen, wer uns auf den Fersen war. Da sah ich den skeletthaften Umriss von Aurelius, der mit seinem einzigen Flügel in doppelter Geschwindigkeit flatterte, um sich in der Luft zu halten, während sein falscher Flügel schlapp herabhing und sich nur bewegte, wenn der Wind ihn anhob. Trotz seiner Behinderung flog er sehr geschickt. Seine geröteten Augen huschten über die Landschaft und starrten in den Wald.

Warum war er uns gefolgt, statt Alarm zu schlagen? Schließlich war er nicht besonders stark. *Ist es möglich, dass er wie Pandora für die Rebellen arbeitet und ihnen von Giannes Seite aus Bericht erstattet?*

Plötzlich zog er eine Waffe, deren metallener Lauf im Sonnenlicht glänzte. Kurz darauf schoss er und die Kugel flog dicht an uns vorbei und schlug in einem Baum hinter uns ein. Das Holz zersplitterte laut. Ich umklammerte Navans Hand. Nun war ich mir sicher, dass Aurelius nicht für die Rebellen arbeitete. Andernfalls würde er nicht versuchen, uns zu töten. Vielleicht versuchte er nur, den Helden zu spielen, um seine geliebte Königin – oder sogar Seraphina – damit zu beeindrucken.

Aurelius flog zum Waldrand hinab und zielte weiter mit seiner Waffe auf die Bäume. »Wer ist da?«, rief er und gab einen weiteren blinden Schuss ab.

Er wusste nicht, wen er verfolgt hatte. Ich zog mir meine Kapuze tiefer ins Gesicht und bedeutete Navan, dasselbe zu tun. Wenn Aurelius uns noch nicht erkannt hatte, dann sollte er es auch jetzt nicht tun.

»Niemand Gefährliches«, antwortete Navan mit hoch verstellter Stimme. »Lass uns gehen und alles ist vorbei. Wir sind harmlose Händler, die zum Arbeiten nach Regium kommen!«

Mir wurde klar, dass wir nur entkommen konnten, wenn wir den Berater zum Reden brachten, sodass wir dann unerwartet an ihm vorbeischießen konnten. Navan machte bereits eine Geste, mich gegen den Baumstamm hinter uns zu stemmen, um mich dort abzudrücken und an Schwung zu gewinnen. Er tat dasselbe am Nachbarbaum.

»Ihr seid Eindringlinge!«, rief Aurelius, klang aber nicht mehr ganz so sicher. »Ihr seid Eindringlinge und müsst bestraft werden!« Damit gab er eine ganze Salve von Schüssen auf den Wald ab.

»Los!«, befahl Navan.

Ich presste mich gegen den Baum und stieß mich dann mit aller Kraft ab. Wie eine Kugel schoss ich in einer perfekten geraden Linie durch die Bäume, meine Flügel flach an meinen Körper gepresst. Navan folgte dicht hinter mir und wir breiteten unsere Flügel aus, als der Schwung nachließ. Wie gehofft hatte unsere Bewegung Aurelius überrascht und er taumelte nach unten, bevor er wieder Halt gewann.

Wir flogen, so schnell wir konnten, aber Aurelius wirbelte herum und zielte mit seiner Waffe auf uns. Ich hörte das unverwechselbare Geräusch von Kugeln, die an uns vorbeirauschten. Eine verfehlte knapp mein Ohr und das schrille Sausen der Kugel machte mich einen Augenblick lang taub. Dennoch flog ich weiter, verzweifelt bemüht, nicht vom Himmel geschossen zu werden. Navan flog dicht vor mir und gab mir die Richtung an. Mein Herz raste und ich ließ ihn keine Sekunde aus den Augen, während meine Flügel so schnell schlugen, dass sie Wind hinter mir aufwirbelten.

Während unseres steilen Flugs nach oben versuchte ich,

mich in den Wolken zu verstecken, aber ein plötzlicher Schmerz ließ mir das Blut in den Adern gefrieren. Es war ein dumpfes Gefühl unter meinen Schulterblättern, das sich bis in meinen Brustkorb zog. Sofort wusste ich, was das bedeutete. Die Wirkung des Flügelserums ließ nach. Ich spürte es daran, wie mein Flügelschlag langsamer wurde und mein Körper Mühe hatte, meine Flügel zu steuern.

Panisch griff ich in meine Taschen und suchte nach dem letzten Röhrchen mit Flügelserum, aber meine Hände waren zu verschwitzt und meine Finger zu zittrig. Das Röhrchen wäre mir beinahe entglitten, aber ich hielt es fest, entschlossen, es nicht fallen zu lassen. Dann zog ich den Pfropfen ab und hob es an meine Lippen. Die Flüssigkeit war schon fast in meinem Mund, als ein Ruck durch meinen rechten Flügel ging und mich aus dem Gleichgewicht brachte. Das Röhrchen fiel zu Boden und ich sah entsetzt, wie es auf einem Stein aufschlug und zersprang.

Einen Augenblick später stürzte ich dem Röhrchen hinterher, weil meine Flügel verschwanden und ich hilflos war. Ich ruderte mit den Armen, so als ob sie mich auf wundersame Weise in der Luft halten könnten, aber ich konnte nichts tun, um meinen Sturz aufzuhalten.

Also schloss ich die Augen und machte mich auf den Aufprall bereit, doch da spürte ich, wie Navan seine Hände unter meine Achseln schob und mich auffing. Ich sah, wie seine Flügel gleichmäßig schlugen und er mich sanft auf den Boden zuflog. Immer noch flogen Schüsse um uns herum, aber er konzentrierte sich ganz auf mich.

»Wir treffen uns vor dem Haus mit dem silbernen Torbogen«, sagte er hastig, bevor er mich in einem vysanthinischen Garten fallen ließ, der viel zu zurechtgestutzt war, um natürlich zu sein. Er ließ mich fallen, bevor ich auch nur ein Wort des Widerspruchs sagen konnte, und hob mit entschlossener Miene ab.

Von meinem Standpunkt aus sah ich, wie Aurelius ihm näher kam und Navan zwang, den Schüssen auszuweichen, die der Berater immer noch aus seiner silbernen Waffe auf ihn abfeuerte. Doch Navan wirbelte nun wie ein Tornado in der Luft herum, zog die beiden Schwerter, die auf seinen Rücken geschnallt waren, und wehrte damit die Projektile ab, die auf ihn zurasten. Bei jedem Aufprall flog ein Funkenregen, so als ob der 4. Juli mit einem Feuerwerk begangen würde.

Ich hatte schon immer gewusst, dass Navan geschickt war, aber ihn in einem wirklichen Kampf zu sehen, war genauso beeindruckend wie erschreckend. Seine Klingen fuhren durch die Luft, durchschnitten die Schüsse und umgaben seinen Körper wie ein sich ständig bewegender Schutzschild. Ich sah, dass Aurelius angesichts der Wendung der Ereignisse matt wurde und mit seinem einzigen Flügel angestrengt auf Navan zuflatterte. Zu meinem Glück machte er sich in seinem Ärger nicht die Mühe, nach unten zu sehen. Jeder Hieb von Navans Klingen trieb ihn weiter und weiter von der Stelle weg, an der ich stand. Navan lockte Aurelius fort, damit er gegen ihn kämpfen konnte, ohne sich darum Sorgen machen zu müssen, dass ich von einem Querschläger getroffen wurde. Ich wünschte, bei ihm in der Luft zu sein, aber ich hatte mich wieder komplett in einen Menschen verwandelt.

Der Schmerz meiner verschwundenen Flügel pochte noch in meinen Schultern und mir wurde übel. Ich drückte meine Arme vor meinen Bauch, als sich der letzte Rest des Serums aus meinem Körper verabschiedete. Schwarze Punkte flimmerten vor meinen Augen. Meine Knie zitterten und ich stolperte nach hinten, auf der Suche nach etwas, woran ich mich festhalten konnte. Doch mein Fuß verhakte sich in einer hochstehenden Wurzel und ich landete rückwärts in einem Busch. Glücklicherweise war er überraschend weich, die Blätter waren sanft und die Zweige schwammig. Als ich wieder etwas sehen konnte, wollte ich mich aufrappeln, doch je mehr ich mich bewegte, desto mehr spürte ich ein warmes Prickeln auf meinen Armen und Beinen, so wie die Berührung einer Brennnessel, nur noch viel schlimmer. Bald brannte mein ganzer Körper, als ob er von Nadeln gestochen wurde. Ich rückte näher und erkannte kleine, eisblaue Blumen, die zwischen den Blättern wuchsen. Sie stießen einen glänzenden weißen Nebel aus, der durch den Stoff meiner Kleidung zu kriechen schien und die Haut darunter verbrannte.

Es gelang mir schließlich, mich aus dem brennenden Busch zu befreien und den Nebel zu verjagen, indem ich mir meine Ärmel bis über die Hände zog. Dann schob ich meine Jacke beiseite und sah einen Hautausschlag, auf dem sich schon Blasen bildeten, als ob meine Haut von einer Flamme verbrannt worden wäre. Er brannte höllisch, aber ich hoffte, dass das alles war. Das Letzte, was ich jetzt gebrauchen konnte, war irgendeine Infektion durch einen außerirdischen Busch.

Völlig desorientiert ging ich durch den vysanthinischen Garten und sah die beeindruckenden Blumenbeete mit ihren Blüten in ungewöhnlichen Farben und Formen. Auf einem Beet sah ich eine rosenartige Blüte, die so groß wie mein Kopf war. Jedes Blütenblatt war so breit wie meine Handfläche und die Farben waren fast holografisch, wie sie im sich ändernden Licht schillerten. Auf einem anderen Beet wuchs ein knorriger Baum, dessen blaue Früchte denen glichen, von denen mir Gianne in meinen ersten Tagen in Vysanthe eine zu kosten gegeben hatte.

Es näherten sich Stimmen und ich eilte durch ein Tor im hinteren Bereich des Gartens auf den Waldweg hinaus. Der Pfad wurde breiter und wich einer Pflasterstraße mit schicken Gehsteigen, die aus glänzendem Marmor zu sein schienen.

Zu beiden Seiten erhoben sich große Gebäude und ich sah, dass ich mich in einem Wohnviertel befand, in dem sich die elegantesten Villen befanden, die ich jemals gesehen hatte. Sie erhoben sich inmitten von endlosen Rasenflächen wie Märchenschlösser. Turmspitzen glitzerten im Sonnenlicht und tausend Fenster blickten auf mich herab. Einige Häuser waren aus einem edlen schwarzen Stein erbaut, den ich noch nie zuvor gesehen hatte, während andere aus purem Opalin bestanden. Durch den blassen Marmor zogen sich Saphiradern.

So, wo zum Teufel ist nun der silberne Torbogen?

Ich ging weiter und hoffte, dass mich niemand zur Kenntnis nähme. Meine Kapuze hatte ich immer noch tief ins Gesicht gezogen, aber an einem Ort wie diesem machte mich das sicher nur noch verdächtiger.

In der Ferne glänzte etwas, als das fahle Sonnenlicht auf einen metallischen Gegenstand fiel. Ich blinzelte und sah, dass es ein Torbogen war. Da es entlang der Straße keinen weiteren Bogen gab, musste dies der richtige sein. Ich rannte darauf zu und hoffte, dass Navan bald entkommen und mich hier finden würde. Wenn es einen Garten gab, dann könnte ich mich dort eine Weile verstecken, aber ohne mein Flügelserum kroch mir die bittere vysanthinische Kälte schon jetzt in die Knochen.

Wenn Navan mich nicht bald abholte, dann würde ich mich wahrscheinlich zu Tode frieren.

Langsam schlendernd blieb ich vor dem silbernen Bogen stehen. Rings herum wanden sich Metallranken und gotische Flügel streckten sich auf den Rücken eingravierter Figuren, die in Posen von Krieg und Frieden dargestellt waren. Ich hob meine Hand über die Augen, weil die Sonne mich blendete, und las den Namen, der im Tor eingraviert war.

Idrax.

Ich war so abgelenkt von dem Namen, dass ich nicht bemerkte, wie ein imposantes, dunkelhaariges Kaltblut auf mich zukam, bis ich direkt gegen den Mann rempelte.

KAPITEL DREIUNDZWANZIG

»Wer bist du?«, knurrte das Kaltblut mit wütend funkelnden dunkelblauen Augen.

Dem Namen am Tor nach zu urteilen, hatte Navan mich wohl zum Haus eines Familienmitglieds geschickt, obwohl er sicher nicht beabsichtigt hatte, dass ich dort einem seiner Brüder über den Weg lief. Aber dieses Kaltblut musste einer von Navans Brüdern sein. Die Haare, die Statur, der stechende Blick und die zornige Art ... Die Ähnlichkeit war geradezu unheimlich.

»Navan hat mich geschickt«, brachte ich heraus, sobald ich meine Sprache wiedergefunden hatte, obwohl mir die Angst die Kehle fast zuschnürte. »Er hat ... ein kleines Problem, aber er wird mich bald abholen. Er hat mich hergeschickt«, schob ich noch nach, obwohl ich wusste, dass meine Erklärung nicht viel Sinn ergab.

Der Blick des Kaltbluts wurde finsterer. »Ich sollte dich auf der Stelle töten, um diesem Verräter eine Lektion zu erteilen, die er nicht vergessen wird.«

Ich schluckte. Das war nicht gerade die Antwort, die ich mir erhofft hatte. Andererseits hatte ich keine Garantie dafür, dass der Rest der Familie Außenstehende tolerierte, nur weil Navan und Bashrik es taten. Schließlich hatten seine Eltern mich auch komplett ignoriert, was mir ehrlich gesagt lieber war als der bedrohliche Blick, den mir dieser Idrax nun zuwarf.

»Was hast du für ein Problem mit Navan?«, fragte ich einfach, um auf Zeit zu spielen. Navan konnte nicht weit von hier sein und Aurelius konnte ihn unmöglich überwältigen. Trotzdem hatte ich meine Zweifel. Wenn Navan nicht zurückkehrte, dann war ich so gut wie tot.

Das Kaltblut schnaubte verächtlich. »Abgesehen davon, dass er unsere Königin verraten und unseren Familiennamen beschmutzt hat?«

»Mir scheint es, als ob du persönlichere Gründe hast, um Groll gegen ihn zu hegen«, sagte ich. Ich tappte völlig im Dunkeln, musste die Unterhaltung aber irgendwie in die Länge ziehen.

»Groll würde bedeuten, dass er mich interessiert, und das tut er nicht. Der Mistkerl ist mir völlig egal. Navan ist mir gleichgültig und ich verschwende keinen einzigen Gedanken an ihn«, sagte er abwertend.

Das war eine Verteidigungstaktik, die ich kannte. Seine

Worte verrieten, dass er sich verletzt und im Stich gelassen fühlte.

»Für mich klingt es so, als ob er dir keineswegs gleichgültig ist«, sagte ich dreist und hoffte, dass er mir als Antwort nicht den Kopf abreißen würde. »Komm schon, ich bin neugierig. Was hat er getan, dass du ihn so sehr hasst? Hat er einen besseren Job als du? Lieben deine Eltern ihn mehr als dich? Was ist es?«, drängte ich. Ich sah dem Kaltblut an, wie es wütend wurde und sich seine Schultern verspannten. Ich biss meine Zähne zusammen und hoffte, dass ich nicht zu weit gegangen war.

Das Kaltblut fauchte. »Du weißt nichts über ihn und du weißt nichts über mich, Fremdling. Was bist du überhaupt?«, fauchte er, packte mein Handgelenk und musterte meine Venen.

»Kryptonierin«, hauchte ich zitternd. Die dünne Haut an meinem Handgelenk war nicht weit von seinem Mund entfernt. Ein Biss seiner scharfen Reißzähne und ich konnte verbluten.

Er brummte. »Lass mich raten. Er hat dich auf einer seiner berühmten Exkursionen aufgelesen? Du bist sein neues Haustier oder so etwas?«, sagte er bitter und beäugte weiter meinen Arm.

»So etwas in der Art«, antwortete ich leise. Seine Eltern hatten mich also nach Giannes Party mit keiner Silbe erwähnt. Aber das überraschte mich kaum, denn sie hatten mich ja fast nicht wahrgenommen. Vielleicht schämten sie sich sogar dafür, dass Navan eine Außenstehende, einen Fremdling nach Vysanthe gebracht hatte, weil das hier im Süden verpönt war. Ich kam mir vor wie ein schmutziges Geheimnis, von dem besser niemand erfahren sollte.

»Das ist alles, was er tut, weißt du? Er läuft davon, die ganze Zeit über. Er steht auf, geht und kümmert sich um niemand anderen als um sich selbst.« Das Kaltblut sah kurz missmutig aus, bevor es wieder wütend wurde.

»Warum tut er das?«, fragte ich und kam mir immer mehr wie eine Therapeutin vor. Als Nächstes würde ich ihn danach fragen, wie er sich dabei fühlte.

Er zuckte verärgert mit den Schultern. »Er glaubt, dass er ein größeres Recht darauf hat, fortzulaufen, als wir anderen. Jedes Mal, wenn wir ihn zur Rede stellen, sagt er, dass er es nicht aushält, hier in Plentha zu sein, wo sie gelebt hat. Es ist lächerlich. Er tut immer so, als ob er der Einzige wäre, dem es zu schaffen macht, dass unsere Schwester ...« Er verstummte unvermittelt und sah mich überrascht und misstrauisch an. Aber er sprach nicht weiter, weil ihm wahrscheinlich bewusst geworden war, dass er einer völlig Unbekannten sein Herz ausschüttete. Nicht nur einer Unbekannten, sondern einer verachteten Fremdartigen, die mit seinem verhassten Bruder unterwegs war.

Das Rauschen des Windes lenkte mich kurz ab; auf der Straße hinter mir landete eine Gestalt. Navan klappte seine Flügel mit einer Grimasse ein und kam mit geschwollenem Gesicht auf uns zu. Seine Arme waren von mehreren von

Aurelius' Kugeln gestreift worden. Er ging schwankend, so als ob ihm jeder Schritt unbeschreibliche Schmerzen verursachte. Ohne ein Wort legte er beschützend seinen Arm um mich, schob mich etwas hinter sich und brachte das andere Kaltblut dann dazu, meinen Arm loszulassen. Ich war erleichtert, aber Navan wandte seinen Blick nicht von seinem Bruder ab.

»Sarrask, du weißt, dass das nicht wahr ist«, hauchte Navan. »Ich weiß, dass ihr alle gelitten habt, als Naya gestorben ist, aber keiner von euch hat sich gegen unseren Vater erhoben oder Ronad besucht, nachdem er sie verloren hatte. Sie hat ihn geliebt. Er war ein Teil unserer Familie. Aber ihr habt alle so getan, als ob er nie existiert hätte, obwohl ihm an diesem Tag das Herz gebrochen worden ist. Er hat sie in seinen Armen gehalten, als sie starb, Sarrask. Er hat ihr den Trank als Geschenk gegeben. Kannst du dir vorstellen, wie er sich gefühlt hat?«, fuhr Navan fort und sein Ton wurde lauter.

Sarrask verzog das Gesicht. »Er hat sie nicht verdient. Er war ein niedrig Geborener, der sich jahrelang von unserer Familie hat durchfüttern lassen. Wer sagt, dass er sich das alles nicht ausgedacht hat, um unseren Vater zu beschuldigen?«, sagte er und fletschte die Zähne.

»Wenn du das glaubst, dann bist du sogar ein noch größerer Idiot, als ich es dachte«, fauchte Navan. »Naya hat Ronad geliebt. Unser Vater ist ein Psychopath. Wenn er nicht getan hätte, was er getan hat, dann wäre Naya noch am

Leben, aber diese Tatsache verdrängt ihr ja alle nur zu gern!«, sagte er wütend. »Was denn, hast du Angst, dass er dir deine Privilegien entzieht, wenn du ihm die Stirn bietest?«

»Ich brauche keine Wohltätigkeiten von meinem Vater«, zischte Sarrask, »aber wenigstens schätze ich alles, was er für uns getan hat, im Gegensatz zu dir. Du hättest keine Anstellung als Erkunder bekommen, wenn er nicht gewesen wäre, aber du siehst bei jeder Gelegenheit auf ihn herab. Ganz abgesehen davon, dass du unseren Namen weiter in den Schmutz ziehst! Weißt du, was Vater tun musste, um sich an seinen Posten zu klammern, nachdem du alle verraten hast?« Er funkelte Navan an. »Nein, ich wette, dass du keine Ahnung hast. Wir sind dir egal. So war es schon immer. Es ging immer nur um dich und Ronad, eure kleine Sippe, und ihr habt Bashrik nur deshalb miteinbezogen, weil er zu dumm war, um zu sehen, dass ihr nur Probleme stiftet.«

»Lass Bashrik aus dieser Sache heraus«, warnte Navan ihn.

Sarrask lachte bitter. »Oh, du wirst erfreut sein zu hören, dass auch dein lieber Onkel entkommen konnte. Von ihm muss dein verräterisches Blut kommen, denn von unserem Vater hast du das jedenfalls nicht geerbt!«

Ich warf Navan einen Blick zu und ergriff seine Hand. Lazar war am Leben? Sein Körper war in Blut getränkt gewesen, als die Soldaten das Zimmer gestürmt hatten und ich war mir sicher gewesen, dass wir ihn nie wiedersehen würden. Wie war er seiner Gefangennahme entgangen? Wie konnte er am Leben sein? Das ergab keinen Sinn.

Navan konzentrierte sich weiter auf seinen Bruder, aber ich sah, wie sein Kiefermuskel kurz zuckte und er die Zähne fester zusammenbiss. Er war genauso überrascht wie ich, zu hören, dass sein Onkel entkommen war. Ich merkte es an der Art, wie er meine Hand drückte.

Obwohl Navan überrascht war, antwortete er ohne Zögern: »Lazar würden jeden und alles verraten, um das zu bekommen, was er will. Wage es nicht, mich mit ihm in einem Atemzug zu nennen«, sagte er bitter. »Ich bin überhaupt nicht wie er. Wenn ich ihn wiedersehe, dann werde ich es sein, der ihn tötet«, sagte er und warf mir einen vielsagenden Blick zu. Navan hatte Lazar wohl seinen Trick mit meinem Ortungssender nicht vergeben. Ich hatte es auch nicht getan, aber es fiel mir schwer, ihm nicht dafür dankbar zu sein, dass er uns geholfen hatte, Giannes Soldaten zu entkommen. Ohne seine Unterstützung wüsste ich nicht, was aus uns geworden wäre. Allein deshalb freute sich ein Teil von mir, dass er entkommen war, obwohl ich mir immer noch nicht vorstellen konnte, wie er das angestellt hatte. Als wir ihn zurückgelassen hatten, war er bereits halbtot gewesen, aber der schlaue alte Fuchs war noch am Leben und versteckte sich irgendwo hier draußen.

»Was machst du hier?«, fragte Sarrask verwirrt. »Bist du nicht hier, um herauszufinden, wo er ist?«

»Nein, natürlich nicht!«, sagte Navan und nannte dann

eine Reihe von sieben zusammenhanglosen Zahlen. Er wiederholte sie und Sarrask starrte ihn mit geweiteten Augen an. »Ich habe dir den Code als Zeichen meiner guten Absichten verraten. Jetzt musst du mir versprechen, dass du Königin Gianne nicht erzählen wirst, dass wir hier sind. Es ist sehr wichtig, dass wir von hier verschwinden, ohne dass jemand erfährt, dass wir hier waren. Hast du verstanden?«

Es folgte ein langes Schweigen, bevor Sarrask antwortete. »Ich werde deine Anwesenheit hier geheim halten, weil du mir eine Gegenleistung erbracht hast, aber wenn ich dich das nächste Mal hier erwische, werde ich nicht so großzügig sein. Wenn ich dich noch einmal dabei ertappe, wie du dich in unsere Nation einschleichst, werde ich dich persönlich an Königin Gianne ausliefern und dieses pathetische Exemplar sofort umbringen. Hast du das verstanden?«, knurrte er und seine dunkelblauen Augen blitzten.

»Danke, Bruder«, sagte Navan und streckte ihm die Hand entgegen. Zögernd ergriff sie sein Bruder und packte dann Navans Arm. Navan legte seine andere Hand ebenfalls auf den Arm seines Bruders. Die beiden gaben sich wie Krieger die Hand.

»Das bedeutet nicht, dass ich dir vergebe«, sagte Sarrask knapp, als sie sich wieder losließen.

Navan zuckte mit den Schultern. »Das habe ich auch nicht geglaubt.«

»Verschwinde von hier, bevor ich es mir anders überlege«, sagte Sarrask und machte ein angewidertes Gesicht.

»Gern«, murmelte Navan, legte seine Hände um meine Taille und hob mit mir ab. Ich wusste nicht, wie es war, Brüder oder Schwestern zu haben, aber ich konnte mir vorstellen, wie die Idrax-Geschwister sich früher gestritten hatten, vor allem, weil sie so viele waren. Naya musste sich inmitten all ihrer Brüder sehr beschützt und geliebt gefühlt haben. Lächelnd dachte ich daran, dass Ronad ein mutiger Mann gewesen war, weil er sich in eine Frau mit so vielen Brüdern verliebt hatte.

»Die Truppe ist wahrscheinlich ohne uns aufgebrochen«, sagte Navan. »Wir müssen zur Grenze fliegen und unsere Lage erklären, sobald wir dort ankommen.«

Ich nickte und wollte Navan fragen, was die Nummern zu bedeuten hatten, die er seinem Bruder verraten hatte. Sie waren definitiv wichtig. Aber als ich zu ihm aufsah und meinen Mund öffnete, um ihn zu fragen, sah ich den traurigen, abwesenden Blick in seinen Augen und wusste, dass jetzt nicht der richtige Augenblick dafür war. Navan sagte nicht viel, als wir auf die Grenze zwischen Süden und Norden zuflogen, und hatte den Blick auf den Horizont gerichtet. Wir beide waren in unseren eigenen Gedanken versunken.

Auf halber Strecke riss uns ein erschütternder Knall aus unseren Träumereien. Wir drehten uns um und Navan stockte. Seine Flügel schlugen langsam. Ein Lichtblitz war in der Ferne zu sehen und Rauch und Schutt stieben in den Himmel. Die Luft schien vor Hitze und von der Wucht der

Explosion zu vibrieren und der Donner, der bis zu uns gerollt war, hatte mich mit den Zähnen klappern lassen.

Der Anblick zerbrach mir das Herz. Es würde nicht lange dauern, bevor Gianne herausfand, was wirklich geschehen war. Ein elektrischer Kurzschluss konnte nicht ein solches Ausmaß an Zerstörung anrichten.

Ich wusste, dass dies ein unvergesslicher Wendepunkt war, an dem nichts mehr verändert werden konnte und von dem aus nur noch ein Weg offenstand. Es gab kein Zurück mehr. Dies war der wirkliche Beginn des Krieges. Hier waren wir und sahen dabei zu, wie das Friedensabkommen gebrochen wurde – etwas, worauf beide Königinnen schon seit Langem gewartet hatten. Nun blieb nur noch abzuwarten, wie die beiden Schwestern reagieren würden, nachdem das zerbrechliche Gleichgewicht zerstört war.

Ich sah zu Navan auf und sah überrascht, wie er vor Schmerz das Gesicht verzog. Es tat ihm sehr weh, eine der schönsten Bauten seines Heimatlandes in Schutt und Asche zu sehen. Für die Südvysanthiner war das Observatorium ein wichtiger Punkt gewesen und nun war er verschwunden, hatte sich sprichwörtlich in Rauch aufgelöst. Das war sicher nicht leicht mitanzusehen, aber ich fragte mich auch, wie sich wohl die Nordvysanthiner gefühlt hatten, als ihr Alchemielabor dem Boden gleichgemacht worden war. In einem Krieg gab es keine Gewinner. Und am Ende war der Preis nur Tod und Zerstörung – ein Thron war wichtiger als Schutt und Trümmer.

»Wir sollten gehen«, sagte ich leise, weil ich wusste, wie sehr er litt. Dass er seinen Heimatplaneten hasste, änderte nichts daran, dass er hier aufgewachsen war, Freunde gehabt hatte und hier zu dem Mann geworden war, der er eben heute war.

Er nickte und riss sich von der dicken schwarzen Rauchwolke los, die am Horizont aufstieg. Navan beschleunigte und presste die Lippen zu einer dünnen Linie zusammen, während wir zur Grenze rauschten.

»Was hast du Sarrask gegeben?«, fragte ich, um ihn abzulenken, und weil ich neugierig war.

Er lächelte traurig. »Es ist ein Passwort zu einem Safe, in dem sich alle Habseligkeiten von Naya befinden. Ich habe das Passwort jahrelang für mich behalten, aber Sarrask hat mir klargemacht, dass ich nicht das Recht dazu habe. Sie war auch seine Schwester«, sagte er mit belegter Stimme.

»Du hast das Richtige getan«, sagte ich und erinnerte mich an den Schmerz in Sarrasks Stimme, als er von seiner Schwester gesprochen hatte. Selbst wenn er uns nicht die Freiheit geschenkt hätte, wäre es anständig gewesen, ihm den Code zu verraten. »Kannst du es fassen, dass Lazar noch am Leben ist?«, fragte ich, um das Thema zu wechseln, damit die Traurigkeit aus Navans Gesicht verschwand.

Er lächelte schief. »Es ist ein Wunder, so viel steht fest. Es scheint, dass der verräterische Bastard sich selbst noch aus dem Tod herausschummeln kann«, sagte er halb verärgert, halb ehrfürchtig.

»Ich war überzeugt davon, dass er tot wäre«, murmelte ich und erinnerte mich an den blutigen Anblick, wie er auf dem Sessel zusammengesackt war.

Navan nickte. »Ich auch.«

Während wir auf die Grenze zurauschten, fragte ich mich, wie wir wohl im Norden empfangen werden würden. Die anderen hätten unsere Abwesenheit inzwischen bemerkt, wenn sie nicht davon ausgingen, dass wir in der Explosion umgekommen waren. Aber da wir aus dem Süden kamen, glaubte ich nicht, dass sie keinen Verdacht schöpften. Sie würden glauben, dass wir sie verraten hatten.

Aber es war egal, was sie von uns dachten. Wichtig war nur, dass wir zu Brisha gebracht wurden und ihr von Giannes neuer Flotte erzählten, bevor Gianne diese einsetzen konnte. Gegen ihre neue Weltraumtechnologie hätte die Erde keine Chance.

Es gab nur ein Problem.

»Wir können Brisha nicht sagen, was die Schiffe leisten können«, sagte ich ängstlich.

Navan runzelte die Stirn. »Du meinst die Motoren?«

»Wenn sie davon erfährt, dann wird sie diese Technologie für sich haben wollen. Wir müssen lügen«, sagte ich. »Wir müssen ihr erzählen, dass Gianne eine Flotte superstarker Schiffe baut, deren Kraft allein in ihren Waffen liegt. Wir müssen sie davon überzeugen, die Flotte vollständig zu zerstören, statt eines der Schiffe mitzunehmen, um es auseinanderzunehmen. Was auch immer passiert, wir dürfen ihr nichts von den Fernallmotoren erzählen, okay?«

»Einverstanden. Ich hoffe nur, dass sie uns überhaupt zuhört«, sagte er nervös.

Ich sah zum Horizont und hoffte, dass sie es tun würde.

KAPITEL VIERUNDZWANZIG

Der Schimmer der Grenze tauchte vor uns auf und wir standen vor einem neuen Problem. Wie sollten wir die Grenze ohne das Netz, das Kommandant Korbin benutzt hatte, überqueren? Wäre es vielleicht immer noch da, um ein Loch in der Abwehr zu hinterlassen?

»Was machen wir, wenn die Öffnung nicht mehr da ist?«, fragte ich nervös, als die zerklüfteten Berge noch zu weit entfernt waren, um etwas Genaueres zu erkennen.

Navan runzelte die Stirn. »Ich habe eine Idee«, antwortete er und schlug schneller mit den Flügeln. Fünf Minuten später landeten wir bei den Kampfgruben. »Zieh deine Kapuze über und verbirg dein Gesicht«, warnte er mich, als wir durch den hohen Holzeingang traten. Dieses Mal hielt eine Frau Wache, aber sie sah nicht weniger gruselig aus als ihr männliches Pendant. Narben überzogen ihr kantiges Gesicht und die muskulösen Arme.

Sie warf Navan ein fast zahnloses Lächeln zu, als er auf sie zukam. »Ich dachte, dass du der Staatsfeind Nummer Eins bist«, sagte sie mit einer schrillen Stimme, die gar nicht zu ihrem Gesicht passte.

»Deshalb brauche ich die Hilfe von ein paar Freunden«, sagte Navan freudig und klopfte ihr auf die Schulter. »Ich freue mich, dich wiederzusehen, Nisha.«

»Ich freue mich auch, Idrax«, lachte sie und umarmte ihn. »Das ist der Grund, warum du auf der Flucht bist?«, sagte sie mit einem Nicken in meine Richtung.

Navan grinste. »So ungefähr. Du weißt ja, was Gianne über zwischenartliche Beziehungen denkt«, sagte er und verdrehte die Augen.

»Es hat also nichts mit dem da zu tun?«, fragte Nisha und nickte auf die schwarze Rauchwolke, die am Horizont gerade noch sichtbar war.

»Nein«, sagte Navan, ohne zu zögern. »Aber so wie die Dinge stehen, wird Gianne uns wahrscheinlich die Schuld dafür in die Schuhe schieben.«

Nisha lachte und schüttelte den Kopf. »Du ziehst Schwierigkeiten wirklich magisch an, hm? Wenn Giannes Schergen herkommen, dann werde ich ihnen sagen, dass ich dich nicht gesehen habe«, versprach sie. »Was kann ich für dich tun, Unruhestifter?«

»Wir müssen hinüberkommen, ohne einen Alarm auszulösen. Ist der unterirdische Gang noch in Betrieb oder habt ihr ihn zugemacht?«, fragte Navan.

»Er funktioniert noch, auch wenn er in letzter Zeit nicht sehr stabil ist. Ein paar der Jungs haben versucht, ihn mit Stützbalken zu stärken, aber sie haben es aufgegeben, nachdem sie einmal zu oft steckengeblieben sind. Wir benutzen ihn nicht sehr oft, es sei denn, es gibt einen Kämpfer aus dem Norden, der unbedingt jemanden im Süden besiegen will.« Sie lachte.

Navan schnitt eine Grimasse. »Dann passieren also doch noch ein paar den Tunnel? Ich dachte, sie hätten es aufgegeben, nachdem Mako dem Kerl aus dem Norden den Kopf abgerissen hat.«

»Scheinbar wollen sie immer noch beweisen, dass sie besser sind als wir«, seufzte Nisha.

Navan runzelte die Stirn. »Ich dachte, dass du ursprünglich auch aus dem Norden kämst?«

»So ist es, aber erzähl das keinem«, flüsterte sie mit einem schüchternen Lächeln. »Es war alles einfacher, als der Planet noch nicht aufgeteilt war. Das waren legendäre Kämpfe, wie nicht einmal du sie dir vorstellen kannst! Alle Krieger waren gleich – kein Norden und Süden, einfach nur Vysanthiner. Ach ja, aber das passiert, wenn man Adlige Entscheidungen treffen lässt. Wir wären mit einer Regierung, die vom Volk gewählt wird, viel besser dran.« Sie seufzte und winkte uns dann, ihr zu folgen.

»Vorsicht, Nisha, du klingst langsam wie eine Revolutionärin«, zog Navan sie auf, obwohl ich Respekt in seinen Augen sah. Auch ich empfand ihn. Dies waren die Leute, die hier die Entscheidungen treffen sollten, Leute, die sich eine hellere Zukunft für Vysanthe wünschten, so wie Seraphina.

Nisha grinste. »Vielleicht bin ich ja eine! Das ist das Ding an Revolutionären: Sie sehen genauso aus wie alle anderen«, lachte sie, während wir auf die düsteren Kampfgruben zugingen. Heute hatte sich keine Menge versammelt und die meisten Wettstände waren geschlossen. Von den Kampfgruben selbst waren nur wenige Rufe zu hören.

»Es ist wenig los«, sagte ich gedankenverloren und sah in die trüben Gesichter der Spieler. Sie waren nicht so lebhaft wie beim letzten Mal.

»Es ist noch früh«, sagte Nisha und führte uns an den Gruben vorbei zu einer Tür in einer steilen Felswand. »Hier kommt erst Stimmung auf, wenn die Sonne untergeht.«

Sie öffnete die Tür mit einem rostigen Schlüssel und drängte uns in die dahinterliegende Dunkelheit. Notlampen warfen ein fahles Licht, aber der Boden war feucht, weil Wasser von den Wänden rann. Es war tückisch und ich wäre mehrmals fast ausgerutscht. Wenn Navan meine Hand nicht festgehalten hätte, dann wäre ich unzählige Male auf dem Hintern gelandet.

»Hier werde ich euch allein weitergehen lassen«, sagte Nisha mit einem entschuldigenden Blick, als wir an einer Wegkreuzung im Tunnel ankamen. »Geht diesen Weg entlang und ihr werdet im Norden ankommen. Seid vorsichtig. Wie gesagt bröckeln die Wände.«

»Danke, Nisha«, sagte Navan und umarmte seine Freundin noch einmal.

»Wozu hat man denn Freunde? Warte nicht so lange mit deinem nächsten Besuch, okay?«

Navan lächelte. »Versprochen.«

Damit verschwand Nisha und ging in die Richtung zurück, aus der wir gerade gekommen waren. Navan und ich gingen den Weg weiter und liefen nebeneinander her, bis der Tunnel enger wurde und wir hintereinander durch den dunklen, schmalen Gang laufen mussten. Ich war normalerweise nicht klaustrophobisch, aber dieser Durchgang ließ mich fast wünschen, dass wir es riskiert hätten, die Luftgrenze zu durchqueren.

Ich spürte, wie der Druck größer wurde und es über uns grollte und plötzlich donnerte. Es knackte und knirschte um uns herum und ich fürchtete mich vor jedem weiteren Schritt, weil ich dachte, dass der ganze Stollen einbrechen könnte. Mich an den Seitenwänden entlangzutasten half auch nicht, denn ich spürte ständig das Vibrieren der Felsen und wie kleine Steine abbröckelten und mein Gesicht und meine Haare mit einer feuchten Staubschicht bedeckten.

Dennoch eilten wir weiter, weil wir wussten, dass dies der einzige Weg in den Norden war, ohne von den Grenzsensoren bemerkt zu werden. Wenn Korbin uns erwischte, würde er sich sicher nicht die Zeit nehmen, um sich unsere

Erklärung anzuhören. Wir mussten Brisha vor dem Rest der Truppe erreichen, um ihr zu erklären, was geschehen war. Vielleicht war sie nicht unser größter Fan, aber sie würde uns wenigstens zuhören.

»Ist alles in Ordnung bei dir?«, fragte Navan, als es besonders laut durch den Gang dröhnte und alles um uns bebte. Meine Zähne klapperten.

»Noch bin ich unversehrt«, sagte ich leise, weil ich dachte, dass jede Art von Geräuschen die Stützbalken zum Brechen bringen könnten.

»Es sollte nicht mehr weit sein«, sagte Navan zum Trost, obwohl er doch gar nicht wissen konnte, wie weit wir gekommen waren, es sei denn ...

»Hast du diesen Weg schon einmal genommen?«, fragte ich neugierig.

»Ein- oder zweimal um Kämpfer aus dem Norden abzuholen. Das war aber vor langer Zeit«, sagte er. Das tröstete mich ein wenig. Wenn er schon einmal hier gewesen war, dann wusste er vielleicht tatsächlich, wo das Ende war.

»Wie kann dieser Tunnel überhaupt existieren?«, fragte ich, weil ich wusste, dass er gegen die Trennung der beiden Länder verstieß. »Wissen die Königinnen davon?«

»Es stellt einfach niemand Fragen«, sagte Navan. »Die Leute, die die Kreuzung kontrollieren, sorgen dafür, dass keine Spione durchgelassen werden, und im Gegenzug lässt Königin Gianne sie die Kampfgruben weiter betreiben. Es werden nur Kämpfer durchgelassen, das wurde schon immer sehr strikt gehandhabt. Aber es scheint so, als ob schon seit einer Weile nicht mehr viele Kämpfer diesen Weg gewählt haben. Außerdem passt hier keine Armee durch, ohne dass der Tunnel einstürzen würde. Wahrscheinlich dürfen nicht einmal mehr als zwei oder drei Personen gleichzeitig hier durchgehen, ohne dass alles zusammenbricht«, grübelte er und machte mich damit nur noch nervöser. Allein der Gedanke daran, dass der Tunnel einstürzen könnte, ließ mein Herz rasen.

»Bist du dir sicher, dass wir fast da sind?«, fragte ich, während ich mir einen schrecklichen Tod ausmalte, zerquetscht unter einem ganzen Berg.

»Fast«, versprach Navan.

Und tatsächlich sah ich einen Lichtfunken vor uns. Zuerst erschrak ich, weil ich dachte, dass es eine Taschenlampe sein könnte und jemand nach uns suchte. Doch dann erkannte ich, dass es das fahle Tageslicht war, und noch nie war ich so froh gewesen, es zu sehen. Es rumorte noch einmal schauerlich laut hinter uns und dann traten wir in die kühle Luft hinaus. Ich hockte mich hin und atmete tief durch, um die schale Hitze des Tunnels aus meinen Lungen zu vertreiben.

Als ich mich umdrehte, sah ich, dass der Tunneleingang standgehalten hatte, obwohl es sich angefühlt hatte, als ob er uns begraben wollte. Wie durch ein Wunder hatten wir es geschafft, nach draußen zu gelangen, ohne jemanden auf uns aufmerksam zu machen. Navan streckte mir seine Hand hin und half mir auf. Ich lächelte, als ich sein schmutzbeschmiertes Gesicht sah. Es sah aus wie eine Kriegsbemalung.

»Du hast da etwas im Gesicht«, zog ich ihn auf.

»Du auch«, sagte er und wischte mir mit seinem Daumen über die Haut.

Erleichtert sah ich auf die kahle Landschaft hinaus. Die Berge erhoben sich neben mir, aber die Grenze war nirgends zu sehen. Sie war zu weit oben. Aber ich hatte Navan an meiner Seite und gemeinsam würden wir nach Nessun zurückfinden.

Da hörte ich in der Ferne ein vertrautes Geräusch. Mein Kopf wirbelte herum. Auch Navan sah bereits auf die Berge über uns. Hinter den verschneiten Gipfeln tauchten Gestalten auf, die mit ausgebreiteten Flügeln im Schwarm in unsere Richtung flogen.

Der Anblick ließ mein Blut erstarren.

»Sie müssen das gesamte Grenzgebiet überwacht haben«, brummte Navan.

»Was machen wir jetzt?«, fragte ich und dachte panisch daran, wieder in den Tunnel zurückkehren zu müssen.

»Wir lassen uns von ihnen zu Brisha bringen«, sagte Navan ruhig und mit festem Blick. »Sie wird hören wollen, was wir zu sagen haben. Ich bezweifle, dass sie uns etwas tun werden, bevor wir vor sie gebracht worden sind.«

Ich war mir da nicht so sicher. Ich wusste, wie Kaltblüter waren, und wenn ich aus dieser Geschichte unverletzt und ohne blaue Flecke herauskäme, dann wäre es ein wahres Wunder.

Kommandant Korbin führte das Geschwader an, aber ich erkannte keinen anderen unserer Mitauszubildenden wieder. Stattdessen wurde Korbin von einer Eliteeinheit begleitet, deren Gesichter mit Narben und Tattoos übersät waren. Es waren insgesamt zehn erfahrene Krieger, was mir absolut übertrieben vorkam, weil wir nur zu zweit waren, aber wahrscheinlich wollten sie uns damit ihre Stärke demonstrieren.

»Keine Bewegung!«, schrie Korbin, als er und sein Team zur Landung ansetzten. »Wir werden euch ohne zu zögern erschießen, wenn ihr auch nur mit der Wimper zuckt!« Die Soldaten hatten ihre Waffen auf uns gerichtet und kleine grüne Laserlichter huschten über unsere Kleidung.

Wir gehorchten und regten uns nicht, während sich die Einheit näherte. Zwei Frauen stellten sich hinter mich, rissen meine Arme nach hinten und legten mir unsanft Handschellen an. Dann verpassten sie mir einen Stoß in den Rücken und ich stolperte vorwärts.

»Seid vorsichtig mit ihr!«, schrie Navan wütend.

»Noch ein Wort und ich nehme dein Schwert und schneide dir den Kopf ab. Hast du mich verstanden?«, fauchte Korbin und stellte sich dicht vor Navan.

Navan verstummte und sah zu mir. Eine meiner Wachen drückte mir das Gesicht auf die Brust, sodass ich ihn nicht länger ansehen konnte, weil sie ihre Hand in meinen Nacken presste. Meine Muskeln schmerzten, aber ich konnte nichts tun. Mich zu wehren, würde bei diesen Soldaten den sicheren Tod bedeuten.

»Sprengt ihn!«, befahl Korbin und ich sah, wie zwei andere Soldaten Sprengstoff vor dem Tunnel platzierten. Wenn er hochging, dann wäre der Tunnel wirklich nicht mehr benutzbar.

Einen Augenblick später packten mich die beiden Kaltblüterinnen an den Armen und rissen mich nach oben. Sie schleppten mich zwischen sich her und wir rauschten über die kahle Landschaft hinweg. Die gefrorenen Seen glitzerten in der Ferne. Ich versuchte, mich umzudrehen und zu sehen, ob Navan uns folgte, aber jedes Mal, wenn ich mich bewegte, riss eine der beiden Kaltblüterinnen meinen Kopf wieder herum.

Eine halbe Stunde später erreichten wir die unverwechselbare Gegend von Nessun und die Elitesoldaten brachten uns direkt bis zum Palast, wo sie uns Fußketten anlegten. Zu allem Überfluss befestigten sie mir auch noch ein seltsames Metallgerät vor dem Mund, das mich am Reden hinderte. Jedes Mal, wenn ich es versuchte, piekte es in meine Haut und der Schmerz wurde von Mal zu Mal schlimmer.

Panik ergriff mich. Wenn weder Navan noch ich reden durften, wie sollten wir Brisha dann die Wahrheit erklären? Ich sah zu Navan, der inzwischen neben mir stand und ebenfalls das Metallgerät vor dem Mund trug. Ich sah, dass er versuchte, mich zu beruhigen, aber mit seinen Augen allein konnte er mir nicht allzu viel sagen.

Unsere Ketten klapperten, als die Soldaten uns unsanft in den Palast stießen und uns durch die hallenden Gänge bis zum Thronsaal führten. Es war ganz anders als unser erster Empfang in Nessun, als wir als Gäste und nicht als Gefangene willkommen geheißen worden waren. Jetzt wussten wir also, wie es sich anfühlte, Brishas Thron verraten zu haben.

Die Königin wartete auf dem Podest, auf dem ihr Thron stand, auf uns, die Arme vor der Brust verschränkt. Sie trug ein schlichtes, fließendes schwarzes Kleid und hatte ihre Haare elegant zusammengebunden. Schwarze Rosen waren in ihre Locken geflochten. Irgendwie hatte ich das Gefühl, dass sie sich dem Anlass entsprechend angezogen hatte – ihr Stil passte zu einer Hinrichtung. Ich erschauderte beim Gedanken daran und sah zu ihr auf. Ihr Blick war voller Enttäuschung auf uns gerichtet.

»Würdet ihr es einen Zufall nennen, dass alle Zivilisten aus dem Observatorium evakuiert wurden, bevor der Sprengstoff explodierte?«, fragte sie kühl und ging auf ihrem Podest hin und her. Ihre lange Kleidschleppe glitt über den Marmorboden. »Würdet ihr es einen Zufall nennen, dass ihr beide verschwunden seid, nachdem ihr euch hättet zurückmelden sollen?«

Ich schüttelte den Kopf und öffnete den Mund, um etwas zu sagen, aber die Vorrichtung stach mir ins Gesicht und ich zuckte zusammen. Ein schmerzvolles Wimmern entfuhr mir. Brishas Gesichtsausdruck veränderte sich etwas, als sie es hörte.

»Nimm ihnen diese lächerlichen Dinger ab, Korbin! Wie sollen sie denn etwas sagen, wenn sie Metall über dem Mund haben?«, fauchte sie und ich atmete erleichtert auf. Nun hatten wir die Gelegenheit, die Wahrheit zu sagen und sie hoffentlich wieder gnädig zu stimmen.

Die Wachen nahmen uns die Vorrichtungen ab, waren aber nicht gerade vorsichtig dabei und als ich mir mit der Zunge über die Lippen fuhr, schmeckte ich Blut.

»War das deine Idee, Idrax? Ich weiß, dass du gegen meinen Plan warst, bevor du zur Mission aufgebrochen bist«, sagte sie und kniff die Augen zusammen. »Ich dachte, es würde reichen, dir eine Strafe anzudrohen, um dich umzustimmen, aber da habe ich mich wohl getäuscht«, sagte sie säuerlich.

Navan nickte steif. »Ich gebe es zu. Ich war es, der die Evakuierung des Gebäudes veranlasst hat«, sagte er und erwähnte zum Glück Seraphina dabei nicht. »Aber ich habe es getan, ohne dass ein Alarm ausgelöst wurde. Ich wollte nicht, dass Unschuldige sterben, aber ich bin Euch nach wie vor treu ergeben, Königin Brisha. Wenn ich nicht auf Eurer Seite wäre, dann hätte ich die Explosion ganz verhindert. Doch das habe ich nicht. Ich habe nur verhindert, dass Unschuldige umkommen«, sagte er ruhig.

Königin Brisha sah ihn nachdenklich an. »Vielleicht hast du mir einen Gefallen damit getan. Die Vorstellung, das

Leben so vieler Personen auf dem Gewissen zu haben, gefällt mir gar nicht, und du hast mich davor bewahrt«, sagte sie, stockte dann aber. »Aber was auch immer deine Gründe waren, ich muss dich in die tiefste Tundra des Nordens verbannen, wo du kaum eine Woche überleben wirst. Gnade ist ein nobler Zug, Navan Idrax, aber du hast mir widersprochen und das werde ich unter keinen Umständen tolerieren«, fuhr sie mit eisigem Blick fort. »Außerdem ist immer noch nicht geklärt, wohin ihr verschwunden seid. Wo wart ihr, Verräter?«

Zwischen den beiden breitete sich eine angespannte Stille aus und meine Gedanken überschlugen sich. Unsere Optionen schwanden von Sekunde zu Sekunde, aber noch gab es Hoffnung. Wir mussten nur wissen, welche Option weniger Schaden anrichtete. Wenn wir Brisha von den weiterentwickelten Schiffen erzählten, dann würden wir ihre Gunst wiedererlangen, aber auch ein Risiko eingehen. Wir könnten sie anlügen und ihr sagen, dass die Schiffe nur über neue Waffen verfügten, so wie wir es besprochen hatten, aber wir konnten nicht sicher sein, dass sie nicht eines der Schiffe in die Finger bekam und es auseinandernahm. Wenn sie dann entdeckte, dass die Schiffe keine besonderen Waffen hatten, sondern überdurchschnittlich schnell waren, dann stünden wir wieder ganz am Anfang und wieder bestand die Gefahr, dass die beiden Königinnen die Erde entdeckten.

Andererseits hätte Brisha so einen triftigeren Grund, um

Gianne anzugreifen und dabei die meisten Schiffe zu zerstören. In einer Schlacht würde nicht nur Gianne, sondern auch Brisha Schiffe verlieren, sodass beide Seiten geschwächt wären. Wenn die Schwestern von der Erde erfuhren und zu ihr reisten, dann bekämen sie von allen Seiten Konkurrenz. Die wachsenden Rebellenstreitkräfte würden jede Expedition, die sich auf die Erde wagte, vernichten, vor allem, wenn sie aus wenigen Schiffen bestand. Das hoffte ich zumindest.

Es war definitiv riskant, darauf zu setzen, dass die beiden Königinnen einander schwächten, bevor sie dazu kämen, die Erde zu entdecken, aber ich war bereit, dieses Risiko einzugehen. Außerdem war ich mir ziemlich sicher, dass Brisha Spione im Süden hatte. Wenn sie es nicht von Navan und mir erfuhr, dann würde sie es auf anderen Wegen herausfinden. Also konnten wir unser Wissen genauso gut nutzen, solange es uns noch etwas half.

»Der Grund für unser Verschwinden, Eure Hoheit, ist, dass wir auf etwas Interessantes gestoßen sind. Auf etwas, das Ihr vielleicht wissen wollt«, sagte ich kühn, als ich endlich meine Sprache wiedergefunden hatte. »Im Gegenzug möchten wir Euch darum bitten, Eure Strafe noch einmal zu überdenken. Als wir diese Informationen entdeckt haben, war die Truppe bereits aufgebrochen. Wir sahen uns gezwungen, allein zurückzukehren.«

Brisha runzelte die Stirn. »Was für Informationen?«

Ich nickte. »Bitte versprecht mir, dass Ihr Eure Strafe

überdenken werdet, und dann erzähle ich Euch alles, was wir wissen.«

»Nun gut, fahr fort«, sagte sie etwas weicher.

Ich atmete tief durch und sah ihr weiter in die Augen. »Eure Schwester baut eine neue Flotte von Schiffen, die fast fertiggestellt ist. Jedes Schiff ist in sich eine Waffe. Sie sind alle mit fortschrittlicher Technologie ausgestattet, um in einem Kampf Vorteile zu erzielen. Navan hat die Form des Maschinenbaus erkannt. Diese Schiffe sind Kriegs- und Todesmaschinen, Eure Hoheit, und Eure Schwester hat vor, sie auch so einzusetzen. Sie befinden sich in einem unterirdischen Hangar außerhalb von Regium.«

Ein schwaches Lächeln huschte über Brishas Lippen. »Eine neue Flotte? Das ist eine großartige Nachricht, wenn sie denn wahr ist«, säuselte sie. »Aber ... wie seid ihr auf sie gestoßen?« Misstrauen lag in ihrem Ton.

»Die Schiffe befinden sich an dem Ort, an dem alle Flotten gebaut werden, Eure Hoheit. Der Ort wird streng geheim gehalten«, erklärte Navan. »Aber ich kannte ihn durch meinen Vater und ich habe mich daran erinnert, dass ich bei meinem letzten Besuch dort gesehen habe, dass dort etwas Beeindruckendes entwickelt wird. Also habe ich Riley vorgeschlagen, nachzusehen, weil ich einen Seiteneingang kenne, dank dem wir nicht entdeckt wurden.«

Ich sah zu ihm und hoffte, dass er nicht zu viel verriet. »So ist es, Eure Hoheit. Ich dachte, dass Euch diese Informationen nützen könnten«, sagte ich, obwohl ich wusste, wie lahm das klang. Ich hörte mich an wie des Lehrers Lieblingsschülerin.

»Ich denke in militärischen Zügen, Eure Hoheit. Nach dem Angriff auf das Labor wusste ich, dass Gianne mehr im Schilde führt. Und es stellt sich heraus, dass ich recht hatte«, sagte Navan, um meinen schwachen Satz abzufangen.

Königin Brishas Gesicht entspannte sich etwas und ihre Augenbrauen senkten sich ein wenig. »In diesem Fall war ich vielleicht tatsächlich etwas voreilig, was eure Strafe angeht. Im Gegenzug für diese Enthüllung verzeihe ich euch, was ihr getan habt, weil ich denke, dass ihr es in meinem Sinne getan habt. Wenn wir aber zu diesem Hangar kommen und sich dort keine Schiffe befinden ... Nun, darum werden wir uns kümmern, falls es so weit kommen sollte.« Sie sah uns warnend an. »Da du diese Technologie kennst, Idrax«, fuhr sie fort, »werde ich dich zusammen mit anderen Soldaten losschicken, um die Entwicklungen zu untersuchen und die Ergebnisse an mich zurückzumelden. Wir müssen dafür sorgen, dass meine Schwester keine dieser Maschinen vom Boden bewegt.«

Ich schluckte. Das war genau das, wovor ich mich gefürchtet hatte.

»Wenn es nicht zu viel verlangt ist, Eure Hoheit, dann möchten wir uns erst frisch machen und ein wenig erholen«, sagte Navan matt.

»Natürlich.« Sie lächelte kühl. »Wachen, nehmt ihnen die Ketten ab und lasst die beiden in ihre Wohnung zurückkehren. Übermorgen werden wir eine Truppe losschicken. Vielleicht werden wir einen zweiten Versuch starten, etwas in die Luft zu jagen«, sagte sie und zwinkerte Navan zu.

Als die Wachen unsere Fesseln abnahmen, sah ich ängstlich zu Navan hinüber.

Wir standen wieder hoch in Brishas Gunst, aber um welchen Preis?

KAPITEL FÜNFUNDZWANZIG

Auf dem Rückweg zu unserer Wohnung machten wir einen Umweg und schauten bei Angies und Laurens Zimmer vorbei. Ich wollte ihnen Bescheid sagen, dass wir sicher zurückgekehrt waren.

Ich klopfte an die Tür und hörte gedämpfte Schritte. Kurz darauf wurde die Tür aufgerissen und Angie starrte in den Gang hinaus. Sobald sie mich erblickte, zuckte sie zusammen und schlang ihre Arme um meine Taille.

»Wag es ja nicht noch einmal, ohne ein Wort zu verschwinden! Bashrik hat uns erzählt, was passiert ist. Wir haben uns solche Sorgen gemacht!«, rief sie.

»Es tut mir leid, dass ich euch erschreckt habe. Ich wollte euch ja Bescheid geben, aber ich hatte keine Zeit mehr«, seufzte ich und umarmte meine Freundin fest.

Da tauchte Lauren in der Tür auf und machte ebenfalls

ein erleichtertes Gesicht. »Riley! Du bist wieder da! Gott sei Dank geht es dir gut. Als Bashrik sagte, dass ihr auf dem Weg zu einer Mission in den Süden seid, hatten wir Angst, dich nie wiederzusehen«, sagte sie und drückte mich ebenfalls.

Navan ging an uns vorbei in die Wohnung, wo Bashrik auf der anderen Seite des Zimmers auf und ab ging und sich nervös die dunklen Haare raufte. Sein Ausdruck wurde ruhiger, als er Navan erblickte, und die Erleichterung war ihm anzusehen. Der Arme sah so erschöpft aus, als ob er sich in der ganzen Zeit, die wir fort gewesen waren, nicht einmal hingesetzt oder durchgeatmet hätte. Wortlos umarmten sich die beiden Brüder. Es war ein rührender Augenblick, aber meine Freundinnen lenkten meine Aufmerksamkeit sofort wieder auf sich.

»Was zum Teufel ist passiert?«, fragte Lauren, ließ mich los und sah mich mit besorgten Stirnfalten an.

»Das ist eine lange Geschichte. Lasst uns nach drinnen gehen und ich erkläre euch alles«, schlug ich vor.

Wir gingen in die warme Wohnung und setzten uns auf die Sofas und Sessel vor dem Kamin. Es fühlte sich beinahe so an wie der erste Tag, den wir alle zusammen in Nordvysanthe verbracht hatten, aber die Atmosphäre war noch angespannter.

Ich erzählte, wo wir gewesen waren und was wir getan hatten. Ich erzählte ihnen von Seraphina und der Rolle, die sie in der Evakuierung des Observatoriums gespielt hatte. Selbst jetzt hatte ich Mühe, Navan zu sagen, worum sie mich gebeten hatte. Es war nicht so, dass ich ihm nicht vertraute oder glaubte, dass er nicht die richtige Entscheidung treffen würde, ganz im Gegenteil. Ich wusste, dass er das Richtige tun würde, um mein Herz zu schützen, aber ich konnte den Gedanken nicht ertragen, dass Seraphina ihr Leben im Gegenzug an der Seite dieses schrumpeligen, alten Mannes verbringen musste. Ich würde es ihm bald erzählen müssen, aber zuerst musste ich meine eigenen Gedanken und Gefühle ordnen ... und den nötigen Mut finden. Er musste in den Süden zurückkehren, und wenn es nur für diese Scheinhochzeit wäre. Es gab keine Alternative. Nicht, ohne jemanden leiden zu lassen, dem ich mein Leben verdankte. Immerhin wüsste ich nicht, ob ich heute hier wäre, wenn Seraphina nicht dafür gesorgt hätte, dass Lazar mir Orions tödlichen Chip aus dem Hals entfernte. Außerdem mochte ich Seraphina. Sie war wie eine Freundin für mich.

Nachdem ich auch von den neuen Schiffen, dem Kampf mit Aurelius und unserer Rückkehr durch den Bergtunnel erzählt hatte, sah ich in die Runde und schließlich zu Navan.

»Was ist eigentlich mit Aurelius passiert?«, fragte ich, als mir einfiel, dass ich das noch gar nicht wusste. Alles war so chaotisch abgelaufen, dass ich vergessen hatte, danach zu fragen, wie er sich gegen Navans Klingen behauptet hatte. Ich war einfach davon ausgegangen, dass Navan ihn besiegt hatte, weil er unverletzt zurückgekommen war. Aber wenn Navan Aurelius getötet hätte, dann wäre Seraphina aus dem Schneider. Das würde uns eine Menge Probleme ersparen.

Navan grinste. »Er ist mit eingezogenem Schwanz geflohen.«

»Er ist also noch am Leben?«, seufzte ich.

»Soweit ich weiß, ja ... Warum? Hätte ich ihn töten sollen?«, fragte Navan stirnrunzelnd.

Ich zuckte mit den Schultern. »Ich habe mir Sorgen gemacht, dass er dein Gesicht sehen könnte. Es wäre nicht gut für uns, wenn er Gianne erzählt, dass er dich gesehen hat«, sagte ich.

Doch er schüttelte den Kopf. »Ich hatte meine Kapuze die ganze Zeit übergezogen und habe mein Gesicht fortgedreht. Ich bin mir ziemlich sicher, dass er mich nicht erkannt hat.«

»Wenn Brisha dachte, dass ihr sie verraten habt, wie kommt es dann, dass ihr nicht tot seid?«, fragte Angie und ich war froh über die Ablenkung.

»Wir haben ihr erklärt, dass wir sie nicht wirklich verraten haben, sondern nur einen kleinen Umweg genommen haben. Die Information über die neuen Schiffe hat uns zumindest für den Augenblick nicht in Ungnade fallen lassen«, antwortete ich. »Sie will Navan übermorgen zurückschicken, um die Technologie auszuspionieren. Ich glaube, dass sie bei der Gelegenheit auch ein paar Schiffe in die Luft jagen will«

»Ich werde darum bitten, dich zu begleiten«, sagte Bashrik auf einmal, woraufhin Angie ihn besorgt ansah.

Navan runzelte die Stirn. »Musst du nicht das Alchemielabor fertigbauen?«

Bashrik schüttelte den Kopf und ein frohes Grinsen lockerte seine verspannten Lippen. »Wir haben heute die letzten Arbeiten erledigt. Es ist fertig und einsatzbereit. Die Alchemisten sind bereits wieder dort an der Arbeit«, sagte er freudig. Ihm war eine große Last von den Schultern genommen worden. »Am Morgen soll eine Einweihungsfeier stattfinden. Aber sobald ich dort mit der Plauderei fertig bin, stehe ich dir zur Verfügung. Ich würde dich sehr gern in den Süden begleiten, um mir die Schiffe anzusehen. Außerdem kann ich vielleicht helfen, die Fernalltechnologie geheim zu halten. Wenn Brisha außer uns niemand anderen mit technischen Kenntnissen losschickt, dann kommen wir vielleicht damit durch und können sie davon überzeugen, einfach alles in die Luft zu jagen«, sagte er mit einem jungenhaften Leuchten in den Augen.

»Was findet ihr Jungs bloß daran, Dinge zu sprengen?«, brummte Angie und ich hörte ihren besorgten Unterton. Sie wollte genauso wenig, dass Bashrik sich in Gefahr brachte, wie ich es für Navan wollte.

»Bashrik hat aber recht«, sagte Lauren und schob sich die Brille zurecht. »Je mehr Leute sich dafür verbürgen, dass die Schiffe nicht in der Lage sind, weiter ins Weltall vorzudringen, desto besser.«

Bashriks Stirnfalten glätteten sich etwas und er sah zu

Angie. »Hör zu, wir werden uns morgen darum Sorgen machen. Erst genießen wir die Einweihungsfeier und sind stolz auf das, was wir erreicht haben«, sagte er. »Schließlich baust du nicht jeden Tag ein Labor in weniger als einem Monat!« Mir fiel auf, dass er von »wir« sprach, und lächelte. Die zwei würden ein gutes Paar abgeben, obwohl sie beide furchtbar stur waren.

»Moment mal, die Alchemisten sind schon wieder an der Arbeit?«, fragte ich, weil diese Bemerkung erst jetzt bei mir eingesunken war.

»Ich fürchte ja. Sie haben sofort angefangen, als wir den letzten Schliff getan hatten«, sagte Bashrik grimmig.

In diesem Fall war unser Menschenblut auf dem Weg dazu, synthetisiert zu werden, und dank des Geräts, von dem Yorrek gesprochen hatte, blieb uns weniger Zeit, als wir angenommen hatten. Aber wenn wir die beiden Schwestern dazu brachten, sich gegenseitig zu bekämpfen, dann könnten wir vielleicht etwas Zeit gewinnen und Brishas Aufmerksamkeit erst einmal auf andere Dinge lenken. Das Unsterblichkeitselixier wäre zwar weiterhin wichtig für sie, aber vielleicht stellte sie es während des Krieges hinten an. Schließlich würde sie nicht wollen, dass ihre Schwester ihr wichtige Erkenntnisse stahl.

»Wo wir gerade vom Labor sprechen, wir haben gerade Lauren gratuliert, als ihr an die Tür geklopft habt«, sagte Angie und riss mich aus meinen Gedanken. »Ich glaube, dass das die besten Neuigkeiten des Abends sind.«

Lauren lächelte, als ich zu ihr sah. »Die Alchemisten

haben mir eine Lehrstelle angeboten. Ich habe ihnen ein Essay über die unterschiedlichen Formen, wie ein Elixier stabilisiert werden kann, geschickt und sie haben mich eingeladen, bei ihnen mitzuarbeiten«, sagte sie aufgeregt. »Ich denke, dass es gut sein könnte, wenn jemand die Dinge im Labor im Auge behält. Brisha vertraut mir, weil wir viele Abende gemeinsam in der Bibliothek verbracht haben, und ich bin mir ziemlich sicher, dass ich die Forschungsfortschritte bremsen kann. Ein kleiner Unfall hier, etwas zu viel Sorenwurzel da, so etwas in der Art.« Sie wurde rot, als alle stolz in ihre Richtung blickten.

Das waren perfekte Neuigkeiten und Lauren hatte das alles allein bewerkstelligt. Ich verstand sie, denn wenn sie uns von ihren Plänen berichtet hätte, dann hätten wir vielleicht versucht, sie davon abzubringen oder uns selbst einzuschalten, aber das hier war die perfekte Tarnung. Das Interesse der Alchemisten an Laurens Wissen war stärker als ihr Misstrauen Außenstehenden gegenüber. Ich bezweifelte, dass einer von uns es besser hinbekommen hätte.

Nach all den Risiken, die wir auf uns genommen hatten, war das genau die positive Nachricht, die ich gebraucht hatte. Bashrik und Navan würden einen Weg finden, wie sie die Fernallmotoren geheim hielten, Lauren beobachtete die Alchemisten, unser guter Ruf bei Brisha war wiederhergestellt und die angedrohte Strafe war ausgesetzt. Unsere Situation sah deutlich besser aus als noch vor wenigen Minuten. Es waren zwar nur kleine Siege, weil wir immer noch gezwungen waren, Orion mithilfe von Pandora und ihrem kleinen Gerät Informationen zu schicken, aber es war immerhin ein Fortschritt.

Aber dann kam mir wieder die Erde in den Sinn und ich fragte mich, wie ein kleiner, recht primitiver Planet am anderen Ende des Weltraums so viel Ärger machen konnte. Wie konnten wir so wichtig sein? Ich fragte mich auch, ob ich die schöne grünblaue Oberfläche der Erde je wiedersehen oder einen Fuß auf ihren schönen Boden setzen würde. Mit jedem Tag, der verging, schien sich die Erde weiter von uns zu entfernen.

»Ich werde schlafen gehen«, sagte ich, plötzlich völlig erschöpft. Es war einfach zu viel für einen Tag gewesen. »Wir werden sicher auf dieser großen Einweihungsparty morgen erwartet, weshalb wir so ausgeschlafen wie möglich aussehen sollten. Aber dafür brauche ich wohl ein kleines Wunder«, lachte ich trocken und stand vom Sofa auf.

»Kommst du morgen zum Frühstück?«, fragte Lauren hoffnungsvoll. »Ich fange morgen im Labor an und dachte, dass es ganz nett wäre, vorher eine aufmunternde Ansprache zu bekommen, so wie wir es vor großen Prüfungen getan haben.«

»Ja, das würde ich um nichts auf der Welt verpassen«, versprach ich und umarmte meine Freundinnen, bevor ich zur Tür ging.

»Es ist schön, dich heil zu sehen, Bruder«, hörte ich Bashrik sagen, als ich in den Gang hinaustrat.

»Es ist schön, heil wieder hier zu sein«, sagte Navan und umarmte seinen Bruder fest. »Wir beide haben viel zu bereden, aber das kann bis morgen warten. Schlaf gut. Du hast es dir verdient. Ich bin mir sicher, dass das Labor großartig aussieht«, sagte er, bevor er Bashrik losließ und mir auf den Flur folgte.

Als wir die Tür hinter uns schlossen und zu unserer Wohnung zurückgingen, kam mir ohne die Energie der anderen drei plötzlich alles sehr still vor. Aber ich mochte diese Art von Stille. Sie war voller Frieden, voller Liebe und einem leichten Knistern zwischen uns. Um ehrlich zu sein, war mein Körper wirklich ausgelaugt, aber ein anderer Teil von mir wollte Navan küssen, bis mir keine Energie mehr übrigblieb. Ich wollte es genießen, dass wir beide nach allem, was heute passiert war, noch am Leben waren.

Sobald wir unser Schlafzimmer erreicht hatten, wollte ich mich nur neben Navan in unser Bett kuscheln und in seinen Armen einschlafen. Er schien das Gleiche zu wollen und so machten wir uns bettfertig. Navan duschte und zog mich damit auf, dass ich roch, also duschte ich mich ebenfalls gründlich, genoss das kühle Wasser auf meiner Haut und schrubbte mir den Staub und Schmutz des Tunnelgangs ab. Dann trocknete ich mich ab, zog mein Nachthemd an und kämmte mir die nassen Haare mit den Fingerspitzen. Navan trat hinter mich, schlang seine Arme um meine Taille und sah mich durch den Spiegel an. Dann beugte er sich sanft vor, küsste meinen Hals, schloss sehnsüchtig die

Augen und die Berührung seiner Lippen betörte meine Sinne.

»Es zieht Krieg auf, nicht wahr?«, fragte ich leise und hasste es, diesen Augenblick zu zerstören.

Seine Küsse stockten und er sah mich an. »Ja, aber wir werden einen Weg finden, zu entkommen, Riley. Das verspreche ich dir. Wenn das Schlimmste kommt, dann werden wir weit entfernt von hier sein«, murmelte er dicht an meiner Haut. »Du wirst das Leid nicht sehen müssen. Du wirst die Schrecken des Krieges nicht miterleben müssen.«

Die ganze Zeit über hatte ich an unsere Flucht gedacht. Alles, was wir taten, drehte sich darum, wie wir von Vysanthe entkommen konnten, aber Navans Worte hatten den Krieg real werden lassen und auf einmal wusste ich nicht mehr, was ich wollte. Vielleicht brauchte Vysanthe etwas anderes. Vielleicht brauchte es keinen Krieg zwischen zwei verbitterten Schwestern, sondern jemanden, der besser darauf vorbereitet war, dem Land Harmonie und Frieden zu bringen.

Seraphinas Vision für den Planeten klang wie ein guter Anfang, aber ich war nicht naiv. Vielleicht war diese Idealvorstellung noch schwerer zu erreichen als das zerbrechliche Gleichgewicht zwischen den beiden Schwestern zu halten war.

»Ich komme gleich, Navan. Ich brauche nur eine Minute«, flüsterte ich.

»Ich werde auf dich warten«, sagte er lächelnd. Im

Gehen zog er sich sein T-Shirt über und ließ mich im Badezimmer allein, um meine endlosen Gedanken zu ordnen.

Da entdeckte ich eine Schachtel auf der Anrichte hinter dem Wachbecken. Das königliche Emblem leuchtete golden darauf und eine perfekte Schleife zierte die Schachtel. Neugierig öffnete ich sie und sah ein kleines Messingtöpfchen, auf dem ineinander verschlungene Vögel und Insekten eingraviert waren. Ich kannte die Tiere nicht, aber die Handarbeit war ausgezeichnet. Neben dem Töpfchen lag ein Zettel. Begeistert von der Aussicht auf ein Geschenk las ich ihn: *Genieß es. Die Königin.*

Wir hatten also definitiv wieder einen guten Stand bei Brisha. Die Handschrift kam mir bekannt vor. Mit einem schiefen Lächeln erkannte ich Laurens bauchige Buchstaben auf der Karte. Königin Brisha musste sie gebeten haben, die Worte in unserer Sprache aufzuschreiben, damit sie uns überraschen konnte. Eine nette Geste.

Ich schraubte den Deckel des Töpfchens auf und hob es an meine Nase. Ein süßer Duft stieg mir entgegen. Ich trat unter die Badezimmerlampe und sah, dass die Creme zu glitzern schien und das Licht auf ungewöhnliche Weise reflektierte. Ich grinste, tauchte meine Finger in die gut riechende, angenehme Creme und verteilte sie auf meinem Hals und meinen Händen. Meine Haut fühlte sich nach diesem anstrengenden Tag gespannt und trocken an, aber ich fühlte mich sofort besser, so als ob meine Haut einen großen Schluck Wasser genommen hätte.

Ich rieb mir den ganzen Körper mit der Creme ein, atmete ihren Zuckergeruch ein und der Duft hob meine Stimmung. Ich hatte noch nie an Aromatherapie geglaubt, aber das hier überzeugte mich. Mit gepflegter Haut und einem Lächeln im Gesicht ging ich ins warme Schlafzimmer zurück.

Sofort trat Navan hinter mich, schlang seine Arme um meine Taille, küsste mich und seine Finger schoben mein Nachthemd hoch. Amüsiert wandte ich mich zu ihm um und bemerkte seine geröteten Wangen und glänzenden Augen.

»Da ist aber jemand eifrig«, flüsterte ich heiser und fuhr durch seine Haare. »Nicht, dass ich mich beschweren will.«

Ihm blieb die Stimme im Hals stecken. »Es ist dieser Duft ... Das ist ein ... vysanthinisches Aphrodisiakum. Es macht die Person, die den Duft trägt ... unwiderstehlich für ihren Partner«, raunte er. Seine Hände fanden mein Gesicht und seine Lippen berührten meine mit fast verzweifelter Leidenschaft.

Er setzte sich auf die Bettkante und zog mich auf seinen Schoß. Meine Beine schlangen sich um seine Taille und seine Hände glitten unter mein Nachthemd. Sie strichen meinen Rücken hinauf und jede Bewegung löste einen Schauer in mir aus. Ich sah und spürte nur noch ihn und seinen kühlen Körper. Ich schmeckte das Verlangen in seinen Küssen, merkte es an der Art, wie seine Hände über meine Haut glitten und jede Kurve erkundeten. Das hier war nicht wie die anderen Male.

Es war ansteckend und sein Verlangen entzündete mich. Ich erwiderte seine Küsse sehnsüchtig. Sein Atem strich über meinen Hals und ihm entfuhr ein tiefes Knurren, als er mein Nachthemd über meinen Kopf zog und zu Boden warf, sodass ich nackt in seinen Armen lag. Dieses Mal gab es kein Zögern. Ich wollte nicht länger warten. Ich wollte ihn, hier und jetzt.

Seine Hände glitten zu seinem Hosenbund, doch dann stockte er und beugte sich zu der Schale hinüber, die Brisha in unserem Zimmer platziert hatte. Er nahm zwei der seltsamen Kräuter, nahm eines in den Mund und legte mir das andere auf die Zungenspitze. Ich wartete, bis es sich aufgelöst hatte, was sich eigenartig anfühlte. Aber ich wusste, dass ich in Navans Armen in Sicherheit war. Er würde mich anleiten.

Hastig zog er seine Pyjamahose aus. Ich sah ihn überrascht und aufgeregt an und stellte fest, dass die Dinge nicht sehr anders waren, als ich sie mir vorgestellt hatte. Damit konnte ich umgehen.

Erleichtert kroch ich auf das Bett und zog Navan zu mir herab. Meine Hände fuhren über seine glatte Haut und mein Mund küsste begierig jeden Zentimeter seines Körpers, den ich erreichen konnte. Meine Fingerspitzen erkundeten ihn vorsichtig und spürten ein Kribbeln, das ich noch nie zuvor gespürt hatte. Er tat dasselbe und ich wölbte mich ihm entgegen. Mein Atem ging stoßweise, als er mich an sich drückte. Verlangen schoss durch jede Faser meines Körpers und ließ meine Nerven prickeln.

»Ich liebe dich«, hauchte er mir ins Ohr, als seine Hände meine Beine auseinanderschoben und er sich an mich drückte.

»Ich liebe dich auch«, hauchte ich und merkte, dass wir diese Worte zum ersten Mal laut ausgesprochen hatten. Mir stockte der Atem, als ich mich fester an ihn schmiegte und mehr von ihm wollte, ihn ganz wollte. Meine Fingernägel vergruben sich in seinem Rücken und unser Atem vermischte sich.

Egal, wie sehr er mich auch küsste oder wie seine Fingerspitzen über die empfindlichsten Stellen meines Körpers strichen – ich konnte einfach nicht genug von ihm bekommen. In diesem Augenblick war alles andere egal. Es gab nur ihn und mich, ineinander verschlungen, und unsere Körper bewegten sich in einem perfekten Rhythmus, während alles andere unter seinen süchtig machenden Liebkosungen verschwand.

KAPITEL SECHSUNDZWANZIG

Ich erwachte im Sonnenlicht der Morgendämmerung, das durch die Fenster schien. Ich lag in Navans Armen, seine Flügel waren um mich geschlungen und sein Atem kitzelte meinen Hals. Ich grinste, schmiegte mich an ihn und kicherte, als er sich im Schlaf rührte und mich fester an sich drückte.

Ich hätte stundenlang so liegenbleiben können, aber es schien, dass die Welt andere Pläne hatte. Auf der anderen Seite des Zimmers blinkte das Hologramm-Gerät rot auf, was bedeutete, dass jemand eine Nachricht hinterlassen hatte. Um Navan nicht zu wecken, wand ich mich vorsichtig aus seiner liebevollen Umarmung und tippte auf das Gerät, um die Nachricht abzuspielen.

Pandoras Gesicht tauchte vor mir auf und ich runzelte die Stirn. Dies war kein froher Anblick, vor allem nicht nach der besten Nacht meines Lebens, während der ich so getan hatte, als ob nichts von dem um mich herum wirklich existierte. Sie begann zu sprechen.

»Ihr seid zu der besonderen privaten Einweihungsfeier im Alchemielabor eingeladen, die vor der öffentlichen, offiziellen Einweihungsfeier stattfindet«, sagte sie ernst. »Königin Brisha rechnet an diesem historischen Tag, an dem der erste Versuch mit dem Unsterblichkeitselixier durchgeführt wird, mit eurer Anwesenheit. Dies könnte der Tag sein, an dem Nordvysanthe triumphiert. Die Zeremonie beginnt um acht. Die Königin erwartet euch. Kommt nicht zu spät«, warnte sie, bevor die Nachricht vorbei war, es kurz knisterte und der Bildschirm wieder schwarz wurde.

Ich warf einen Blick auf die Uhr an der Wand und sah, dass es erst kurz nach sechs war. Trotzdem eilte ich zum Bett und rüttelte Navan sanft wach. Er blinzelte und öffnete langsam die Augen, mit der Hand die Sonne abschirmend. Als er mich sah, grinste er mich albern an und streckte seine Arme aus, um mich an sich zu ziehen. Ich versuchte, mich zu wehren, und lachte, als er mich nicht losließ, bevor ich nachgab und mich an ihn kuschelte. So konnte ich wenigstens seine Nähe genießen, während ich ihm die schlechte Neuigkeit überbrachte.

»Ich habe gerade unsere Nachrichten abgehört«, sagte ich, als er meinen Hals mit Küssen bedeckte. »Königin Brisha bittet uns, um acht im Labor zu sein. Dort wird eine besondere Unsterblichkeitselixier-Zeremonie stattfinden. Sie wollen die erste Version testen.«

Er hörte auf, mich zu küssen. »Wie haben sie dein Blut so schnell synthetisiert?«

»Mit dem Gerät, von dem Yorrek uns erzählt hat. Es muss ihnen geholfen haben, das Verfahren zu beschleunigen. Keiner von uns hatte gestern Zugang zum Labor, sodass Königin Brisha sicher sein kann, dass niemand von uns die Ergebnisse verfälscht. Und jetzt will sie uns ihre Fortschritte zeigen«, sagte ich leise.

»Diese Frau hat mir alle Freude genommen«, sagte Navan, obwohl sein Körper etwas ganz anderes sagte. Er grinste und drehte mich zu sich um. »Vielleicht könnten wir das wiedergutmachen, wenn du möchtest?«, hauchte er und küsste mich sanft.

»Das wird wohl warten müssen«, sagte ich, weil ich wusste, dass Angie und Lauren uns zum Frühstück erwarteten. »Aber sobald der Vormittag vorbei ist, können wir versuchen, dir deine Freude zurückzubringen«, versprach ich und küsste ihn.

Widerstrebend löste ich mich von ihm, ging ins Bad und schloss die Tür. Dann betrachtete ich mich im Spiegel und fragte mich, ob ich irgendwie anders aussah. Obwohl ich mich äußerlich nicht verändert hatte, fühlte ich mich anders. Es war, als ob etwas an die Oberfläche gekommen war, was schon immer in mir gewesen war und nur darauf gewartet hatte, dass die richtige Person in mein Leben trat. Mit Navan hatte ich das Gefühl, nichts verbergen oder verstecken zu müssen. In seinen Armen konnte ich so sein, wie ich eben war, und er liebte mich trotzdem. Ich zog eine Grimasse, als ich an den Vorabend und an die Dinge, die wir getan hatten, zurückdachte. Auch wenn das Aphrodisiakum unser Verlangen noch gesteigert hatte, war es der richtige Augenblick gewesen. Bei Tageslicht betrachtet fühlte es sich nicht falsch an und ich bereute es nicht, sondern ganz im Gegenteil.

Ich stellte mich unter die warme Dusche, genoss das Wasser auf meinen schmerzenden Muskeln und bereitete mich auf den Tag vor. Kurz darauf tauchte Navan im Bad auf und grinste schelmisch, als er mich in der Dusche stehen sah. Ohne auf eine Einladung zu warten gesellte er sich zu mir, aber er hielt sich zurück, küsste mich und griff dann nach der Shampooflasche, die in einer Aushöhlung in der Wand stand. Er schäumte das Shampoo mit den Händen auf und wusch mir dann die Haare. Als mein ganzer Kopf voller Schaum war, spülte er ihn vorsichtig ab und wusch die Seife heraus, während er mein Gesicht mit sanften Küssen bedeckte.

Dann wusch er sich selbst schnell die Haare, nahm ein weiches Handtuch von der Stange, wickelte mich darin ein und trocknete mich ab, während ich mir ein Lachen verkniff. Es war so niedlich und unerwartet, dass ich sofort gute Laune bekam. Das war das Besondere an Navan – er zeigte seine verspielte Seite nicht oft, aber wenn er es tat, war es das Beste auf der ganzen Welt. Zehn Minuten später waren wir angezogen und gingen zum Frühstück zu Angies und Laurens Wohnung. Doch als wir ankamen, waren alle deutlich aufgeregter als Navan und ich. Ich spürte es schon beinahe, bevor ich an die Tür klopfte, und sobald wir das Zimmer betraten, strömte uns die Anspannung entgegen. Ich wünschte mir fast, dass ich einfach zusammengerollt im Bett liegengeblieben wäre, statt in diese ängstliche Stimmung zu kommen. So wie Navan aussah, ging es ihm genauso.

»Das hätte nicht passieren dürfen!«, rief Angie. »Das könnte alles ruinieren!«

»Angie, du musst dich beruhigen. Es ist nur ein Testversuch. Vielleicht funktioniert er nicht einmal«, versuchte Lauren sie zu besänftigen, aber ich sah, dass auch sie skeptisch war.

»Ich gehe davon aus, dass ihr die Nachricht bekommen habt?«, fragte Angie an mich gewandt.

»Ja, aber ich dachte, wir sollten uns keine Sorgen machen, bevor wir sehen, was passiert«, sagte ich. »Sie haben vielleicht unser Blut synthetisiert, aber es gibt noch viele andere Faktoren, damit das Elixier funktioniert. Das haben uns alle erklärt. Dies ist wahrscheinlich nur ein kleiner Fortschritt, um zu zeigen, dass sie auf dem richtigen Weg sind«, sagte ich und hoffte, dass ich recht hatte. Wenn wir zum Labor gingen und das Elixier funktionierte, dann waren wir verloren. Nicht nur wir, sondern das ganze Universum und seine Bewohner. Unsterbliche Vysanthiner waren eine schreckliche Perspektive. Wir durften nicht zulassen, dass es so weit kam.

»Hoffentlich hast du recht«, sagte Angie und kaute nervös auf ihrer Unterlippe.

Sie beruhigte sich erst, als Bashrik zehn Minuten später die Wohnung betrat.

Sofort fiel ihr Blick auf ihn und auch er sah sie direkt an. Unter anderen Umständen wäre das schön gewesen und ich hätte mich gefragt, ob die beiden ihre Gartenparty-Aktivitäten wieder aufnahmen, aber im Augenblick wollte ich einfach nur, dass Angie sich beruhigte. Ihre Angst war ansteckend und das konnten wir nun wirklich nicht gebrauchen.

Bashrik nahm sie zur Seite und sprach leise mit ihr, während der Rest von uns im Zimmer auf und ab ging. Ich versuchte, etwas Obst zu essen, das Lauren abgewaschen hatte, aber mein Appetit war verschwunden. Ich fragte mich, ob die letzte Nacht meine Sinne so betäubt hatte, dass ich für den Ernst der Lage nicht mehr empfänglich war. Ich war einfach davon ausgegangen, dass alles glattgehen würde, aber ich schwelgte ja auch in einer ganz neu entdeckten Leidenschaft. Natürlich hatte ich geglaubt, dass alles in Ordnung war. Es war universell bekannt, dass Frischverliebte sich immer für unbesiegbar hielten.

»Glaubst du, dass es funktionieren wird?«, fragte ich Navan leise.

Er zuckte mit den Schultern. »Ich weiß es nicht. Ich

weiß es ehrlich gesagt nicht. Selbst mit dem synthetisierten Blut ist es noch ein weiter Weg, bis sie die exakte Zusammensetzung für das Elixier knacken. Mein Vater sagte immer, dass Experimente Jahre von gescheiterten Versuchen bedeuten. Es fällt mir schwer zu glauben, dass sie die richtige Zusammensetzung schon gefunden haben«, antwortete er, aber das beruhigte mich nicht vollständig.

»Aber Königin Brisha hat etwas, was die anderen nicht haben«, erinnerte ich ihn und dachte an Yorreks Aufzeichnungen. »Sie hat Yorrek und sein Buch mit den Beinaheerfolgen. Das bringt sie doch sicher ein ganzes Stück weiter.«

Navan runzelte die Stirn. »Ich bin mir sicher, dass nichts passieren wird«, sagte er, klang aber nicht mehr so überzeugt wie vorher.

Um halb acht verließen wir gemeinsam den Palast und gingen zur Baustelle des neuen Alchemielabors. Bashrik und Angie gingen voraus und wir folgten dicht hinter ihnen. Die Straßen waren überraschend leer und nur wenige Passanten wünschten uns einen guten Morgen.

Uns blieben noch zehn Minuten, als wir das Alchemielabor erreichten. Meine Augen verloren sich beinahe in seiner Pracht. Es war wirklich beeindruckend. Die Glasfassaden glänzten in der Morgensonne und sahen wie ein gefrorener Wasserfall aus. Pandora wartete auf der Treppe auf uns, obwohl sonst niemand da zu sein schien. Vielleicht kam das Publikum später, zur offiziellen Einweihung. Dennoch zweifelte ich plötzlich daran, ob dieses

Vortreffen wirklich stattfand. Schließlich hatte uns Pandora die Nachricht geschickt, nicht die Königin persönlich. War dies ein Trick, um uns hier zu versammeln? Hatten wir der Königin zu viel verraten? Hatte Orion beschlossen, dass er uns nicht länger brauchte? Oder war ich einfach nur paranoid und von der Aufgeregtheit meiner Freunde beunruhigt?

Das ist es wahrscheinlich.

»Willkommen«, sagte Pandora kühl, als wir näher kamen. Sie öffnete uns die Tür und winkte uns ins Gebäude, bevor sie die Tür hinter uns mit einem lauten Knall schloss.

Wir blieben im Hauptatrium stehen und sahen auf das bewegliche Oberlicht, das Bashrik eingesetzt hatte. Die feinen Glasarbeiten zauberten einen Ozean aus blauem Licht auf uns hinab. Es war beeindruckend und das Licht bewegte sich über den Boden, als ob es flüssig wäre. Das Licht brach sich in den Fenstern in einer spektakulären Regenbogenshow. Pandora ging an uns vorbei und ihre Stiefelschritte hallten auf dem glatten Boden wider. Auf der anderen Seite des Atriums angekommen rief sie uns verärgert zu, ihr zu folgen.

Wir rissen unsere Blicke von dem Lichtspiel los und eilten ihr nach. Wir betraten einen langen, schön dekorierten Flur, dessen Fenster den Blick auf die Stadt freigaben. Ich sah auf die umliegenden Gebäude und den Himmel und versuchte, die Gedanken über das Bevorstehende zu verdrängen. Was auch immer geschehen würde – uns würde schon etwas einfallen. Das tat es doch immer. Und noch hatte uns das Glück nicht verlassen – oder etwa doch?

Wir erreichten ein großes, rundes Auditorium mit nach oben ansteigenden Sitzreihen, einer breiten Bühne und einem riesigen Bildschirm darüber. Königin Brisha stand bereits auf der Bühne und grinste begeistert. Sie war dem Anlass entsprechend gekleidet und sah aus wie eine vyanthinische Version einer exzentrischen Universitätsprofessorin in einem karierten grauen Hosenanzug und mit einem strengen Haarknoten.

»Willkommen!«, rief sie. »Bitte nehmt in der ersten Reihe Platz!«

Dann eilte sie über die Bühne und führte fünf Kaltblüter, Männer und Frauen, in die Mitte. Ihnen folgten zwei Kaltblutmänner und eine Kaltblutfrau, deren Kittel sie als Alchemisten auswiesen. Yorrek war nirgends zu sehen, was mich überraschte, aber vielleicht hatte er sich nach den Ereignissen der Gartenparty immer noch in seinem Haus verschanzt. Trotz des Elysiums hatte er gemerkt, dass etwas nicht stimmte. Immerhin sollte er die Wirkungen eines erinnerungslöschenden Tranks besser als jeder andere erkennen.

Wir setzten uns zögernd in die erste Reihe. Es fühlte sich eigenartig an, von leeren Sitzen umgeben zu sein. Das war wirklich eine sehr private Feier.

»Guten Morgen«, sagte Königin Brisha und nahm wieder ihren Platz in der Mitte der Bühne ein, während die Testsubjekte hinter ihr in einer Reihe standen und sich die

Alchemisten verlegen daneben stellten. »Es freut mich, dass ihr bei diesem bedeutsamen Anlass dabei sein könnt. Schließlich wäre das alles ohne eure großzügige Spende nicht möglich gewesen«, sagte sie und blickte Angie, Lauren und mich an. Wir lächelten höflich, obwohl es ja nicht gerade so war, als ob wir eine Wahl gehabt hätten.

Aber bevor jemand etwas sagen konnte, sprach sie weiter und ging dabei auf der Bühne hin und her. »Wir haben hier fünf Testsubjekte, die die erste Probe des Unsterblichkeitselixiers zu sich nehmen werden, die heute Morgen frisch das Labor verlassen hat. Sobald das Elixier in ihrem Körper ist, werden unsere Alchemisten Untersuchungen durchführen, um zu sehen, ob sich ihre Zellen irgendwie verändern«, erklärte sie und deutete auf die Testpersonen, die zugegebenermaßen noch nervöser als ich aussahen.

Ich blickte starr nach vorn und wagte es nicht, zur Seite zu sehen. Rechts von mir saß Navan, links Angie, und ich spürte die Anspannung auf beiden Seiten. Mir ging es nicht anders. Wenn das Elixier funktionierte, würde die Königin uns dann regelmäßig Blut abnehmen wollen, um mehr von dem Elixier herzustellen? Das schien mir das Logischste zu sein. Ein eisiger Schauer lief mir den Rücken hinab, als sich ein anderer Gedanke in meinen Kopf schlich: Was war, wenn sie unser gesamtes Blut haben wollte? Würde sie sich wirklich mit kleinen Mengen zufriedengeben? Wenn sie die Chance hatte, jedem Kaltblut im Norden das Elixier zu verabreichen, dann würde sie uns doch sicher dazu zwingen, sie zur Erde zu führen, wo sie so viel Blut ernten konnte, wie sie brauchte.

Ich schluckte und griff nach Navans Hand. Links von mir sah ich, wie Angie Bashriks Hand nahm, aber darauf achtete, dass die Geste Brishas aufmerksamen Augen verborgen blieb. Lauren, die auf der anderen Seite neben Navan saß, tat mir fast leid. Sie hatte niemanden, der ihre Hand halten konnte, aber sie schien von uns allen am gefasstesten zu sein. Ihr Gesicht zeigte Gelassenheit und kein Hauch von Angst lag in ihren Zügen. *Beneidenswert!*

»Sollen wir anfangen?«, fragte Brisha und klatschte in die Hände. »Alchemisten, verabreicht das Elixier«, wies sie an und klang auf eigenartige Weise wie die Moderatorin einer Spielshow. Leider fand ich diese Moderatoren immer irgendwie gruselig und der Klang ihrer Stimme ließ mein Herz schneller schlagen. Ich betete inständig, dass das Elixier scheiterte.

Als die Alchemisten mit einem Tablett mit Injektionsnadeln vortraten, hielt ich den Atem an. Jede Spritze war mit einer bläulichen Flüssigkeit gefüllt. Die Forscher führten die Nadeln an die Arme der Testpersonen, stachen die Nadel ein und leerten die blaue Flüssigkeit in das graue Gewebe.

Eins.

Zwei.

Drei.

Vier.

Fünf.

Alle Spritzen waren geleert und nun konnten wir nur noch warten. Mein Puls raste, das Blut rauschte in meinen Ohren und mein Mund war völlig ausgetrocknet. Ich ertrug die Stille nicht oder die Aussicht darauf, dass es klappen könnte, was durchaus möglich war. Das Schlimmste daran war, dass ich wusste, dass es vielleicht wirklich funktionieren könnte.

»Das Elixier ist unseren fünf Testpersonen verabreicht worden. Jetzt werden wir ihnen Blut entnehmen, um es zu analysieren«, sagte eine Alchemistin und ihre Stimme hallte laut durch das leere Auditorium. Dies war der Augenblick der Wahrheit. Die Forscher holten deutlich dickere Nadeln hervor und traten wieder an die fünf Probanden heran.

Doch bevor sie ihnen Blut abnehmen konnten, begannen die fünf sich zu verkrampfen und blauer Schaum trat aus ihren Mundwinkeln. Sie verdrehten die Augen nach hinten und unter ihrer grauen Haut sah ich, wie ihre Adern platzten, sich das Gewebe unter der Haut tief violett färbte und die Haut zu reißen drohte.

Sie stießen gequälte Schreie aus und ich sah, dass ihre Gesichter rasend schnell alterten. Ihre Haut schrumpelte, dunkle Flecken bildeten sich auf der Haut und alles sackte in sich zusammen. Es war, als ob ihre Knochen zerfielen und ihre Körper in sich vermoderten.

Der Anblick war schrecklich, aber ich konnte den Blick nicht abwenden. Schließlich war es mein Blut, das in diesem Experiment benutzt wurde. Es war mein Blut, dass diesen

Personen das antat. Ich verstand es nicht, aber es war auch gar nicht zu verstehen, was hier passierte.

Die fünf zersetzten sich vor unseren Augen, ohne Hoffnung auf Heilung. Es gab kein Gegenmittel, kein Gegenelixier, sondern nur einen schmerzhaften Tod.

Als Königin Brisha mich ansah, wusste ich, was sie fühlte. Ihr Zorn stand ihr ins Gesicht geschrieben ... Und ich erkannte mit flauem Gefühl, dass sie mir die Schuld gab. Mein Blut hatte das hier angerichtet.

Die Wut in ihren Augen sagte mir, dass sie dieses Mal keine Gnade walten lassen würde.

KAPITEL SIEBENUNDZWANZIG

»Ergreift sie!«, brüllte Königin Brisha in ein Kommunikationsgerät, das sie von ihrem Gürtel gezogen hatte.

Schwarz gekleidete Soldaten stürmten durch die Seiteneingänge in das Auditorium. Scheinbar hatten sie vor den Türen Wache gehalten, damit niemand das Gebäude während der Veranstaltung betrat. Innerhalb von Sekunden wären wir umzingelt, aber wir waren bereits aufgesprungen und bereit, uns zu wehren. Es war vielleicht mein Blut, das diese Reaktion hervorgerufen hatte, aber es war nicht unsere Schuld, dass das Elixier nicht gewirkt hatte! Königin Brisha schien also doch Ähnlichkeit mit Gianne zu haben, wenn sie gereizt war.

»Sag mir, dass du nichts damit zu tun hattest«, flüsterte

ich Lauren zu, weil ich wusste, dass sie Zugang zu den Alchemisten und ihren Forschungen gehabt hatte.

Sie schüttelte entsetzt den Kopf. »Ich habe das Elixier nicht angefasst. Ich wusste nicht einmal, dass es fertig war«, flüsterte sie zurück. Da sie während des Versuchs so gelassen gewesen war, hatte ich mich gefragt, ob sie das Elixier vielleicht manipuliert hatte, aber ich konnte es Lauren ansehen, wenn sie log, und jetzt log sie definitiv nicht.

Die Soldaten stürmten auf uns zu und ihre Stiefelschritte dröhnten über den Boden. Die schnellen Schläge passten zu meinem rasenden Herzen. Adrenalin schoss mir durch die Adern. Wir mussten versuchen, von hier zu verschwinden, bevor Königin Brisha uns für etwas bestrafen konnte, was wir nicht getan hatten. Normalerweise hätte ich versucht, mich herauszureden, aber die Königin schien nicht mehr bereit zu sein, zuzuhören. Ich hatte sie noch nie so wütend gesehen.

In gewisser Weise war es verständlich. Wenn ich kurz davor wäre, den Schlüssel zur Unsterblichkeit zu finden, und mir dann der Erfolg aus den Fingern glitt, wäre ich wahrscheinlich auch stinksauer. Aber das gab ihr trotzdem nicht das Recht, uns für ihr Versagen zu bestrafen.

»Zum Notausgang!«, zischte Angie und deutete auf eine schmale Tür, die im Schatten hinter der Bühne lag. Der Weg dorthin war frei, aber Soldaten waren bereits auf dem Weg dorthin.

Ich rannte zur Tür und löste einen Alarm aus, als ich sie

aufstieß. Die anderen folgten dicht hinter mir und das Geräusch ihrer Schritte tröstete mich. Hinter der Tür lag eine flache Schotterpiste mit Bodenlichtern und Setzlingen, die den Weg zu den Bergen säumten. Ich sah mich schnell nach einem Fluchtweg um. Zu beiden Seiten standen Gebäude und schmale Wege führten in die Stadt zurück. Ich bog nach rechts ab und rannte schneller. Erst als ich in der Gasse angekommen war, drehte ich mich um, um zu sehen, ob meine Freunde mir folgten. Bashrik und Navan hatten gerade abgehoben, während Angie und Lauren etwa acht Meter hinter mir rannten und keuchten.

»Beeilt euch!«, schrie ich und streckte ihnen meine Hände entgegen, als ob wir uns in einem tödlichen Staffellauf befänden. »Helft ihnen!«, schrie ich den beiden Brüdern zu, als ich sah, wie die Horde geflügelter Soldaten meine Freundinnen verfolgte und den Himmel schwarz färbten, als sie abhoben. Ohne zu zögern stürzte sich Bashrik mit ausgestreckten Armen herab, packte Angies Arme und riss sie mit sich nach oben. Er hatte beinahe das Dach des Gebäudes erreicht, vor dem ich stand, als drei Soldaten auf ihn zurauschten und ihn mit einem elektrischen Speer einen Stoß gegen den Hals versetzten. Das setzte Bashrik lange genug außer Gefecht, um Angie loszulassen, die nun vom Himmel fiel.

Ich schrie, aber ein anderer Soldat schoss ihr hinterher und fing sie auf. Sie schlug um sich, strampelte wild mit den

Armen und versuchte alles, um sich zu wehren, aber der Soldat war viel zu erfahren und zu schnell für sie.

In der Zwischenzeit hatte Bashrik sich wieder gefangen, rieb sich den Hals und versuchte, seinen schlaffen Arm zu bewegen, während Navan auf Lauren zustürzte, die versuchte, einer Gruppe von Soldaten zu entgehen, die direkt vor ihr gelandet waren und ihr den Weg zu mir versperrten.

Sie war erstaunlich schnell, rannte hin und her, aber sie hatte keine Chance.

Doch es gelang Navan, ihre Taille zu packen und sie hochzuheben. Er wich den Soldaten aus und flog statt auf die Stadt auf die Berge zu. Vielleicht konnten sie ihre Verfolger in der eisigen Umgebung abschütteln und ich könnte mich in den Gassen von Nessun verstecken. Aber wenn ich floh, was würde dann aus Angie werden?

Bashrik beantwortete diese Frage einen Augenblick später, als er den Soldaten rammte, der Angie festhielt. Im kalten Sonnenlicht sah ich eine Klinge aufblitzen, aber ich erkannte nicht, wem sie gehörte – Bashrik oder Angies Entführer.

Einen Augenblick später sah ich, dass beide je eine Waffe in der Hand hielten und dass sie beide sehr gut damit umgehen konnten. Der Soldat und Bashrik holten mit unglaublicher Geschwindigkeit zu ihren Schlägen aus und Angie duckte sich. Eine falsche Bewegung und sie würden sie durchbohren. Sie wandte den Blick nicht von Bashrik. Sie vertraute ihm bedingungslos, das sah ich. Sie wusste, dass er nicht zulassen würde, dass ihr etwas geschah.

Bashrik wirbelte um den Soldaten herum, erwischte ihn unvorbereitet und versenkte seine Klinge in der Hand des Mannes. Dann verpasste er ihm einen harten Stoß in den Nacken, woraufhin das Kaltblut bewusstlos wurde. Bashrik schlang seine Arme um Angie, als der Mann zu Boden sackte und zu meinen Füßen lag. Um seine Taille war ein Gürtel mit Sprengstoffkugeln geschnallt, die ich sofort wiedererkannt. Sie leuchteten schwarz im Sonnenlicht und plötzlich hatte ich eine Idee.

Ich drehte mich wieder zu Navan um, der in der Ferne immer kleiner wurde, und erkannte, dass ich diese Entscheidung allein treffen musste. Ich stand im Schatten und die Soldaten sahen mich nicht. Sie achteten auch nicht auf mich, weil so viele andere Dinge um sie herum vor sich gingen, aber es würde nicht lange dauern, bevor sie mir folgen würden. Dafür würde Königin Brisha schon sorgen.

Es fiel mir schwer, es zuzugeben, aber ich wollte einfach nur davonlaufen. Ich wollte kein weiteres Verhör überstehen, dessen Ausgang ich nicht kannte. Dieses Mal hatte die Königin keinen Grund mehr, um nachsichtig zu sein. Sie könnte uns bis auf den letzten Blutstropfen leersaugen, um an ihrem Elixier weiterzuarbeiten, und wir würden sie nicht davon abhalten können. Ich hatte den unbarmherzigen Blick in ihren Augen gesehen, als sie sich zu mir gedreht hatte. Alle denkbaren Bündnisse waren in dem Augenblick zerbrochen, als diese armen Testpersonen vor uns zusammengebrochen waren.

Da holten die Soldaten Navan ein, der sich die Berge hinaufkämpfte. Er schien zu taumeln und die Anstrengungen der letzten Tage forderten ihren Preis. Er hatte immer noch Schwellungen von seinem Kampf mit Aurelius und er hatte mich am Vortag stundenlang getragen, ganz zu schweigen davon, dass er sich in der Nacht noch einmal verausgabt hatte. Er hatte keine Kraft mehr für diesen anstrengenden Aufstieg.

Dennoch mühte er sich weiter und hielt Lauren entschlossen fest. Ich sah, wie er einen Blick über seine Schulter warf, wo die Soldaten immer näher kamen. Er wusste es und ich wusste es: Sie würden ihn schnappen und er konnte sie nicht davon abhalten, ihm Lauren zu entreißen. Das war es, was mir am meisten Sorgen machte. Die Soldaten schienen nicht darauf aus zu sein, Bashrik oder Navan zu fangen, sondern konzentrierten sich nur auf uns Menschen – und das bedeutete, dass Brisha hinter unserem Blut her war.

Die Soldaten rissen Lauren aus Navans Händen und stießen ihm ihren Speer gegen den Kopf. Ich schnappte nach Luft und mir wurde flau im Magen. Ich musste etwas tun, bevor sie ihn noch mehr verletzten oder meine Freundinnen verschleppten.

Also beugte ich mich vor, schnappte mir den Sprengstoffgürtel des bewusstlosen Soldaten und rannte die Gasse entlang. Ich blieb erst stehen, als ich wieder vor dem Alchemielabor stand. Ich stürmte durch die Türen, blieb im Atrium stehen und suchte nach der Feuertreppe. Dann folgte ich den Schildern und eilte durch die Gänge, stieß alle Türen auf und suchte die Treppe. Die Sirene heulte immer noch, weshalb es auch keinen Unterschied machte, als ich die Tür des Notausgangs zum Dach aufstieß und die Treppe weiter hinaufeilte. Die Tür nach draußen war verschlossen, aber das machte nichts. Ich hatte immerhin einen explosiven Dietrich in der Hand.

Ich klebte eine der Kugeln an die Tür, drehte an einem Rädchen, bis zwanzig Sekunden aufblinkten, und drückte zweimal auf den Knopf. Dann rannte ich wieder die Treppe hinab, suchte ein paar Stockwerke weiter unten Deckung und wartete, bis das ganze Gebäude erschüttert wurden und die Wände bebten.

Vorsichtig rannte ich wieder nach oben, wo mir keine Tür mehr den Weg versperrte. An ihrer Stelle klaffte ein qualmendes Loch. Angespornt durch die Explosion und das Wissen, dass die Bomben funktionierten, stolperte ich auf das rutschige Dach hinaus. Der Knall hallte immer noch in meinen Ohren nach, während ich betete, dass ich nicht stürzte und mir den Hals brach.

Ich hatte mich an Bashriks Modellbau erinnert, auf dessen Dach hexagonale Gewächshäuser und eine Reihe riesiger Stromgeneratoren gestanden hatten. Wenn sie explodierten, würde nichts im Labor überleben.

»Lass sie gehen oder ich sprenge diese Generatoren!«, schrie ich, den Blick auf Königin Brisha gerichtet, die nach draußen gekommen war, um zu sehen, wie sich ihre Soldaten schlugen. Angie und Lauren knieten auf der Straße vor ihr und die Soldaten drückten ihre Köpfe nach unten. Der Rest der Soldaten rauschte noch durch den Himmel und versuchte, Navan und Bashrik zu fangen, die trotz ihrer Verletzungen bislang hatten entkommen können.

Die Königin sah bereits zu mir auf, weil sie wahrscheinlich durch die Explosion auf das Dach aufmerksam geworden war. Ihr Gesicht war entsetzt und alle erstarrten. Ich löste eine Kugel vom Gürtel und trug sie ausgestreckt vor mir, während ich auf den ersten Generator zuging und nach dem Schaltpult suchte. Es befand sich unter einer Glasscheibe, die aber im Fall einer Explosion nicht helfen würde. Schließlich hatte ich gesehen, was der Sprengstoff mit der Tür angerichtet hatte. Das schien auch Königin Brisha klar zu sein.

»Wenn du den Generator auch nur anfasst, werde ich deine Freundinnen hinrichten lassen!«, schrie Brisha und ihre Stimme hallte durch die ruhige Luft, aber ich war über den Punkt hinaus, an dem ihre Drohungen mir noch Angst einjagen konnten. Sie würde es nicht riskieren, dass ihr Labor ein zweites Mal zerstört wurde, nicht jetzt.

»Ich werde diesen Generator in die Luft jagen, wenn du meine Freundinnen nicht freilässt. Du wirst sie nicht töten. Du brauchst ihr Blut frisch und pulsierend. Sonst funktioniert dein tolles Elixier nämlich nicht!«, schrie ich und improvisierte.

Sie runzelte die Stirn. »Was meinst du damit?«

»In der Sekunde, in der ein Kryptonier stirbt, verfällt sein Blut und füllt sich mit Giftstoffen! Du brauchst das Blut eines lebenden Exemplars, wenn dein Elixier funktionieren soll!«, schrie ich und hoffte, dass sie anbiss.

»Fass diesen Generator nicht an! Komm herunter und lass uns das wie Erwachsene regeln!«, rief Brisha.

Doch ich schüttelte den Kopf. »Du musst meine Freundinnen gehen lassen. Sie haben nichts mit dieser Sache zu tun. Ich hatte genauso wenig damit zu tun, abgesehen davon, dass du mein Blut benutzt hast!«, rief ich und rührte mich nicht von der Stelle. »Ich weiß, dass du enttäuscht bist, dass dein Elixier nicht funktioniert und du heute Leute verloren hast, aber das ist nicht unsere Schuld! Das musst du doch einsehen!« Ich setzte an, den Sprengstoff am Generator zu befestigen.

Sofort hob sie kapitulierend die Hände. »Okay, okay, ich habe verstanden, Riley!«, rief sie nervös. »Ich war wütend, weil der Versuch nicht wie geplant gelaufen ist, und das habe ich an euch ausgelassen. Das sehe ich ein. Ich habe überreagiert und das tut mir leid. Bitte tritt von dem Generator weg, damit wir vernünftig miteinander reden können!«

Navan landete neben der Königin und kurz darauf landete auch Bashrik. Die Soldaten landeten in einigem Abstand. Als sie die unerwartete Entschuldigung der

Königin gehört hatten, hatten sie ihre Verfolgungsjagd scheinbar aufgegeben. Sogar die Soldaten, die meine Freundinnen festhielten, drückten ihre Köpfe nicht mehr nach unten und traten einen Schritt zurück, woraufhin Angie herumwirbelte und ihrem Soldaten den bösesten Blick zuwarf, den ich je gesehen hatte.

»Eure Hoheit, wenn Ihr uns zuhört, dann können wir vielleicht erklären, was mit dem Elixier passiert ist«, sagte Navan laut genug, dass ich ihn hören konnte. »Uns zu bedrohen wird Euch nicht helfen, wo wir es doch sind, die Euch dabei unterstützten können, diese Niederlage hinter Euch zu lassen und beim nächsten Mal erfolgreich zu sein.«

Was hast du vor?, fragte ich mich und senkte meinen Arm mit dem Sprengstoff.

»Ich höre zu, Navan«, sagte die Königin angespannt. Es gefiel ihr wohl gar nicht, wie Navan vor ihren Soldaten mit ihr sprach.

»Natürlich, Eure Hoheit. Nach allem, was ich von meinem Vater gelernt habe, muss bei einem Elixier jede einzelne Zutat stimmen und in einer ganz bestimmten Menge eingesetzt werden«, fuhr er fort und erhielt darauf einen unbeeindruckten Blick der Königin. »Habt Geduld, ich komme ja schon zur Sache. Ich denke, dass vielleicht eine Zutat fehlt. Etwas Kleines, aber sehr Bedeutungsvolles – so wie es bei diesen Dingen oft der Fall ist. Jethro und Ianthan glaubten, dass das Blut der Kryptonier etwas Besonderes an sich hat. Jethro kannte sich besser als jeder andere mit Blut aus und ich würde ihm eher glauben als einem ganzen Planeten von Alchemisten. Deshalb denke ich, dass das Problem ein anderes sein muss. Es gibt etwas, das wir übersehen«, sagte er und ich hörte, wie sich ihm die Kehle zugeschnürt hatte, als er Ianthan erwähnt hatte.

Die Königin seufzte. »Das denke ich auch, Navan, aber was könnte diese Zutat sein? Wenn wir das nicht herausfinden, dann stehen wir wieder ganz am Anfang«, murmelte sie.

»Dann erlaubt uns, die fehlende Zutat für Euch suchen zu gehen«, schlug Navan vor. »Schickt uns auf eine offizielle Mission in Eurem Auftrag und wir werden Euch die fehlende Zutat bringen. Ich habe auch schon eine Idee, wo wir mit unserer Suche beginnen können.«

Ah, das hatte er also vor.

KAPITEL ACHTUNDZWANZIG

Königin Brisha sah Navan an. »Bevor ich irgendeinem Vorschlag zustimme, kannst du bitte deine Geliebte vom Dach meines Alchemielabors holen?«, sagte sie und warf einen kurzen Blick in meine Richtung.

Navan grinste, flog zu mir hinauf und landete anmutig an meiner Seite. »Es ist an der Zeit, die Bombe fallen zu lassen, Riley«, scherzte er, zog mich an sich und warf sich den Sprengstoffgürtel über die Schulter.

»Aber vielleicht blufft sie nur. Sie könnte uns gefangen nehmen, sobald wir auf dem Boden landen«, flüsterte ich unsicher.

»Wenn sie das tut, dann hätte sie ihr Versprechen vor den Augen ihrer Soldaten gebrochen. Das ist kein gutes

Verhalten für eine Anführerin«, sagte er. Ich spähte über den Dachrand und sah, dass die Soldaten mit auf dem Rücken verschränkten Händen dastanden. Sie sahen nicht mehr annähernd so bedrohlich aus wie vorher.

Ich seufzte. »Okay, aber setz mich vorsichtig ab. Ich will nicht vor der Königin stolpern«, sagte ich mit einem schwachen Lächeln.

»In Ordnung«, sagte er. Als er abhob und mit mir zum Boden rauschte, blieb mir die Luft weg. Unten angekommen reichte Navan den Sprengstoffgürtel mit einer übertriebenen Verbeugung einem von Brishas Soldaten.

»So, du wolltest mir gerade einen Vorschlag machen, Navan«, sagte Königin Brisha, ohne mich eines Blickes zu würdigen. Sie schien einfach nur erleichtert zu sein, dass ich entwaffnet und nicht mehr auf dem Dach war, weit entfernt von ihren wertvollen Generatoren.

»Dieser Gedanke ist mir erst vor Kurzem gekommen, Eure Hoheit. Seht, mein Vater hat mir immer beigebracht, dass es eine Basis, einen reaktiven Stoff und einen Stabilisator geben muss, wenn es um Seren und Elixiere geht. In Eurem Elixier haben wir vysanthinisches Blut als Basis und das kryptonische Blut als reaktiven Stoff, aber wir haben keinen Stabilisator. Davon gehe ich zumindest aus?«, fragte Navan mit gehobenen Augenbrauen.

Zu meiner Überraschung war es Lauren, die antwortete. »Nein, es gibt keinen Stabilisator, Eure Hoheit. In allen

Büchern, die ich über das Thema gelesen habe, wird nicht erwähnt, dass ein stabilisierendes Blut zu der Mischung gegeben wird. Es gibt andere stabilisierende Elemente, aber keines in Blutform«, sagte sie und rieb sich den Nacken an der Stelle, an der der Soldat sie gepackt hatte.

Lauren schien Brisha auf eine Weise überzeugen zu können, wie es niemand sonst konnte. Zwischen ihnen bestand Vertrauen, obwohl ich bis jetzt nicht verstanden hatte, wie groß es war. Das war wohl unvermeidlich, weil sie während der langen Abende in der Bibliothek so viel Zeit miteinander verbracht hatten. Da war es nur natürlich, dass sie sich anfreundeten und das konnten wir nun zu unserem Vorteil nutzen, um Brisha davon zu überzeugen, dass sie eine Extrazutat benötigte.

»Wie kommt es, dass keiner meiner Alchemisten gemerkt hat, dass etwas fehlt, wenn Navans Vater das schon wusste?«, fragte Brisha und sah verärgert auf das Labor hinter sich.

»Mein Vater ist sich dessen auch nicht bewusst. Es ist einfach nur die Zusammensetzung, die er für andere Elixiere benutzt. Meistens reicht ein stabilisierendes Element, wie eine Wurzel oder eine andere Substanz, aber da dieses Elixier die genetische Struktur der Testpersonen verändern soll, gehe ich davon aus, dass ein drittes Blut benötigt wird, um die Basis und den reaktiven Stoff zu stabilisieren«, fuhr Navan selbstbewusst fort. »Ich wäre auch nicht darauf gekommen, wenn ich den heutigen Test nicht mit eigenen Augen gesehen hätte. Es fehlt ein genetisches Element.«

Königin Brisha wandte sich zu Lauren. »Ist das wahr?«

Sie nickte. »Ich glaube, dass die Körper deshalb verfallen sind, statt unsterblich zu werden, Eure Hoheit. Es gab nichts, um der Kraft unseres Blutes entgegenzuwirken, das nur mit vysanthinischem Blut und anderen Dingen gemischt ist. Um das Elixier wirksam zu machen, braucht Ihr ein Blut, das den reaktiven Prozess verlangsamt und den Zellen genug Zeit gibt, sich zu verändern, statt zu explodieren und zu verfallen, wie wir es heute gesehen haben«, sagte sie intelligent. Ich glaubte ihr jedes Wort und ich wusste, dass alle anderen es auch taten.

»Was für eine Art von Blut soll das sein?«, fragte Königin Brisha aufgeregt.

»Drakonierblut ist sehr alt – sehr viel älter als unseres. Es hat natürliche aggressive Kräfte, die den Prozess verlangsamen könnten, damit sich das Elixier schrittweise verteilt und die Zellen verändert, statt sie zu zerstören. Ich glaube, dass dies das fehlende Element sein könnte«, sagte Navan mit einem hoffnungsvollen Blick. »Mein Vater hat einmal gesagt, dass Drakonierblut eine der Blutarten im Universum ist, die sich am schwersten synthetisieren lässt, aber mit Eurer Ausstattung wäre das sicher möglich. Es wird etwas dauern, sobald wir das Blut hergebracht haben, aber es könnte perfekt für Eure Zwecke sein. Da bin ich mir ziemlich sicher.«

Ich sah zu Navan und fragte mich, was er im Schilde führte. Ich konnte mich noch daran erinnern, dass er von einer Plage auf Zai berichtet hatte, die für die Kaltblüter tödlich war. Sie war der Grund dafür, dass dort kein Opalin mehr abgebaut wurde, weil der Virus die Vysanthiner schnell dahingerafft hatte. Ich vermutete ja immer noch, dass die Drakonier den Virus selbst verbreitet hatten, weil dies eine relativ friedliche Art war, ihren Planeten von den Ausbeutern zu befreien. Warum wollte Navan mit uns zu einem von einer Plage befallenen Planeten reisen?

Die Königin machte eine bittere Miene. »Ich werde meine Soldaten nicht auf eine Todesmission an diesen raskverlassenen Ort schicken. Wir haben das letzte Mal eine ganze Minenkolonie verloren, als wir Vysanthiner dorthin geschickt haben. Das werde ich nicht noch einmal riskieren und ich werde auch nicht riskieren, dass du diese Krankheit hier einschleppst«, sagte die Königin und ihr hoffnungsvoller Ausdruck war verschwunden.

Navan lächelte. »Ihr bräuchtet kein Team von Vysanthinern zu schicken, Eure Hoheit. Wir haben Kryptonier, die uns helfen können. Das Virus sollte sie nicht so krankmachen wie uns«, sagte er. »Mit Riley, Angie und Lauren haben wir eine bessere Chance, uns auf Zai einzuschleusen und Drakonierblut zu besorgen, ohne die Seuche mit herzubringen. Wir könnten ein Testkit mitnehmen, um die drei bei ihrer Rückkehr zum Schiff auf Anzeichen der Krankheit zu testen. Wenn sie infiziert sind, dann können wir in dem

Quarantänezentrum auf halber Strecke zwischen hier und Zai zurückbleiben.«

»Wer wird das Schiff fliegen?«, fragte die Königin, in deren Augen doch wieder ein kleines Leuchten zurückgekehrt war. Ich sah, dass Navans Worte sie überzeugten und ihr neue Hoffnung gaben.

»Riley hat sich während des Flugtrainings ausgezeichnet bewährt. Selbst wenn Bashrik oder ich infiziert würden, könnte sie uns am Quarantänezentrum absetzen und Euch die Blutprobe liefern«, schlug er vor, ohne zu zögern. Er schien an alles gedacht zu haben und spielte seine Rolle aus Entdecker sehr gut. Meine einzige Sorge war, dass die Königin uns losschicken könnte, bevor wir dafür gesorgt hatten, dass die Fernalltechnologie der neuen Flotte ein Geheimnis blieb.

Brisha schwieg mehrere Minuten lang, während sie über Navans Idee grübelte. Ich versuchte, seine Aufmerksamkeit zu erregen, aber er ließ die Königin nicht aus den Augen. Selbst wenn ich es geschafft hätte, dass er mich ansah, hätte ich ihn wohl kaum fragen können, was wir mit der Schiffstechnologie anstellen sollten. Hoffentlich hatte er dafür auch schon einen Plan parat.

»Ich nehme dein Angebot an, Navan Idrax, und ich werde euch alle Mittel zur Verfügung stellen, die ihr braucht«, sagte Königin Brisha schließlich. »Ich habe nur eine Bedingung, um deine Loyalität zu garantieren. Pandora wird euch nach Zai begleiten und während der

Mission ein Auge auf euch werfen. Wenn ihr damit nicht einverstanden seid, dann werdet ihr nicht gehen. So einfach ist das.«

Als sie Pandora erwähnte, dachte ich, dass wir vielleicht wirklich eine Chance hatten, um zwei Fliegen mit einer Klappe zu schlagen. Wenn wir Pandora sagten, dass es Gianne gelungen war, an die Fernalltechnologie heranzukommen, dann hätte Orion vielleicht eine Idee, wie Gianne davon abzuhalten war, sie einzusetzen. Es gefiel mir zwar gar nicht, Orion in diese Sache einzubeziehen, aber vielleicht war das unsere einzige Chance.

»Das scheint mir vernünftig, Eure Hoheit«, sagte Navan aufrichtig und wieder fragte ich mich, was er in Wirklichkeit vorhatte. Er konnte doch nicht wirklich Brisha dabei helfen wollen, das Unsterblichkeitselixier zu entdecken. Er hatte ein Ass im Ärmel, aber er war großartig darin, es vor der Königin und allen anderen zu verstecken.

Ursprünglich hatten wir gehofft, die beiden Königinnen gegeneinander auszuspielen und sie davon abzuhalten, die Erde zu entdecken, aber nun schien es eher so, als ob wir eine andere Strategie verfolgten und der Erde den Rücken zuwandten. Wenn wir Vysanthe verließen und in einen anderen Teil des Universums flogen, blieb die Erde angreifbar zurück. Gianne, Brisha oder beide gleichzeitig bräuchten in der gestohlenen Schiffstechnologie nur eine winzige Entdeckung zu machen, um den Standort meines Heimatplaneten herauszufinden. Die Last dieses Wissens wog schwer auf meinen Schultern, aber ich hoffte, dass Navan eine Lösung parat hatte.

»Ich schlage vor, dass ihr fünf in eure Wohnungen zurückkehrt und eure Sachen packt. Haltet euch bereit für den Aufbruch. Ich werde euch Bescheid geben, wenn die nötigen Vorbereitungen getroffen sind, was sehr bald sein wird. Schließlich dürfen wir keine Zeit verlieren«, sagte Königin Brisha. »Ich vertraue darauf, dass ihr mich nicht enttäuschen werdet. Wenn ihr erfolgreich seid und eure Vermutungen sich als richtig erweisen, dann werdet ihr als Nationalhelden nach Vysanthe zurückkehren«, versprach sie mit einem Grinsen im Gesicht. Ich sah, wie begeistert sie von der Vorstellung war, das fehlende Puzzleteil zu finden. Das Teil, das noch niemand entdeckt hatte und ohne das alle anderen scheitern würden und sie gewinnen könnte.

»Danke, Eure Hoheit«, sagte Navan höflich, nahm meine Hand und ging mit mir zurück zum Labor. Angie und Lauren standen auf, klopften sich den Staub von ihrer Kleidung und folgten uns. Bashrik lief dicht hinter Angie. Ein seltsamer Ausdruck huschte über Königin Brishas Gesicht, als sie sah, wie er sich ihr näherte, aber ich hatte kein Mitleid mehr mit ihr. Es gab nur eine gewisse Zahl von Todesdrohungen, die man sich anhören konnte, bevor einem klar wurde, dass man nicht erwünscht war. Brisha war eine junge Frau, aber sie war auch eine sehr mächtige Herrscherin und sie schreckte nicht davor zurück, ihre Macht einzusetzen. Ich würde nicht noch einmal Mitleid mit ihr empfinden.

Nach unserer Rückkehr zum Palast drängte Navan uns alle in unsere Wohnung. Die anderen setzten sich ins Wohnzimmer, aber mein Blick fiel auf die zerwühlten Bettlaken und ich beeilte mich mit roten Wangen, das Bett zu machen. Angie warf mir einen vielsagenden Blick zu, aber ich ignorierte ihn und setzte mich auf die Couch. Ich konnte kaum erwarten, zu hören, was Navan zu sagen hatte.

»Ihr denkt wahrscheinlich alle, dass ich den Verstand verloren habe, weil ich Brisha helfe, das Elixier zu entwickeln. Und offen gesagt ist da vielleicht etwas Wahres dran, vor allem, weil Lauren meine Theorie mit ihrer Fachkenntnis bestätigt hat«, sagte er mit einem schiefen, amüsierten Lächeln. »Aber selbst, wenn etwas Wahres an meiner Theorie ist, habe ich nicht vor, eine Blutprobe nach Vysanthe zurückzubringen. Sobald wir Zai erreichen, will ich den dortigen Außenposten der Föds kontaktieren.«

»Du willst sie davor warnen, dass Vysanthe das Unsterblichkeitselixier zu entwickeln versucht?«, fragte ich und langsam fügten sich die Teile zu einem Bild zusammen.

»Genau«, nickte Navan. »Mit ihrer Hilfe sind wir in der Lage, die Erde zu beschützen. Selbst wenn die Schwestern die Fernalltechnologie einsetzen, können die Föds sie aufhalten. Sobald sie wissen, was vor sich geht, werden sie einschreiten.«

»Auf der Erde haben sie aber nicht viel unternommen«, sagte ich und erinnerte mich an die magere Truppe von Lykanen, die auf unserem Planeten stationiert war. Dieser

Außenposten der Föds hatte keine Schlagkraft gehabt. Immerhin war es einer Rebellenbasis gelungen, sich direkt vor ihrer Nase niederzulassen, und die Föds hatten nicht genug Mittel, um es zu merken.

»Der Zai-Außenposten ist deutlich stärker als der Außenposten auf der Erde. Sie haben angemessene militärische Streitkräfte, die in universellen Konflikten einschreiten können«, sagte Navan hoffnungsvoll. »Die Föds im Außenposten in der Nähe von Zai sind zwar nicht stark genug, um die ganze Armee von Vysanthe zu bekämpfen, aber wir können sie davon überzeugen, Bündnisse mit den Planeten einzugehen, die die Königinnen jahrelang ausgebeutet haben. Dann haben wir eine Chance, die beiden ein für alle Mal zu besiegen.«

»Was ist, wenn sie die Erde erreichen, bevor wir das alles tun können? Wenn Brisha Giannes Schiffe ausspioniert und die Fernalltechnologie entdeckt?«, fragte ich, weil sich mir diese Befürchtung immer mehr aufdrängte.

Navan seufzte. »Wir erzählen Pandora, was wir im unterirdischen Hangar entdeckt haben und lassen sie zusammen mit ihrem geliebten Orion eine Lösung dafür finden. Ich bin mir sicher, dass es ihnen gelingt, mehr Rebellenspione herzuschicken«, sagte er finster. »In der Zwischenzeit sorgen wir dafür, dass sie nichts von unserer Mission in Zai mitbekommt. Was Pandora angeht, so glaubt sie, dass wir das Drakonierblut besorgen, um es Brisha zu bringen. Wir überzeugen sie davon, dass das auch in Orions Interesse ist, weil es sich vielleicht um das fehlende Element handelt.«

»Und dann werden wir sie los … ein für alle Mal«, sagte ich angespannt. Orion hatte lang genug ein Beil über unseren Köpfen schwingen lassen. Nun war es Zeit für Rache.

BEREIT FÜR DEN NÄCHSTEN BAND VON RILEYS UND NAVANS GESCHICHTE?

Liebe Leser,

danke, dass ihr *Abtrünnige* gelesen habt!

Setzt das Abenteuer in Buch 4: ***Die Wagemutigen*** fort, das am **13. Mai 2018** erscheint.

Bestell jetzt dein Exemplar vor:

www.bellaforrest.de/bella

Wir sehen uns!

Liebe Grüße,

Bella x

P.S. Tragt euch in meine VIP-Mailingliste ein und ich schicke euch eine Erinnerungsmail, sobald mein nächstes Buch erscheint! www.bellaforrest.de (Eure E-Mail wird vertraulich behandelt und ihr könnt euch jederzeit wieder abmelden.)

LIES MEHR VON BELLA FORREST!

HEIßBLÜTER

Heißblüter (Buch 1)

Kaltblüter (Buch 2)

Abtrünnige (Buch 3)

Die Wagemutigen (Buch 4)

MACHTSPIEL DER GESCHLECHTER

(The Gender Game)

Machtspiel der Geschlechter (Buch 1)

Geheimnis der Geschlechter (Buch 2)

Die Geschlechterlüge (Buch 3)

Krieg der Geschlechter (Buch 4)

Untergang der Geschlechter (Buch 5)

Die Geschlechterstrategie (Buch 6)

Jenseits der Geschlechter (Buch 7)

DAS MÄDCHEN, DAS ZU DENKEN WAGTE

Das Mädchen, das zu denken wagte

DIE SCHATTENREICH-SAGA

Die Geschichte von Derek und Sofia:

Das Schattenreich der Vampire (Buch 1)

Ein Schattenreich voller Blut (Buch 2)

Eine Burg aus Sand (Buch 3)

Im Schatten des Lichts (Buch 4)

Der Glanz der Sonne (Buch 5)

Der Tor zur Nacht (Buch 6)

Der Anbruch des Tages (Buch 7)

Die Geschichte von Rose und Caleb:

Ein Hauch von Novak (Buch 8)

Blutsbande (Buch 9)

Der Zauber der Zeit (Buch 10)

Beutejagd (Buch 11)

Schatten des Zweifels (Buch 12)

Zeitenwende (Buch 13)

Das Erwachen der Macht (Buch 14)

Enthüllungen (Buch 15)

Das Ende der Nacht (Buch 16)

Die Geschichte des Schattenreichs geht weiter...

Der Novak-Klan

Die Ära der Hüter

Der Schattenkönig (Buch 36)

Das Reich der Steine (Buch 37)

Eine alte Macht (Buch 38)

Der Riss der Reiche (Buch 39)

Der Feuerthron (Buch 40)

Kriegsgetose (Buch 41)

Die aktuelle Liste von Bellas Büchern:

www.bellaforrest.de/bella

Tragt euch außerdem auf ihrer Mailingliste ein, um stets über ihre aktuellen Veröffentlichungen informiert zu werden:

www.bellaforrest.de

Np

45687113R00237

Printed in Poland
by Amazon Fulfillment
Poland Sp. z o.o., Wrocław